10

변변찮은 마술강사와 금기교전

Akashic records
of bastard magic instructor

"선생님과 너희들은……
대체 정체가 뭐죠?"

조심스럽게 흘러나온
그 질문은 이 자리에
모인 전원의 생각을
대변하고 있었다.

시스티나 피벨

고지식한 우등생. 여왕과 깊은
친교를 맺은 피벨 가문의 소녀.
어릴 때 피벨 가문에 몸을
의탁하게 된 루미아와는
가족이자 절친이기도 하다.

루미아는 모든 사정을
숨기지 않고, 과장하지도
않고 남김없이 밝혔다.
그것이 그들에게
해줄 수 있는 최소한의
성의라고 믿으면서.

"……"

리엘 레이포드

글렌의 전 동료.
루미아와 같은 반 친구이자
호위. 제국 궁정 마도사단의
일원이라는 사실을 들켰지만
그것이 얼마나 중대한
문제인지 깨닫지 못한 듯하다.

"……아무래도
얼버무리는 건
무리겠군."

글렌 레이더스
마술을 싫어하는 마술강사.
마인 아세로 이엘로와의
교전으로 제국 궁정 마도사단
소속의 전직 마도사였다는
사실이 학교 전체에 알려졌다.

마술학원의 2학년
2반 교실에는
카슈와 웬디를 비롯한
2반 학생들이 전부
모여 있었다.

"선생님.
……제가
이야기할게요."

루미아 틴젤
비밀을 품은 청초하고 마음씨
고운 소녀. 일련의 사건으로
제국 왕실의 인간이었다는
사실을 들키고 말았다.
그러자 다른 학생들은……

상승한다── 상승한다──.
거침없이 상승한다──.
글렌 일행을 등에 태운 드래곤은
중력의 사슬을 완전히 뿌리치는 압도적인 힘으로
드넓은 하늘을 향해 하염없이 상승했다.

"……여긴 내가 막겠다."

알베르트 프레이저

글렌의 옛 전우. 특무분실
소속 마도사. 이번 싸움에서는
마술학원에서 선발된 멤버로
구성된 원호 저격 부대를
이끌게 되었다.

"모두를 구할 수 있다면……
전 이 몸을 바치겠어요.
……그것이야말로……
제가 진정으로 바라는 일이에요."

그걸로 됐어…….
누군가가 루미아의 귓가에
그렇게 속삭였다.

《은 열쇠》에서,
한층 더 신성한
백은의 빛이 흘러넘쳤다.

CONTENTS

《마법》
마술보다 더 오래된 힘. 그것이
인간의 순수한 소망을 이뤄주
기만 했을 때는 **그것을** 가리켜
마법이라 불렀다.

변변찮은 마술강사와 금기교전

Akashic records of bastard magic instructor

10

히츠지 타로 지음
미시마 쿠로네 일러스트
최승원 옮김

교전은 만물의 예지를 관장하고, 창조하며, 장악한다.
그러하기에 그것은
인류를 파멸로 인도하게 되리라──.

『멜갈리우스의 천공성』 저자 : 롤랑 엘트리아

Akashic records
of
bastard
magic
instructor

Character

Character

Main

시스티나 피벨

고지식한 우등생. 위대한 마술사
였던 조부의 꿈을 자기 힘으로 이뤄
내기 위해 흔들림 없는 정열을 바치
는 소녀.

글렌 레이더스

마술을 싫어하는 마술강사. 만사에
무책임하고 의욕 제로. 마술사로
서도 삼류라서 장점은 전혀 없는 셈.
"그런 그의 진정한 모습은—?

루미아 틴젤

청초하고 마음씨 고운 소녀. 누구에
게도 밝힐 수 없는 비밀을 가지고 있
으며 친구인 시스티나와 함께 열심
히 마술 공부에 매진하고 있다.

리엘 레이포드

글렌의 전 동료. 연금술로
고속 연성한 대검을 다룬다.
근접 전투에서 비교할 자가
없는 이색적인 마도사.

알베르트 프레이저

글렌의 전 동료. 제국 궁정
마도 사단 특무 분실 소속.
신기에 가까운 마술 저격이
특기인 굉장한 실력의 마도사.

엘레노아 샤레트

알리시아의 직속 시녀장 겸
비서관. 하지만 그 정체는
하늘의 지혜연구회가 제국
정부로 보낸 밀정.

세리카 아르포네아

제국 마술 학원 교수. 글렌의
스승인 동시에 길러준 부모
이기도 한 수수께끼가 많은
여성.

Academy

웬디 나블레스

글렌이 담당하는 반의 여학생. 지방
유력 명문 귀족 출신. 자부심이 강하고
권위적인 성격의 세상 물정 모르는
아가씨.

린 티티스

글렌이 담당하는 반의 여학생. 약간
내성 적이고 체격도 작아서 귀여운 동물
처럼 보이는 소녀. 자신감이 없어서 고
민이 많다.

기블 위즈덤

글렌이 담당하는 반의 남학생. 시스
티나 다음가는 우등생이지만 결코
주변과 어울리려 하지 않는 냉소주
의자.

카슈 윙거

글렌이 담당하는 반의 남학생. 덩치
가 크고 튼실한 체격. 성격이 밝고 글
렌에게 호의적이다.

세실 클레이튼

글렌이 담당하는 반의 남학생. 조용
한 독서가. 집중력이 높아서 마술 저
격에 재능이 있다.

할리 아스트레이

제국 마술 학원의 베테랑 강사. 마술
명문 아스트레이 가문 출신. 전통적인
마술사와는 거리가 먼 글렌에게 공격
적이다.

마술
Magic
—

룬어라고 불리는 마술 언어로 구성한 마술식으로 수많은 초자연 현상을 일으키는
이 세계의 마술사에게 지극히 『당연한』 기술.
영창하는 주문의 구절과 마디 수,
템포, 술자의 정신상태에 따라 자유자재로 형태를 바꾸는 것이 특징.

교전
Bible
—

천공의 성을 주제로 삼은 지극히 아동 취향인 옛날이야기로 세계에 널리 퍼져있다.
그러나 그 소실된 원본(교전)에는
이 세계에 관한 중대한 진실이 적혀있다고 전해지며, 그 수수께끼를 좇는 자에게는
어째선지 불행이 닥친다고 한다.

알자노 제국
마술학원
Arzano Imperial Magic Academy
—

약 4백 년 전, 당시의 여왕 알리시아 3세의 주도로 거액의 국비를 투입해서
설립한 국영 마술사 육성 전문학교.
오늘날 대륙에서 알자노 제국이 마도대국으로 명성을
떨치는 기반을 만든 학교이자, 늘 시대의 최첨단 마술을 배우는
최고봉의 교육 기관으로서 주변 국가에 널리 알려져 있다.
현재 제국의 고명한 마술사 대부분이 이 학원의 졸업생이다.

서 장 파멸의 서곡

『글렌, 이건 시련이야.』

붉디붉게 타오르는 하늘 아래에서 신성하고도 불길한 이형의 날개를 지닌 소녀는 엄숙한 목소리로 고했다.

『당신은 지금부터 일어날 재앙에서 살아남아야만 해.』

한없이 어둡고 깊은 나락의 어둠을 품은 눈동자로……

『미래와…… 그리고 과거를 위해.』

"하! ……농담이 심한걸."

글렌은 메마른 미소를 지을 수밖에 없었다. 너무나도 비현실적인 광경을 목격한 까닭에 남루스의 선문답에 어울려줄 여유가 전혀 없었기 때문이다.

『하하하하하하하하하하하…….』

눈앞에 서 있는 것은 짙은 어둠을 두르고 웃는 마인(魔人)…… 《철기강장(鐵騎剛將)》 아세로 이엘로.

머리 위에는 파멸을 나르는 진홍의 방주…… 《불꽃의 배》.

하늘과 대지를 포함한 모든 것이 선혈처럼 붉은 종말 같은 세계.

"……뭐야 이건? ……대체 뭐야……."

아아, 마치 옛날이야기 같다. 글렌은 꿈과 현실, 광기와 정상의 경계를 녹여버릴 듯한 그 광경 앞에서 자신의 이성이 소리를 내며 무너지는 것을 넋을 잃은 채 방관하는 수밖에 없었다.

"이게 대체 뭐냐고오오오오오오"!

무너진 자아를 절규와 함께 내뱉으려 한 순간—

『글렌, 이성을 잃지 마! 정신 똑바로 차려!』

남루스의 일갈이 마지막 남은 이성을 아슬아슬한 선에서 붙들어 주었다.

갑자기 눈앞에 불쑥 나타난 남루스의 어두운 분노로 타오르는 퇴폐적인 두 눈동자를 본 글렌은 화들짝 놀라며 제정신으로 돌아왔다.

"헉……! 헉……! 후우……! 콜록, 콜록!"

『정말이지…… 인간의 정신이라는 건 너무 나약하다니까. ……손이 많이 가.』

남루스를 과호흡 증세를 일으키며 기침하는 글렌을 모멸하는 눈으로 일축했다.

제정신으로 돌아온 글렌은 온몸의 모공에서 일제히 대량의 식은땀이 흐르는 불쾌감을 참으며 주위를 둘러보았다.

다른 이들도 마찬가지였다.

세리카, 체스트 남작, 리엘조차 이 터무니없는 현실을 받아들이지 못하고 생각하는 걸 포기한 상태였다.

"말도 안 돼! 말도 안 된다고오오오오오!"

할리에 이르러서는 자신의 소중한 모근이 실시간으로 엄청난 대미지를 입는 것조차 자각하지 못한 채 양손으로 격렬하게 머리카락을 쥐어뜯고 있었다.

학교 건물 안에서 이쪽의 상황을 살피던 학생들도 그저 넋을 잃은 자, 유아퇴행을 일으켜서 엉엉 우는 자, 급기야는 의식을 잃거나 소변을 지리는 자들이 생겨났다.

그렇게 누구나가 자아붕괴의 아비규환에 농락당하는 가운데―.

『……자, 그럼 슬슬 본론으로 들어가지.』

"……!"

루미아만이 동요하지 않고 의연하게 마인과 대치하고 있었다.

『자, 루미아 틴젤……. 그대에게 원한은 없다만, 죽어줘야겠다.』

마인은 후드 안쪽에서 어둡게 빛나는 두 눈으로 루미아를 날카롭게 노려보며 그렇게 선언했다.

『우리의 대도사님을 위해. 그리고 내가 신앙하는 신을 위해!』

"……신……인가요?"

루미아가 되묻자 마인은 고개를 끄덕였다.

『그 말대로다. 「쌍둥이의 그릇」이여. 확실히 이번 생의 그대는 『공(空)의 무녀』에 한없이 가까웠다만…… 아직 충분하지 못해. ……내 신앙에는, 주님께는 더욱더 완벽한 「공의 무녀」가 필요하다.』

"『타움의 그릇』……? 『공의 무녀』……? 그게 대체 무슨……."

『다음의 그대. 다다음의 그대. 다다다음의 그대. 「공의 무녀」가 완전한 존재가 될 때까지 되풀이할지니……. 우리가 지금까지 그렇게 해온 것처럼.』

마인이 말하고자 하는 바는 전혀 이해할 수 없었지만―.

『거짓된 무녀여. 그 목숨을 바쳐라. ……우리의 위대한 주를 위해!』

루미아를 죽일 셈이다. 그것만큼은 살기로 느낄 수 있었다.

"……웃기지 마."

글렌은 위축된 몸을 필사적으로 채찍질해가며 루미아의 앞을 막아섰다.

"네가 무슨 말을 지껄이는 지도, 신인지 뭔지도 전혀 모르겠다만…… 루미아에게는 손끝 하나 못 대. ……넌 내가 해치워주마."

그리고 권총의 총구를 마인에게 겨냥했다.

『좋다. 어디 덤벼봐라. ……이 《철기강장》 아세로 이엘로에게!』

마인은 그제야 눈치챘다는 듯 글렌을 향해 천천히 몸을 돌렸다.

그 순간, 한층 더 격렬한 사투의 예감을 느끼고 대기가 진감했다.

제1장 격

'칫……! 그런데 실제로 어쩌면 좋지? 어떻게 싸워야 하지?'

한없이 어두운 영기(靈氣)와 존재감을 내뿜는 마인과 대치한 글렌은 지극히 냉정한 사고로 이 절망적인 상황을 분석했다.

'내게 남은 무장은…… 수호의 호부가 둘, 투척용 침이 셋, 섬광석이 하나, 통상탄을 여섯 발 장전한 예비 탄창이 하나, 마력은 고갈 직전…… 거듭된 연전으로 체력도 거의 한계……'

그리고 마인 — 라자르였던 존재 — 을 힐끔 흘겨보았다.

'반면에 저 자식은…… 어딜 봐도 힘이 넘치시는 것 같군……'

골치 아픈 건 그뿐만이 아니었다.

'그래……. 저 자식의 《역천사(力天使)의 방패》는 아직도 건재해. 저 방패의 절대 방어…… 세리카 덕분에 공략법을 알았지만 성가신 건 마찬가지야. 그리고 방패 때문에 그다지 눈에 띄지는 않지만, 저 창도 꽤 위험한 물건이고.'

글렌은 마인이 거머쥔 창을 응시하면서 군 시절에 얻은 지식을 되새겼다.

'저 창은…… 십중팔구, 틀림없이 성 엘리사레스 교회 성당기사단의 『성검(聖劍)』이야. 자신의 법력(法力)을 빛의 참격으로 변환하는 기술……『법력검』을 쓸 수 있게 해주는 무법구(武法具)……. 사용자에 따라서 얼마든지 강해질 수 있는, 어떤 의미로는 세계 최강이라고도 할 수 있는 무기…….'

저 라자르가 진짜 6영웅이라면 그가 애용하던 창은 《성창(聖槍) 로키탈리아》. 성검 시리즈 중에서도 최고 걸작으로 유명한 무기 중 하나이리라.

《성창 로키탈리아》와 《역천사의 방패》.

양쪽 다 상당히 옛 시대의 성인(聖人)이 만든 전설의 무법구였다.

'……마인의 힘과 저 방패와 창의 능력이 더해지면 어떤 위력을 발휘할지 상상도 안 되지만…… 정면으로 붙었다간 승산이 없어!'

그렇다면 어찌해야 좋을까.

'역시…… 우선 저 방패를 유일하게 뚫을 수 있는 세리카의 『미스릴 검』을…….'

글렌이 최강의 방패와 창의 공략법을 필사적으로 궁리하고 있자, 갑자기 금속이 우그러지고 깨지는 소리가 주변 일대에 크게 울려 퍼졌다.

"……어?"

퍼뜩 놀라 시선을 돌리자, 마인이 《성창 로키탈리아》와

《역천사의 방패》를 손으로 **쥐어 뭉개고** 있었다.

전설로 유명한 무법구가 산산이 부서지고 파편이 사방팔방으로 튀었다.

글렌은 파편의 잔상이 망막에 새겨지는 그 광경을 넋을 잃고 바라보았다.

"……너, 바보 아냐?"

이윽고 그의 입에서 어처구니없는 목소리가 새어 나왔다.

"세계 최고 클래스의 장비를 두 개나 부숴버리다니…… 대체 무슨 생각이지? ……제정신이냐?"

『훗, 어리석은 질문이군. ……**나보다 약한 무기와 방어구를 쓰는 것에 무슨 의미가 있지?**』

마인은 지극히 당연한 말투로 대답했다.

『이제 이런 어리석은 자가 벼려낸 송곳니 따윈 필요 없다. 나는 《철기강장》 아세로 이엘로. 나 자신이야말로 세계 최강의 무기이자 방어구일지니.』

글렌은 그저 숨을 삼키고 그 말을 들을 수밖에 없었다.

"……허튼소리."

하지만 이윽고 코웃음을 치며 그렇게 단정했다. 단정할 수밖에 없었다.

글렌도 마음속 한켠에서는 마인의 말이 결코 헛소리가 아님을 **이해하고** 있었다.

그것을 인정해 버리면…… 남은 건 절망 뿐이기에…….

이 세상의 모든 절망을 봉인한 「상자」를 어떤 죄 많은 여자가 열어버렸다는 일화를 예로 들어보자. 결국 세상에 해방된 그 온갖 절망이 사람들을 고난에 빠트리게 되지만……「상자」의 밑바닥에는 마지막으로 희망이 남아있었다고 한다.

하지만 그것은 사실 희망이 아니라 『모든 것』을 알게 됨으로써 따라오는 절망이었을 뿐.

인간은 무지하기에 진실을 깨닫지 못해야 희망을 가질 수 있는 생물인 것이다.

"이 자식이 사람을 아주 깔보기는……!"

그래서 글렌은 상자의 바닥을 들여다보는 것을 그만두고 땅을 박차며 마인을 향해 맹렬히 돌진했다.

백마(白魔)【피지컬 부스트】는 이미 전개된 상태.

살과 뼈가 비명을 지를 정도로 강화된 신체 능력으로 신형이 안개처럼 흐릿해졌다.

"하아아아아아아앗!"

페인트. 도중에 옆으로 급속 방향 전환.

"이거나 처먹어라!"

세찬 물결처럼 흐르는 풍경 속에서 글렌은 권총을 겨누고…… 패닝(Fanning).

총구에서 배출된 여섯 발의 날카로운 총탄이 마인의 팔다리에 정확하게 명중한 순간, 세상이 새하얗게 물들었다.

글렌이 총알이 떨어진 권총을 내던지는 동시에 마지막 섬광석을 터트린 것이다.

그 틈을 노리고 재빨리 마인의 사각으로 이동해서 주문을 외쳤다.

《원초의 힘이여·내 손톱과 엄니에 깃들라·강한 광휘를 밝혀라》!"

흑마(黑魔)【웨폰 인챈트】— 무장을 강화하는 마술이었다.

글렌은 마지막 남은 마력을 오른손에 주입해서 강철보다 강인하게 강화했다.

마력의 빛으로 찬란하게 빛나는 오른손.

그리고 마인의 뒤에서 심장을 노리고 날카롭게 손날을 내질렀다.

'하! 방패를 버린 게 네 실책이다……!'

영적인 감각으로 확인한 바에 따르면 마인은 마술적인 방어 조치를 전혀 취하지 않고 있었다.

그렇다면 꿰뚫을 수 있다. 뒈져버려!

글렌이 그렇게 확신한 순간, 손끝이 바람을 가르며 마인의 등과 접촉.

콰직!

살이 뭉개지는 소리와 함께 글렌의 손이 마인의 몸속으로 파고들었다.

적어도 주위에서는 틀림없이 그렇게 보였으리라.

그러나—.

"크……으아아아아!"

다음 순간, 글렌은 용수철처럼 뒤로 물러났다.

오른손에서 피를 흩뿌리고 신발바닥으로 땅을 헤집으면서 루미아의 옆으로 돌아왔다.

"치잇……!"

글렌의 축 늘어진 오른손은 엉망으로 뭉개져 있었다.

뼈가 복잡기괴하게 부러지고 살이 찢어진 채 피를 철철 흘리고 있었다.

방금 공격으로 마인의 몸을 관통한 것이 아니라 글렌의 손이 일방적으로 파괴된 것이었다.

"서, 선생님?! 괜찮으세요?!"

루미아가 황급히 다가가 법의(法醫)^{힐러 스펠} 주문을 영창했지만…… 도저히 단시간에 완치할 수 있는 상처가 아니었다.

"젠장, 더럽게 단단해! 너, 그 몸은 대체 뭐로 된 거야?!"

자랑은 아니지만 【웨폰 인챈트】를 부여한 이 일격은 글렌의 필살기 중 하나였다. 판금 갑옷^{플레이트 메일} 정도라면 여유 있게 관통할 수 있을 정도. 권투를 주체로 싸우는 글렌에게 제국식 군대 격투술에서 비롯된 이 기술은 글자 그대로 비장의 수였다.

조금 전에 레이크의 용린(龍鱗)을 상대로 썼을 때도 완전히 관통하는 건 무리였지만, 이렇게까지 일방적으로 피해를 입을 정도는 아니었건만…….

『뭐냐. 벌써 끝인가? 글렌 레이더스. 끝이라면 루미아 틴 젤의 목숨을 받아가겠다.』

마인은 미동조차 하지 않았다. 그저 조용히 서 있을 뿐. 글렌의 공격 같은 건 대응할 필요조차도 없다는 여유가 느껴졌다.

"서, 선생님…… 손이……!"

"됐으니까 물러나! 루미아!"

글렌은 루미아가 말리는 것을 뿌리치고 앞으로 나섰다.

'그건 그렇고 어쩌면 좋지? 슬슬 무기도 다 떨어졌는데……!'

오른손의 불에 타들어가는 듯한 격통을 참으면서 고민한 순간—.

"……미안, 글렌. 늦었다."

"응. 지금부터는 우리가 싸울게. 루미아는 달아나."

세리카와 리엘이—.

"칫! 이 몸이 고작 이 정도로 이성을 잃다니……!"

"뭐, 뒷일은 우리에게 맡겨주게."

할리와 체스트 남작이—.

정신적인 충격으로 옴짝달싹도 하지 못했던 네 명이 그제 야 제정신을 차리고 마인을 포위하기 시작했다.

이것으로 끝이 아니었다.

갑자기 하늘에서 거센 돌풍을 휘감고 내려온 세 사람의 신형.

"우홋?! 어째 재미있는 상황이 됐구만?!"

"글렌 선배! 루미아 씨!"

제국 궁정 마도사단 특무분실의 《은둔자》 버나드와 《법황》 크리스토프.

그리고—

"……늦어서 미안하군."

《별》의 알베르트가 막바지에 참전했다.

"영감탱이?! 크리스토프?! 알베르트?! 왔던 거야?!"

"흥……. 넌 이제 물러나 있도록."

변함없이 냉담하고 퉁명스러운 알베르트의 말투가 신경에 거슬렸지만 이런 상황에서는 저 등이 이토록 믿음직할 수가 없었다.

"마술학원의 여러분! 저희는 제국군의 군인…… 아군입니다! 상황은 이미 파악했습니다! 갑작스러우시겠지만, 공동 전선 제안을 받아주십시오!"

"여, 오랜만이군. 글렌 도령, 세리카! 잘 지냈나?"

재빨리 산개한 특무분실의 멤버들은 저마다 위치를 잡고 공격 태세를 취했다.

그러자 마술학원 쪽 멤버들도 그들의 움직임에 맞춰서 말없이 연계를 취하기 시작했다.

'뭐, 뭐야……. 이제 다 틀린 줄 알았는데…….'

그 순간, 글렌은 안도의 한숨을 내쉬었다.

세리카, 리엘, 할리, 체스트, 버나드, 크리스토프, 알베르트.

어느덧 정신을 차리고 보니 고작 마인 하나를 상대로 압도적인 전력이 갖춰졌다.

이 최강의 멤버들이 당해낼 수 없는 존재가 있을 리 없다. 글렌은 상자의 밑바닥을 들여다보는 것을 그만두고 가슴속에 어렴풋이 남은 불안감을 억지로 무시했다.

'이겨. 이길 수 있어. 반드시 이길 수 있어!'

마인을 포위하고 공격할 기회를 노리는 일행 뒤에서, 글렌이 마른침을 삼키며 전장의 동향을 살피는 순간—.

"선생니이이이임! 루미아아아아!"

부웅!

바람을 두른 소녀가 은발을 나부끼며 눈앞에 착지했다.

"이, 이게 대체 어떻게 된 상황이죠?! 지금 무슨 일이 일어난 거냐구요!"

시스티나였다. 하늘 위의 이상사태를 눈치채고 조금이나마 회복한 마력으로 『선풍각(旋風脚)』을 써서 황급히 날아온 모양이었다.

"오, 하얀 고양이. 마침 좋은 타이밍에 왔네?"

압도적인 전력차 덕분에 여유가 생긴 글렌은 씨익 웃으면서 대답했다.

"좋은 타이밍?"

"어, 지금부터 이번 사건의 흑막을 다 같이 박살내려던 참이었거든."

"흑막? 저기…… 전 무슨 말씀을 하시는 건지 잘 모르겠는데요."

시스티나는 난처한 얼굴로 마인을 포위한 세리카 일행을 둘러보면서 중얼거렸다.

"이, 이건…… 왠지 엄청 호화로운 멤버네요……?"

"그렇지? 하하하! 이렇게 된 이상 오히려 적이 더 불쌍……."

글렌은 웃으면서 어깨를 으쓱이려고 했다.

"……그래도 이길 수 있을까요?"

하지만 시스티나의 불안한 목소리가 찬물을 끼얹었다.

"하늘 위에 있는 저건…… 분명 《불꽃의 배》겠죠? 롤랑 엘트리아의 동화 『멜갈리우스의 마법사』에 나온……."

"……."

"즉, 저분들이 포위한 마인은…… 마장성(魔將星)이라는 거죠? 전에 타움의 천문신전에서 마주친 《마황인장(魔煌刃將)》 아르 칸과 동급의 존재라는 뜻 아닌가요?"

글렌은 그저 입을 다물 수밖에 없었다.

"《불꽃의 배》라면…… 《철기강장》 아세로 이엘로겠네요?"

하지만 시스티나는 글렌이 뚜껑을 덮은 「상자」를 매몰차게 열어버렸다.

"그렇다면…… **우리 힘으로는 절대로 못 이길 거예요!** 이야기의 주인공인 『정의의 마법사』조차…… 아세로 이엘로에게는 **결국 못 이겼는걸요!**"

"큭!"

떨리는 시스티나의 목소리가 결국 「상자」 밑바닥에 있는, 글렌이 외면한 진실을 끄집어냈다.

그렇다. 깨닫고 만 것이다.

깨닫고 만 이상, 자신들에게 남겨진 것은 절망 뿐.

"……하얀 고양이. 네 입으로 말해줘. ……그 이야기 속에 나오는 《철기강장》 아세로 이엘로…… 그자의 가장 특징적인 능력은 뭐였지?"

글렌은 남은 왼손을 굳게 쥐었다.

"내 기억이 잘못된 거라고 믿고 싶다만…… 부탁이다. 말해줘. ……그자의 능력이 뭐였지?"

"그, 그건…… 이야기 속의《철기강장》아세로 이엘로는…… 그의 능력은……."

시스티나가 입을 연 순간—.

"거기다!"

대치 중에 빈틈을 발견한 건지 세리카가 땅을 박차며 질주했다.

몸이 흐릿하게 보일 정도의 무시무시한 속도로 마인을 향해 육박했다.

세리카가 손에 든 것은 『미스릴 검』. 6영웅《검의 공주》엘리에테가 애용했다고 일컬어지는 지고의 무기. 온갖 마력의 간섭을 차단하고 강철 따위는 비교조차 될 수 없는 경이적인 강인함을 겸비한 마법금속 미스릴로 만든 검이다.

최고의 검과 최고의 기술. 그것으로 벨 수 없는 존재가 이 세상에 있을 리 없었다.

세리카는 정면에서 마인의 머리를 향해 진공을 가르며 검을 내리쳤다.

다음 순간, 메마른 금속음이 주위에 울려 퍼졌다.

누구나가 그 광경에 자신의 눈을 의심했다.

"……어?"

마인과 교차한 세리카는 깨달았다.

검을 든 오른손에 느껴지는 무게중심이…… 이상했다.

시선을 내리자 검의 칼날이 중간부터 없었다. 반으로 짧아져 있었다.

다음 순간, 맹렬하게 회전하는 눈부신 뭔가가 멀리 떨어진 땅 위에 마치 묘비처럼 박혔다. 두말할 것도 없이 사라진 칼날의 절반 부분이었다.

"……말도 안 돼."

세리카가 휘두른 검은 틀림없이 마인의 머리를 정확하게 노렸다.

최고의 기술로 휘두른 최고의 검이 마인의 머리를 양쪽으로 갈라야 했을 터.

하지만 두 조각으로 나눠진 것은 세리카의 검이었다.

『흥. 어차피 겉모습만 흉내 낸 빌려온 검술.』

부러진 검을 넋을 잃고 바라보는 세리카의 뒤에서 마인의 싸늘한 목소리가 흘러나왔다.

『기술에 혼이 담겨있지 않다. 엘리에테의 발끝에도 못 미치는군. ……검이 울고 있구나.』

그 순간.

"이이이이이이야아아아아아아아아아아아압!"

푸른 충격이 측면에서 마인을 향해 짓쳐 들었다. 리엘이다.

그녀는 자신의 특기인 고속 연금술로 연성한 대검을 수평으로 휘둘렀다.

압도적인 폭력이 이번에도 마인의 몸을 정확하게 노렸다.

터엉!

하지만 대검은 거대한 암석을 친 것 같은 소리와 함께 산산이 부서져서 흩어졌다.

"아윽?!"

그리고 오히려 리엘의 몸이 크게 수평으로 날아가 바닥을 굴렀다.

마인은 그저 몸에 묻은 먼지를 손으로 가볍게 털어낼 뿐.

이 자리에 모인 모두가 그 광경에 넋을 잃고, 경악하고, 굳어 버렸다.

이상하다. 명백히 이상했다.

예를 들어 《역천사의 방패》라면 그 무적의 방어 능력에 어떤 마술적인 비밀이 감춰져 있으리라는 낌새와 징후가 느껴졌다.

그 비밀만 파헤친다면 어떻게든 돌파할 수 있으리라는 확신이 있었다.

하지만 방금 목격한 광경에서는 아무것도 느낄 수 없었다.

단순히 강하니까 강할 뿐. 단단하니까 단단할 뿐. ……그저 그뿐이었다.

"……하얀 고양이. 아세로 이엘로의 능력이…… 뭐였지?"

글렌은 눈앞에서 펼쳐진 광경에 말문이 막힌 시스티나에게 다시 똑같은 질문을 했다.

"그, 그는……."

정신을 차린 시스티나가 몸을 떨면서 간신히 목소리를 쥐어짜 냈다.

"『멜갈리우스의 마법사』에 나온 대로라면…… 그의 몸은 신철(神鐵)로 되어 있어요."

아다만타이트. 이것의 존재를 자세히 아는 자는 의외로 드물었다.

고대의 초마법문명이 마도기술로 만들어냈다고 일컬어지는 궁극의 마법금속.

어둠처럼 검은 광택을 가진 그 금속은 불명의 물질이자, 수은 같은 유동성을 가졌으면서도 용의 비늘보다도 훨씬 단단하다는 모순을 내포한 금속이라고 한다.

일설에 따르면 현대에서 가장 우수한 금속이라고 평가받는 미스릴과 오리할콘조차 아다만타이트를 만들어내는 과정에서 태어난 부산물, 혹은 실패작이라고도 한다.

하지만 고대의 비문과 문헌에 그 존재를 언급하는 내용이 어렴풋이 존재할 뿐, 현대의 마술학회에서는 그것이 실제로 존재하는 금속인가에 대해선 대체적으로 회의적인 입장이었다. 부정하는 자들도 결코 적지 않았다.

실제로 아무리 각지의 유적을 샅샅이 뒤져봐도 그런 금속이 발견된 적은 없었고, 애당초 미스릴과 오리할콘보다 우수한 금속은 상식적으로 생각하면 존재할 리가 없었다.

그래서 아다만타이트는 마도 고고학에 심취한 일부 마술사와 연구자들 사이에서나 그럴 듯하게 논의되는 일종의 로망…… 환상의 금속에 가까웠다.

『그 말대로다.』

마인은 시스티나의 말을 긍정했다.

『내 몸은 불멸의 아다만타이트로 이루어져 있다. 설령【메기도의 불】이라도…… 내 몸을 소멸시킬 수는 없으리라. ……어디 시험해보겠는가?』

"우, 웃기지 마……!"

그렇게 외치면서도 글렌은 내심 깨달았다.

아마 그 말대로【메기도의 불】이라도 저자를 소멸시킬 수 없으리라는 것을…….

"빌어먹을…… 저런 걸 대체 어쩌라는 거야……?"

"어쩌고 자시고 할 게 뭐 있나."

마침내 글렌의 입에서 약한 소리가 흘러나오자, 뒤에서 알베르트가 일갈했다.

"내가 공격한다. ……넌 네가 할 수 있는 일을 해."

"……!"

알베르트의 의도를 눈치챈 글렌의 눈초리가 날카로워졌다.

"……맡겨도 되겠어?"

"그래. ……지금은 그게 내 역할이다."

담백한 대답.

"《뇌제(雷帝)여》…… 《춤춰라》!"

재빠르게 몸을 날린 알베르트는 마인을 손가락으로 겨냥하며 주문을 영창했다.

그 손끝에서 **동시에 발동**된 일곱 개의 【라이트닝 피어스】가 제각기 다른 궤적을 그리며 고속으로 마인의 왼쪽 가슴한 부분을 정확하게 찔렀다.

『칠성검(七星劍)』이라 불리는 절기(絶技).

『……이게 뭐 어쨌다는 거지?』

하지만 마인의 몸에는 자못 당연하다는 듯 상처 하나 없었다.

『어차피 어리석은 자의 송곳니에 불과할 뿐. 그 정도의 공격으로…….』

"《금색의 뇌수(雷獸)여·땅을 질주하라·하늘로 날아올라 춤춰라》."

알베르트는 전혀 개의치 않고 다음 주문을 입에 담았다.

흑마 개량형 【플라스마 필드】.

격렬하게 난무하는 번개 폭풍이 마인의 주위에 원을 그리 듯 소용돌이쳤다.

섬광이 명멸하고 수많은 벼락이 뱀처럼 똬리를 틀면서 마 인의 몸을 마구잡이로 난타했다.

『가소롭군.』

하지만 마인은 마치 시원하게 샤워라도 하는 것처럼 벼락 에 가만히 몸을 맡겼다.

"으, 우오오오오오오오오오오오오오!"

알베르트의 그 공격을 계기로 지금까지 마인의 존재에 위 축돼서 넋을 잃고 있었던 자들도 움직이기 시작했다.

마치 자신들의 마음을 좀먹는 불안감과 절망을 떨쳐내려 는 것처럼.

"《빙랑(氷狼)의 조아(爪牙)여》! 《집(集)》!"

할리가 집속 발동한 【아이스 블리자드】로 극세 냉기탄을 발사했다.

"《풍신(風神)이여·날카롭게 검을 휘둘러·하늘을 질주하라》!"

시스티나가 【에어 블레이드】로 거대한 반월형 바람 칼날을 날렸다.

"젠장……. 난 이제 한계건만! 《날아가 버려》!"

세리카가 【기가 익스플로전】을 영창하자, 마인을 중심으로 모인 공간 에너지가 눈부신 섬광을 터트리며 대폭발. 대기를 뒤흔들었다.

그 모든 공격이 완벽한 직격. 상식적으로 생각하면 명백한 오버킬이었다.

……그러나.

『……이제 만족했나?』

멀쩡했다.

이번에도 마인은 상처 하나 없이 멀쩡했다.

주문의 무시무시한 파괴력은 지속 시간이 끝나는 동시에 허무하게 사라졌다.

"이건 어떠냐! 《흉조의 지저귐을 들어라·그대의 의(意)는 공(空)으로·그대의 식(識)은 백(白)으로》!"

체스트 남작이 사고 능력을 파괴하는 정신 공격 주문 백마 【마인드 블래스트】를 가감없이 전력으로 영창했다.

귀를 찌르는 듯한 이명. 일반인이 상대라면 한 번에 몇백 명을 폐인으로 몰아넣을 수 있는 정신 간섭파가 마인의 정신을 직접 두들겼다.

"크리 도령! 리엘! 지금이다! 내 움직임에 맞춰!"

"예!"

"응!"

그 틈을 놓치지 않고 버나드와 크리스토프와 리엘이 움직였다.

"우오오오오오오오오오오!"

먼저 버나드가 멀뚱히 서 있는 마인의 옆으로 잔상을 남기면서 질주.

교차하는 순간, 양손에서 펼쳐진 무수한 강철선이 허공을 수놓았다.

마력으로 강화된 이 극세 강철선들은 강철조차 찢을 수 있을 정도로 마찰력을 강화한 특수 제작품이었다.

"흐으으으으으읍!"

그것들이 빛을 서늘하게 반사하며 마인의 온몸을 칭칭 감자, 버나드는 인정사정없이 팔을 잡아당겼다.

무시무시한 절삭력을 자랑하는 강철선이 마인의 온몸을 옥죄었다.

"이이이이이야아아아아아아아아아아아아아압!"

그리고 리엘이 마인의 정수리를 향해 평소의 몇 배가 넘는 크기로 연성한 초특대 대검을 내리찍었다. 그 충격에 검날이 기역자로 구부러질 정도였다.

"물러나! 리엘!"

크리스토프가 틈을 주지 않고 결계 마술을 발동했다.

버나드와 리엘이 적의 시선을 끄는 동안 마인의 주위로 던진 수많은 근청석(菫靑石)이 규칙적인 배열로 육각형을 그리며 바닥에 착탄, 단숨에 기하학적인 결계를 구축했다.

《고속 결계 전개·근청석 뇌옥계(牢獄界)》!"
_{이미드 로드} _{아이올라이트 프리즌}

그리고 양손을 바닥에 붙이자, 수많은 마력선이 아이올라이트들을 복잡하게 연결하며 초중력장을 형성했다.

대기가 짓눌리는 중저음. 초중력이 마인이 서 있는 주변일대를 크레이터 모양으로 침하시켰다.

마인의 머리에 틀어박힌 기역자 대검이 그 압력을 견디지 못하고 엿처럼 구부러지다 금속피로를 이기지 못하며 부러지는 지옥 같은 결계장 속에서도—.

『……이걸로 끝인가?』

마인은 의연하게 크레이터 옆을 향해 두 발로 천천히 걸어 올라왔다.

"그런…… 완전히 먹히면 드래곤조차 뭉개버릴 수 있는 초중력 결계가…… 시간벌이조차 되지 못 하다니!"

크리스토프는 믿을 수 없다는 듯이 눈을 부릅뜨고 신음을 흘렸다.

"내가 전력으로 쓴 【마인드 블래스트】를 정통으로 맞고도 견디다니…… 자네, 정말로 인간인가? 아니, 어떻게 봐도 인간은 아니로군."

체스트 남작도 이마에 비지땀을 흘리며 속수무책이라는 듯 어깨를 으쓱였다.

"하하하…… 이거 원, 슬슬 방법이 없으려나?"

"큭! ……어쨌든 지금은 쏘고, 쏘고, 또 쏘는 수밖에 없어!"

하책이라는 것을 알면서도 할리는 그렇게 외칠 수밖에 없었다.

"제길!"

"치잇!"

"죽어!"

이 자리에 모인 모두가 마력을 한계까지 그러모아 자신이 아는 모든 공격 주문을 쉴 새 없이 퍼부었다.

다음 순간, 그곳은 죽음과 파괴의 폭풍이 몰아치는 지옥으로 변했다.

수많은 화염구가 쇄도했고, 절대 영도의 냉기가 거칠게 휘몰아치고, 벼락이 난무했다.

바람의 칼날이 미친 듯이 춤추고, 폭염이 대기를 불태우고, 산성비가 쏟아지고, 독안개가 소용돌이쳤다.

하늘에서 떨어진 운석이 작렬하고, 수많은 총탄이 빗발치고, 투척한 대검이 선풍을 일으키고, 에너지 탄을 호우처럼 퍼부었다.

급기야 영혼을 죽음으로 유혹하는 속삭임과 석화 주문까지 날아갔다.

《망할 자식·적당히 좀·—.》

마침내 세리카도 비장의 수를 꺼내들었다.

"—뒈지라고ㅇㅇㅇㅇㅇㅇㅇㅇㅇㅇㅇㅇㅇ》!"

본가·흑마 개량형【익스팅션 레이】. 유질량 물질 분해 소멸 마술.

과거에 사신(邪神)의 권속조차 소멸시켰던 필멸의 빛.

해방된 압도적인 빛의 분류가 마인을 완전히 집어삼키고 시야를 새하얗게 물들였다.

그러나―.

『……말했을 터. 내 몸은 불멸의 아다만타이트일지니.』

그럼에도. 이만큼 마술을 퍼부었음에도―.

『네놈들의 마술 따위 어차피 모조품…… 「어리석은 자의 송곳니」에 불과하다.』

마인은…… 여전히 멀쩡했다.

"……진짜, 나……. 쿨럭! 커헉!"

"아르포네아 교수님?!"

원래 고갈 직전이었던 마력을 한계 이상으로 쓴 세리카가 피를 토하며 쓰러졌다.

'……신살(神殺) 마술조차 안 통한다는 거야?! ……어째서! 아무리 불멸이라고 해도 정도가 있지!'

글렌은 현기증이 나는 것을 견딜 수 없었다.

『흠…… 이대로 네놈들의 무력함을 가만히 지켜보는 것도 질리는군. 슬슬 이쪽도 공격을 시작해 볼까…….』

마인이 그렇게 중얼거리자 전원이 긴장감에 휩싸였다.

『글렌 레이더스의 방해로 마나가 부족한 탓에 마장성과의 영혼 융합은 불완전……. 따라서 마술은 아직 못 쓰겠군.
……뭐, 네놈들을 상대하는 데는 굳이 필요 없겠지.』

그렇게 말한 마인은 천천히 두 손을 들어 손날을 만들었다.

파공성.

갑자기 그 모습이 일동의 눈앞에서 사라졌다.

회오리바람이 휘몰아치고, 마인의 이동속도로 발생한 충격파가 일동을 스쳐 지나갔다.

"음?!"

다음 순간, 버나드의 뒤에서 나타난 마인이 정수리를 노리고 손날을 휘둘렀다.

버나드는 반사적으로 머리 위로 양팔을 교차해 막으려 했다.

"우오오오오오오오?!"

하지만 마인의 손날은 마력으로 강화된 양팔을 나뭇가지처럼 무참히 꺾어버렸고, 그 충격을 차마 감당하지 못한 버나드의 몸은 바닥과 충돌하며 크게 튀어 올랐다.

그리고 다음 순간, 다시 모습이 사라진 마인은 대검을 겨눈 리엘의 옆에 나타났다.

"큭?!"

리엘은 척추반사로 대검을 옆으로 휘둘렀다.

"아, 으으으으으으윽?!"

하지만 마인의 돌려차기가 대검을 분쇄하는 동시에 리엘의 갈비뼈와 오른팔을 분질렀다.

『……네놈이 마지막이다.』

마인은 리엘이 몸이 수평으로 날아가는 것을 확인하지도 않고 알베르트를 향해 신속하게 짓쳐 들었다.

"《─·그대의 맹렬한 분노를 떨치며·모든 것에 평등한 멸망을 내릴지어다》!"

하지만 알베르트는 버나드가 당한 시점에서 B급 어설트 스펠, 흑마 【플라스마 캐논】을 미리 영창하고 있었다.

마술이 발동하는 동시에 그 무시무시한 전격 에너지를 왼쪽 손바닥에 구 형태로 집중시켰다.

『죽어라!』

마인이 날린 오른 주먹과─.

"흡!"

알베르트가 온 힘과 마력을 담아서 날린 왼손바닥이─.

정면으로 격돌했다.

충돌하는 순간, 알베르트의 손바닥에 모인 【플라스마 캐논】의 파괴력이 영거리에서 작렬했다.

세차게 명멸하는 세계. 대기를 뒤흔드는 충격음. 사방으로 확산되는 벼락.

하지만 원래 원거리에서도 성벽을 날려 버릴 수 있는 B급 군용 마술의 영거리 포격이라는 압도적인 위력으로도─.

"……?!"

힘에서 밀린 건 알베르트였다.

바닥에 두 줄기 선을 그으며 십 미트라 이상 밀려났다.

『……허? 어리석은 자의 백성이지만, 찬사가 아깝지 않은 판단력과 위력이로군. 아무리 힘 조절을 했다지만, 설마 그런 수법으로 내 타격을 흘려낼 줄이야……. 허나 두 번은 없다.』

"……칫."

알베르트는 짜증스럽게 혀를 찼다.

자세히 보니 축 늘어진 왼팔은 보기에도 처참한 피투성이였다.

맹금류처럼 날카로운 시선은 건재했지만 이마에는 보기 드물게 비지땀이 맺혀 있었다.

'뭐야 이게……. 이게 대체 뭐냐고…….'

글렌은 주위의 참담한 상황을 확인했다.

마나 결핍증을 일으킨 할리, 체스트, 세리카, 크리스토프, 시스티나.

심각한 대미지를 입고 피를 토하며 널브러진 버나드, 리엘.

간신히 두 발로 서 있기는 해도 심하게 다친 알베르트.

세계 최고봉의 현자들이, 역전의 군인들이…… 저 마인 앞에서는 그야말로 어린아이와 다를 바 없었다. 차원이 달랐다. 승부조차 되지 않았다.

존재가, 격이, 평범한 인간인 자신들과는 전혀 달랐다.

마장성 《철기강장》 아세로 이엘로. 저자는 모든 면에서 지나치게 강했다.

'······저런 자식을 대체 어쩌라고?'

제아무리 글렌이라도 발밑이 무너지는 것 같은 절망감에 사로잡힐 수밖에 없었다.

"이제 그만하세요!"

그러자 결국 견디다 못한 루미아가 나섰다.

"당신이 노리는 건 나잖아요?! 날 죽여요!"

"이, 이봐! 루미아!"

"너, 너 지금 무슨 소릴······!"

글렌과 시스티나가 말렸지만 루미아는 개의치 않고 호소했다.

"당신은 제가 죽으면 만족하잖아요?! 그럼 절 마음대로 해도 상관없어요! 그러니 부탁이에요! 이제, 더는 아무도 상처 입히지 말아줘요!"

『루미아 틴젤. 그 부탁은 받아들일 수 없다.』

"······예!?"

하지만 루미아의 그런 애원도······ 마인에게는 닿지 않았다.

『그대의 목숨을 받는 건 이미 확정된 사실이지만, 이번 계획의 목표에는 이 페지테를 멸망시키고······ 대도사님의 위대한 비원을 달성하기 위한 산제물로 삼는 것도 포함된다. 따라서 그대의 목숨에는 아무런 교섭 가치도 없다. 나는 지금 이 자리에서 이들을 몰살하고······ 페지테를 멸망시킬 것이다.』

"그, 그런……."

루미아는 힘없이 무릎을 꿇고 고개를 숙이고 말았다.

마인은 살기를 내뿜으며 그런 루미아를 향해 천천히 다가왔다.

마침내 그녀를 죽일 셈인 것이리라.

"알베르트!"

루미아의 앞을 막아선 글렌은 전우의 이름을 외치면서 마인과 대치했다.

"……뭔가 알아낸 점은?"

그러자 알베르트도 재빨리 글렌의 옆에 나란히 섰다.

"미안, 전혀 못 찾았어. ……저 자식이 더할나위 없는 무적이라는 것 말고는."

"칫…… 쓸모없는 녀석."

"시끄러! 그보다 너, 아직 움직일 수 있겠어?!"

"……물론이다."

"그럼 가자! 대책은 아무것도 없지만, 그나마 움직일 수 있는 건 너와 나뿐이야! 뭐가 어찌 됐든 붙어보는 수밖에 없어!"

글렌은 망가진 오른손을 억지로 주먹 모양으로 만들고 권투 자세를 취했다.

알베르트도 왼쪽 발을 뒤로 내밀고 오른손으로 쓸 수 있는 마술을 검토하기 시작했다.

"흥. 이 정도까지 승산 없는 싸움은 오랜만이군."

"뭐? 너, 인마. 허풍떨지 마. 「처음」을 잘못 말한 거겠지?"

이럴 때도 평소처럼 티격태격했지만……

절망적. 상황은 너무나도 절망적이었다.

그래도 어떻게든 활로를 찾아내고야 말겠다는 일말의 희망에 매달리며 지금 가지고 있는 모든 것을 건 싸움에 도전하려는 바로 그 순간—

『기다려. 아세로 이엘로.』

그런 두 사람과 마인 사이에 별안간 유령처럼 나타난 존재가 있었다.

『아니, 당신은 본질적으로 그 아세로 이엘로와 다른 존재니까…… 현세의 이름으로 부르는 편이 나을까? 그렇다면 분명…… 라자르라고 했던가?』

『음? 그대는…… 설마?!』

『무명(無名)이야. 현세에서는 그런 이름을 쓰고 있어.』

등에 거대한 이형의 날개를 품은 소녀, 남루스가 지친 표정으로 마인과 대치했다.

"……누구지? 루미아 틴젤과 똑같이 생긴 것 같다만."

"몰라. 하지만 적은 아니야."

눈살을 찌푸린 알베르트가 의문을 품자 글렌이 퉁명스럽게 대답했다.

『그보다 할 말이 있어. 라자르. ……지금은 물러나.』

남루스는 그런 글렌과 알베르트를 무시하고 마인에게 담담한 목소리로 제안을 건넸다.

『마인을 내 몸에 강림시켰기 때문이겠지만…… 지금의 난 그대가 누군지 잘 알겠군. ……허나 지금은 그대의 의견을 존중해 「남루스」라고 불러주도록 하지.』

　마인도 담담하게 입을 열었다.

『그건 그렇고, 남루스여. 지금은 물러나라고? 어리석군. 교섭은 대등한 존재 사이에나 성립하는 것이다만?』

　그리고 남루스를 향해 살기와 존재감을 내뿜었다.

『**까불지 마, 애송아.**』

　하지만 남루스가 그렇게 위협한 순간—.

　쿵!

　무겁고 차갑고 짙은 어둠이 주변 일대에 드리워진 듯한 감각.

　틀림없이 그곳에 있는데도 자욱하고 농밀한 암흑이 그녀의 존재를 인식하는 것을 방해했다. 언뜻 가련해 보이는 소녀의 모습은 심연에서 갈라진 어둠이 인간의 형상을 한 것에 불과하다는 것을 본능이 이해했다. 마인이 마치 갓난아기처럼 보일 정도로 더럽혀진 사악한 존재가 그곳에 현현한 것이다.

『기껏해야 마장성 따위가…… **그 아이**에게서 받은 가짜 힘으로…… 고작 인간을 그만둔 정도로 건방 떨지 마. ……이

내 앞에서.』

남루스의 이 세상 모든 것을 저주하는 듯한 일그러진 목소리가 고막을 헤집었다.

그리고 어둠 속에서 붉은 호선을 그리는 비웃음을 흘리며 새하얀 손을 천천히 앞으로 내밀었다.

그 순간, 그 손앞에서 주위를 감싼 거짓 어둠을 물리치듯 압도적인 황금색 빛이 터지며 이 자리에 있는 모두의 시야를 새하얗게 물들였다.

"뭐, 뭐지?! 무슨 일이 일어난 거야!"

영혼을 사로잡은 어둠에서 해방된 글렌이 소리쳤다.

정신을 차리고 보니 남루스의 손바닥 뒤에는 「황금색으로 빛나는 열쇠」가 떠 있었다.

『《황금 열쇠》라고?! 이럴 수가…… 그대에게 아직 그런 힘이 남아 있었다니!』

마인도 남루스의 「열쇠」에 의표를 찔린 모양이었다.

『그래, 맞아. 알겠지? 당신들이 가진 「모조 열쇠」가 아니야. 세계에 단 둘밖에 없는 「진정한 열쇠」…… 그중 하나.』

남루스는 모멸하듯 조소했다.

『라자르. 당신…… 모조 열쇠로 간신히 마장성과 융합한 건 좋지만…… 마나 부족으로 아직 융합이 불완전하지? 글렌의 방해 때문에.』

『…….』

『육체를 잃고 과거의 힘을 대부분 잃은 나지만…… 지금의 당신을 무덤으로 끌고 갈 힘 정도는 있어. 나라는 존재 개념의 완전 소멸을 각오한다면…….』

『…….』

『지금은 물러나, 라자르. 당신의 힘이 완전히 안정된 후에 루미아를 죽이든지 해. 지금 나와 싸우는 것보다 그쪽이 당신에게는 확실한 방법이잖아?』

잠시 무거운 침묵이 주위를 지배했다.

『……좋다. 지금은 얌전히 물러나 주지.』

이윽고 마인이 입을 열었다.

『《■■■■ · ■ · ■■■■》…….』

그리고 이해할 수 없는 언어로 뭔가를 중얼거렸다.

그 순간―.

지상에 있는 글렌들은 대체 무슨 일이 일어난 건지 상상도 할 수 없었지만, 페지테 상공에 있는 《불꽃의 배》밑바닥에 새겨진 문양에서 수많은 붉은 빛이 방출되었다.

그 붉은 빛이 페지테를 에워싼 성벽을 고속으로 한 바퀴 훑자, 거대한 진홍의 빛으로 이루어진 벽이 하늘로 높이 치솟았다.

지상에 있는 글렌은 그 광경을 지평선 너머가 붉게 타오르는 것처럼 인식했다.

"너, 지금 무슨 짓을 한 거지?!"

사방의 지평선과 하늘이 진홍으로 물드는 광경을 목격한 글렌은 몹시 불길한 예감을 받고 마인에게 고함을 질렀다.

하지만 마인은 아무런 대답도 하지 않았고 곧 《불꽃의 배》에서 가느다란 원주형 빛이 내려와 마인의 몸을 감쌌다.

『……잘 있어라, 어리석은 자의 백성들이여. 기껏 남은 목숨을 구가해 보도록.』

마인은 그대로 빛을 따라 하늘로 상승했다.

그 작아진 모습이 이윽고 《불꽃의 배》 안으로 흡수되었다.

"제길, 도망쳤나……. 저 자식, 대체 무슨 짓을 할 작정이지?!"

『당신들의 말로 표현하자면 그는 이 페지테라는 도시를 통째로 감싸는 단절 결계를 펼친 거야. 이제 당신들은 페지테 밖으로 도망치는 것도, 외부의 도움도 바랄 수 없어.』

남루스가 불쑥 입을 열었다.

"뭐?! 도시를 통째로?!"

변함없이 압도적인 규모를 자랑하는 마인의 힘에 글렌은 벌어진 입을 다물 수 없었다.

『이제 와서 허둥대지 마. 적을 단절 결계 안에 가두고 내부를 【메기도의 불】로 불사르는…… 《불꽃의 배》는 원래 그런 병기야. 이를 테면 대(對) 국가용 제압 전략병기인 셈이지.』

"푸읍?!"

『즉, 그는 저 배 안에 틀어박힌 채 루미아와 함께 페지테를 잿더미로 만들어서 원래 목적을 달성하려는 속셈인 것 같아. ……그 정도로 내가 무서웠나? 바보 같기는. ……전부 허세였는데. 지금의 텅 빈 나에게 싸울 힘이 남아 있을 리가 없건만.』

"자, 잠깐! 지금 【메기도의 불】이라고 했지?! 그게 대체 무슨 뜻이야!"

『성가시게 일일이 캐묻기는…… 【메기도의 불】은 원래 저 배의 주포였어. 당신들이 조금 전까지 소란을 피웠던 그 술식은 눈물겨운 노력 끝에 근대 마술로 재현한 열화 복제품에 불과해. 저 《불꽃의 배》에 탑재된 것이야말로 원본인 셈이지.』

"뭐……라고?! 그런 바보 같은……."

『애초에 조건이 갖춰진 영지(靈地)가 아니면 발동할 수 없다니…… 그딴 건 전략 병기로서 결함품이잖아?』

남루스는 우울한 얼굴로, 허둥대는 글렌에게 적당히 대답했다.

'젠장…… 이 녀석이 하는 말은 여전히 의미를 알 수 없는데다 비약이 너무 심해서 이해하기도 버겁지만…… 즉, 그런 거군. 그런 거였나!'

글렌은 진홍색으로 물든 주위의 풍경과 《불꽃의 배》를 흘겨보면서 이를 악물었다.

'마장성의 힘과 《불꽃의 배》…… 확실히 이 두 가지가 갖춰지면 더는 거리낄 게 없겠지. ……벌레 목숨이나 다를 바 없었던 『급진파』의 『현상 유지파』에 대한 기사회생의 한 수가 될 거야! 그리고 이유는 모르겠지만, 그 녀석은 페지테를 멸망시키고 싶은 모양인데…… 그쪽도 간단히 해결될 테고!'

그것이, 그것이야말로 지금까지는 이해할 수 없었던 라자르의 진정한 목적이었던 것이다.

'젠장…… 틀렸어. 이젠 다 끝난 거잖아……!'

알고 싶지 않았던 진실을 마주한 글렌은 자신의 힘으로는 도저히 해결할 수 없으리라는 것을 깨닫고 아연실색했다.

『……아직이야, 글렌. 아직 끝나지 않았어.』

하지만 남루스가 그런 글렌을 질책했다.

『여기서 당신이 먹인 한 방이 효과가 있었어. 당신은 라자르의 의도를 뛰어넘어서 『마나 댐』을 해제했잖아? 덕분에 마장성의 힘도, 마장성의 힘으로 움직이는 《불꽃의 배》도 아직 불완전한 상태야…….』

"그게 뭐가 어쨌다는 건데."

『《불꽃의 배》는 당분간 【메기도의 불】을 못 쓸 거라는 뜻. 날 필요 이상으로 경계한 바보 같은 라자르는 이제부터 시간을 들여 마장성의 영혼을 정착시켜서 자신을 완전한 상태로 만들려고 하겠지. ……그리고 그때가 바로 《불꽃의 배》에 탑재된【메기도의 불】이 페지테를 멸망시키는 순간이 될 거야.』

"……아직 시간이 있다는 거군?!"

『응. ……내 계산에 따르면 제한시각은 아마 모레 정오쯤.』

"?!"

『그 사이에 방법을 찾아, 글렌. 마장성……《철기강장》아세로 이엘로를 쓰러트릴 방법을. 유감스럽지만, 난 그 방법을 몰라. 하지만…… 적어도「당신이라면 아세로 이엘로를 쓰러트릴 수 있을 거야」, 글렌. ……「당신이 쓰러트리지 못할 리 없어」.』

남루스의 입에서 나온 것은…… 애당초 의미를 알 수 없는 언동이 많은 그녀의 발언 중에서도 특히 더 갈피를 잡을 수 없는 내용이었다.

"……뭐? 나라면 그 자식을 쓰러트릴 수 있다고? 그게 대체 무슨 뜻이지?"

『나도 몰라. 오히려 당신 따위가 어떻게 그 아세로 이엘로를 쓰러트릴 수 있는지 내가 더 묻고 싶을 지경인걸.』

"또 영문 모를 소리나 하기는……. 적당히 좀 해, 이 가짜 루미아야."

남루스는 입만 열면 늘 영문을 알 수 없는 말만 늘어놓았다. 중요한 부분은 무엇 하나 밝히지 않고…….

본인의 말로는「밝히지 않는 게 아니라 밝힐 수 없다는 것」같지만 슬슬 짜증이 나기 시작했다.

『……내가 말했지? 이건 시련이야, 글렌. 당신은 지금부터 일어날 재앙에서 살아남아야만 해. ……미래와, 그리고 과거를 위해.』

남루스는 마지막으로 그 말을 남긴 채 등을 돌리고 떠나갔다.

"……나 원 참."

그 뒷모습을 지켜보다 질린 글렌은 한숨을 내쉬고 머리를 헤집다가 위를 올려다보았다.

솔직히 마음이 무거웠다. 최악이었다. 문제는 무엇 하나 해결되지 않았다.

마장성이 된 라자르는 건재했고 머리 위에는 가까운 미래에 파멸을 가져올 《불꽃의 배》가 존재했다.

하지만, 그럼에도ㅡ.

"……어, 어쨌든……."

"산…… 건가?"

이 자리에 있는 모두가 극도의 육체적, 정신적 피로감을 드러내며 힘없이 바닥에 무릎을 꿇었다. 마인의 모습이 사라진 덕분에 긴장이 풀려서 일시적이나마 분위기가 누그러졌다.

"선생님…… 저희는…… 이제부터 어떻게 되는 건가요?"

시스티나도 힘없이 주저 앉고 불안한 목소리로 물어보았다.

"……나도 모르겠다."

하지만 글렌은 위안이 될 만한 대답을 해주지 못했다.

옆으로 시선을 돌리자, 말없이 하늘을 노려보는 알베르트의 등에도 짙은 피로가 감돌고 있었다. 강철 같은 정신력을 가진 그의 저런 모습을 보는 것은 처음이었다.

"아무튼…… 이젠 육체도 정신도 한계야. ……일단 다른 사람들의 치료부터……."

글렌이 무거워진 몸과 마음을 채찍질해가며 발걸음을 돌린 순간—

『……당신, 까불지 마.』

남루스의 서늘한 목소리가 들렸다.

글렌과 시스티나가 무슨 일인가 싶어 시선을 돌리자 루미아와 남루스가 대치하고 있는 모습이 눈에 들어왔다.

시선을 내리깐 루미아를 남루스가 조용히 화를 내며 추궁하는 구도였다.

"하, 하지만 남루스 씨……. 조금 전에는 그럴 수밖에…… 제가 희생하면……."

『흥! 자신을 희생해서라도 타인을 지키고 싶다, 타인의 행복을 위해서라면 자신은 어떻게 되든 상관없다는 거야? ……변함없이 훌륭한 성녀님 납셨네!』

대체 어떤 점이 마음에 들지 않았던 것일까.

남루스는 한없이 차가운 목소리로 루미아를 다그치며 화를 냈다.

『하지만 그게…… 정말로 당신이 바라는 일일까? 당신은 정말 그걸로 만족해?』

"?!"

그 말이 마음 속 깊은 곳에 숨겨진 뭔가를 인정사정없이 헤집자, 루미아는 가슴을 찌르는 듯한 통증에 얼굴을 찡그렸다.

『옛날부터 난 당신의 그런 점이 정말로 싫었어. ……그래, 당신의 그런…….』

"야!"

글렌이 즉시 중재에 나섰다.

"지금 뭐하는 거야? 남루스! 루미아가 대체 뭘 했다고!"

『……아무것도 아니야. 이건 그저 **화풀이일 뿐.**』

그렇게 내뱉은 남루스의 모습이 천천히 투명해지다가 사라졌다.

"어, 이봐……."

『……신경 쓰지 마. 머리 좀 식히고 오려는 거니까. ……나중에 돌아올게.』

그 말을 마지막으로 존재감도 완전히 사라졌다.

"……참 나, 대체 뭐야? 저 녀석…… 겉은 루미아와 닮았지만, 속은 최악이네. ……말하는 내용도 의미를 알 수 없는 것투성이고."

그렇게 투덜거리던 글렌은 루미아가 눈에 띄게 침울해진

것을 눈치챘다.

오늘 내내 여러모로 마음고생이 심했던 것이리라.

글렌은 그런 그녀의 어깨를 부드럽게 두드려 주었다.

"……괜찮아. 걱정하지 마."

"서, 선생님……. 저는……."

"이번에도 내가 어떻게든 해볼게. ……전에도 말했지? 설령 온 세상이 네 적이 되더라도…… 나만은 네 편이 되어주겠다고."

그리고 안심시켜주기 위해 억지로 웃었다.

"……."

하지만 그날, 루미아의 표정은 끝까지 풀리지 않았다.

제2장 실마리

모든 것이 선혈처럼 붉게 타오르는 세계.

살을 에는 듯한 차가운 바람이 굉음을 울리며 스쳐 지나가고 자신과 같은 높이에 존재하는 수많은 붉은 구름들이 뒤편으로 흘러갔다.

저 너머에서 보이는 것은 붉게 타오르는 저녁노을. 머리 위에는 환상의 천공성.

이곳은 페지테의 아득히 먼 하늘 위에 떠 있는 《불꽃의 배》의 주갑판 위였다.

그 광활한 갑판의 한 구석에 갑자기 복잡한 문양의 법진(法陳)이 나타났다.

다음 순간, 그 법진 위에 한 마인이 형태를 이루며 모습을 드러냈다.

어둠을 본뜬 칠흑의 전신 갑옷 그 자체인 신형을 붉은색 로브로 봉인한 듯한 기이한 모습.

라자르 아스틸.

아니, 지금은 《철기강장》 아세로 이엘로였다.

『다시 이곳으로 돌아온 건가…….』

마장성과의 영혼 융합으로 기억을 공유하게 된 라자르는 불현듯 그런 감회에 젖었다.

　아직 융합한 지 얼마 안 돼서 그런지 모호한 기억이 많았다. 하지만 과거의 자신이 이 《불꽃의 배》로 전 세계의 하늘을 지배했었다는 확신만은 막연하게나마 존재했다.

　당시의 고양감을 떠올린 라자르는 무심코 쓴웃음을 지었다.

　사실 어둠 속에 가려진 탓에 그 표정은 아무도 볼 수 없었지만 말이다.

『그건 그렇고 이것이…… 이것이 바로 마장성의 힘인가…….』

　검은 건틀릿이 된 손으로 주먹을 쥐고 넘쳐 흐르는 어둠의 힘을 실감했다.

　한 마디로 표현하자면— 훌륭했다.

　인지를 초월한 압도적인 전능감이 온몸을 지배했다. 굳이 말로 표현하지 않아도 지금의 자신이 이 지상의 정점에 도달한 궁극의 존재라는 것을 이해했다.

　아아, 과거의 자신은…… 인간은 이 얼마나 왜소하고 비루한 존재였던가.

　동시에 돌이킬 수 없는 상실감도 느껴졌지만…… 후회는 없었다.

『그래……. 이것은 나의 신을 위해……. 모든 것은 나의 주를 위해……. 나는 반드시 그 2백 년 전의 싸움에서 잃은 것을…… 되찾고 말겠다.』

결의를 새롭게 다진 마인은 먼저 불완전한 자신의 상태를 완전하게 만드는 것에 전념하기로 했다.

　인간과 마인은 존재 규격부터가 다르다. 그런 압도적인 존재력의 차이를 메우기 위해 필요했던 것이 막대한 양의 마나였고, 그 마나가 부족한 탓에 영혼 결합도 불완전해질 수밖에 없었다.

　그래서 자신을 원동력으로 삼는 『불꽃의 배』도 온전히 제 기능을 발휘할 수 없었다.

　'약간 시간이 걸리기는 하겠지만, 대기에서 외부의 마나를 착실히 모으기만 하면…….'

　그렇게 생각하면서 내부로 통하는 사다리꼴 모양의 구조물로 이동하던 마인은 문득 **뭔가**를 눈치채고 걸음을 멈추었다.

　내부로 통하는 문 앞에 초대받지 못한 손님이 기다리고 있었던 것이다.

　"큭큭큭…… 기다렸어, 라자르."

　중절모와 바람에 나부끼는 프록코트. 마치 나락을 들여다보는 것 같은 어둡고 깊은 눈동자.

　저티스 로우판.

　광기의 정의가 팔짱을 낀 채 홀로 서 있었다.

　『네놈은…… 아, 그 마력은 기억에 있군. 인간이었을 때의 나를 뒤에서 몰래 조사하고…… 내가 페지테에 깔아둔 판을 모조리 뒤엎은 건…… 바로 네놈이었군?』

마인의 지적에 저티스는 어깨를 떨면서 즐겁게 웃었다.

『그런데 무슨 용건이지? 설마 이제 와서 나와 손을 잡겠다는 건가?』

하지만 마인이 그렇게 말하자―.

"아앙?"

기온이 단숨에 어는점 이하로 떨어지는 듯한 감각이 세계를 지배했다.

바로 조금 전까지 웃고 있었던 저티스가 마치 부모의 원수를 보는 것 같은 눈으로 마인을 노려보았다.

"구역질나는 소리는 집어치워, 쓰레기……. 죽고 싶어? 뭐, 죽일 거지만."

『훗…… 아무래도 내가 신경을 건드린 모양이군. 그렇다는 건…….』

"당연한 소릴. 네놈들, 절대악을 절대 정의인 이 몸이 숙청하러 왔다. ……단지 그것뿐이야."

『…….』

"여기라면 그 누구의 방해도 받지 않고 거리낌 없이 널 죽일 수 있을 거라고 생각했거든. ……큭큭큭. 넌 내가 위로 가기 위한 발판이야. 아무쪼록 내 정의의 초석이 되어줬으면 좋겠군."

저티스는 한없이 자신감이 넘치는 얼굴로 비웃음을 흘렸다.

하지만 돌아온 것은 연민조차 느껴지는 마인의 목소리였다.

어리석군. 그렇게 허세를 부려봤자 어차피 인간. 더 강대하고 위대한 존재 앞에서 인간이 얼마나 무력하고 하찮은 존재인지 왜 이해하지 못하는가.』

"······."

『꺼져라. 인간을 초월한 내 눈에 인간에 불과한 네놈은 이제 쓰레기로밖에 보이지 않는다.』

"참으로 시시껄렁한 소리를 다 하는군, 라자르. 너도 조금 전까지는 그 인간이었던 주제에."

저티스는 전혀 동요하지 않고 양팔을 크게 펼쳤다.

"가르쳐주지. 인간이란 멋진 존재야. 강한 의지와 무한한 가능성과 진화를 끌어낼 수 있는 지고의 존재······ 아아, 넌 대체 왜 인간을 그만둔 거지? 내 눈에는······ 인간을 그만둔 너야말로 한낱 쓰레기로밖에 보이지 않건만."

『······.』

"인간은 멋져. 그러하기에 이 몸이 절대 정의를 이룩할 의미가 있는 거야. 인간이라는 과실을 썩게 하고 타락시키는 「사악」을 처단할 의무가 있어. ······설령 다소의 희생을 치루더라도 말이지. 자, 시작하자. 라자르. ······징벌의 시간이다."

그렇게 말한 저티스는 몸에서 힘을 뺀 상태로 양팔만 휘둘러 대량의 의사 영소 입자를^{파라 에테리온} 바람에 실어서 흩뿌렸다.

그러자 인공 정령인 천사^{툴파} 수십 체가 저티스와 마인을 에워싸듯 현현해 날개를 퍼덕였다.

하지만 마인은 전혀 동요하지 않았다.

『······하나만 묻겠다만, 네놈. 진심으로 이길 수 있을 거라고 생각하는 거냐?』

"내 고유 마술의 계산에 따르면······."
<small>오리지널</small>

저티스는 입가를 끌어올리며 태연하게 말했다.

"이 시점에서의 내 승률은······ 0.0021퍼센트야."

『······.』

"난 아직 글렌의 영역에는 도달하지 못했어. ······틀림없이 여기서 죽겠지."

대체 뭐가 우스운 건지 저티스가 웃기 시작했다.

한없이 즐겁게 웃었다.

하지만 마인은 광인의 자포자기일 뿐이라며 웃어 넘겼다.

『······시시하군. 주제 파악도 못 하는 오만함······ 그것이 네놈의 한계다.』

"크크크····· 칭찬해줘서 영광이군. ······보답 대신 죽어."

『가르쳐주마. 네놈에게 만에 하나라도 승산은 없다는 것을, 인간.』

"그럼 나도 한 가지 가르쳐주지, 마인."

마지막으로 저티스는 최고로 망가진 미소를 지으며 당당하게 말했다.

"정의라는 함수에 승산이라는 변수는 포함되지 않아."

『이······이 미치광이가······!』

마인은 이제 대화를 나누는 것조차 불쾌한지 바로 전투태세를 취했다.

"흐흐, 꺄하하하하하하하하하하하하하하하하하하하하하하!"

저티스가 홍소를 터트리며 마인을 향해 돌진하자, 천사들도 깃털을 흩뿌리면서 일제히 쇄도했다.

―아무도 모르는 아득히 먼 하늘 위에서.

미친 정의와 마인의 결전이 시작되었다.

알자노 제국 마술학원의 부지 안에서 벌어진 라자르와의 전투는 일단 수습되었다.

해가 완전히 저물고 제국 특유의 쌀쌀한 밤이 찾아오자, 푸르도록 시린 달빛을 받은 배가 어두운 밤하늘에 그리는 그림자는 마치 으스스한 마물처럼 보였다.

이 비상시에 발령된 긴급 대기령을 받고 학교에서 밤을 보내게 된 학생들의 불안과 혼란은 아무리 시간이 지나도 가라앉을 낌새가 보이지 않았다.

그런 상황 속에서 2학년 2반 교실에서는―.

"……말씀해, 주실 거죠?"

"이제 슬슬…… 저희도 알아야 할 때라고 생각한답니다."

카슈와 웬디를 비롯한 2반 학생들이 전부 모여 있었다.

촛불에 비친 학생들의 얼굴이 어둠 속에서 어렴풋이 윤곽을 드러내고 있었다.

그들의 시선 앞에는 글렌과 루미아와 시스티나와 리엘이 있었다.

글렌은 게슴츠레하게 뜬 눈으로 시선을 피했고, 루미아는 침통한 얼굴로 입을 다물고 있었다.

시스티나는 그런 두 사람을 불안한 얼굴로 지켜볼 수밖에 없었다.

"선생님과 너희는…… 대체 정체가 뭐죠?"

조심스럽게 흘러나온 세실의 질문은 이 자리에 모인 전원의 생각을 대변하고 있었다.

불안한 얼굴로 흠칫거리는 린도, 복잡한 표정으로 주위의 안색을 살피는 카이와 로드도, 그저 가만히 동향을 지켜보기만 하는 테레사도…….

알프도, 빅스도, 시사도, 루젤도, 아네트도, 벨라도, 캐시도…….

교실 구석 자리에 혼자 떨어져 앉아서 어두운 창밖을 바라보는 기블조차도…….

이 자리에 있는 모두가 진상을 듣기 전까지는 물러나지 않겠다는 완고한 분위기를 드러내고 있었다.

"……하아. ……아무래도 얼버무리는 건 무리겠군. ……알았다. 말해주마."

글렌은 이윽고 깊은 한숨을 내쉬더니 띄엄띄엄 입을 열기 시작했다.

"먼저…… 난 제국군의 마도사…… 뭐, 군인이었다. ……지금은 퇴역했지만. 그래서 세리카의 소개를 받고 이 학교에서 마술강사로 일하게 됐지. ……그뿐이야."

"뭐, 선생님이 그쪽 관계의 사람이었다는 건 대충 눈치채고 있었지만요."

카슈가 고개를 끄덕이며 수긍했다.

"알베르트 씨…… 아무리 봐도 현역 군인인 분과 친해 보이셨는걸요."

"그렇다면…… 리엘도?"

"응, 맞아."

글렌은 머리를 벅벅 헤집으면서 긍정했다.

"이 녀석은 내가 전에 소속됐던 부대의 멤버야. 루미아를 호위하려고 편입생으로 이 학교에 파견된 거지."

글렌이 옆에 앉아있는 리엘의 머리를 쓰다듬자 그녀는 어리둥절한 얼굴로 고개만 빼꼼 들었다. 아무래도 지금 다들 왜 여기에 모여 있는 건지 전혀 눈치채지 못한 듯했다.

"덧붙이자면, 하얀 고양이네 집…… 피벨 가문은 루미아가 맡겨진 곳이야. 하얀 고양이 말로는 루미아의 친어머니와 하얀 고양이네 부모님은 젊었을 때 깊은 친교를 나눈 사이셨다더군."

글렌은 천천히 말을 고르면서 신중히 말하다가…… 입을 다물었다.

곧 교실 안에 뭐라 표현할 길이 없는 침묵이 흐르기 시작했다.

"······중요한 부분이 빠졌습니다만?"

그러자 교실 구석에 있는 기블이 약간 짜증스러운 말투로 입을 열었다.

"까놓고 말해 선생님과 리엘과 시스티나에 관해서는 평소 행실을 관찰하다 보면 대충 예상이 가는 범위였습니다. 덧붙이자면 이번 페지테 시청사 폭파 사건도 여느 때처럼 또 사건에 휘말리신 거라고 짐작했었고요. 다른 반 애들이라면 모를까 우리 반에서 그런 것도 모를 바보는 없습니다. 저희가 알고 싶은 건······ 그런 게 아니에요."

"시끄러, 나도 알아."

기블의 지적에 글렌은 깊은 한숨을 내쉬면서 토라진 얼굴로 대답했다.

"······루미아는······ 으음······ 뭐라고 해야 하나······."

그리고 누가 봐도 내키지 않는 얼굴로 말을 어물거렸다.

"선생님. 제가 이야기할게요."

"루미아?"

"그게 제 의무라고 생각하니까요."

루미아는 글렌에게 흐릿하게 미소 지은 후 천천히 진실을 밝히기 시작했다.

자신이 제국 왕실의 인간이자, 왕위 계승권 2위의 왕녀였다는 것. 선천적인 『이능력자(異能力者)』였던 탓에 호적에서 지워지고 재야로 밀려났다는 것.

그런 자신의 『이능력』을 하늘의 지혜 연구회라는 마술 결사가 노리고 있다는 것.

그래서 지금까지 그들을 여러 사건에 말려들게 했다는 것.

그리고 이번에도…… 자신 때문에 페지테가 파멸의 위기에 처했다는 것.

모든 사정을 숨기지 않고, 과장하지도 않고 남김없이 밝혔다.

그것이 그들에게 해줄 수 있는 최소한의 성의라고 믿으면서.

"……이걸로 전부, 일까……."

이야기가 끝나자, 왠지 밤의 어둠이 한층 더 깊어진 듯한 착각이 들었다.

……침묵. 학생들은 루미아가 밝힌 너무나도 충격적인 진실 앞에서 그저 입을 다물 수밖에 없었다.

"……정말…… 미안해……."

그 침묵을 견디지 못한 루미아는 모기처럼 작은 목소리로 사과했다.

"전부, 내 탓이야……. 선생님과 시스티와 리엘이 다쳤던 것도…… 너희가 위험한 일에 말려든 것도…… 지금도 나 때문에 페지테가 소멸의 위기에 처하기까지……."

침묵. 학생들은 여전히 말이 없었다.

"늘…… 생각했어. 난 여기 있어선 안 된다고……. 난 여기 있으면 안 된다고……. 그런데도 난…… 모두에게 응석을 부리고 있었던 거야."

"루미아……!"

루미아의 고백에 시스티나는 침통한 얼굴로 고개를 숙이며 주먹을 쥐었다.

"……?"

리엘은 평소처럼 말이 없었고 상황을 전혀 이해하지 못한 분위기였지만…… 졸려 보이는 두 눈은 왠지 모를 습기에 젖어 있었다.

"내 욕심으로 모두에게 폐를 끼쳐서…… 정말…… 미안해."

그 말을 끝으로 루미아가 모두의 앞에서 고개를 숙인 순간—

"……어째서?"

갑자기 웬디가 딱딱한 목소리로 의문을 표했다.

"어째서, 이제 와서 그런 말씀을 하시는 거죠?"

책망하는 듯한, 노기를 품은 듯한 말투로…….

"……맞아, 그 말대로야. ……이제 와서 무슨."

카슈도 맞장구를 쳤다.

"잠깐! 아무리 그래도 말이 너무 심—"

시스티나가 참다 못 해 의자에서 벌떡 일어나려 했다.

"……서, 선생님?"

그러자 글렌이 팔을 붙들더니 말없이 고개를 저었다. 잠시 지켜보라는 듯이.

　"……미안. 정말로, 미안해……."

　루미아는 그저 슬프고 괴로운 얼굴로 계속 사과할 수밖에 없었다.

　그리고―.

　"난…… 좀 더 빨리 너희 앞에서 사라져야 했……."

　급기야 그런 말을 꺼낸 순간, 웬디가 양손으로 책상을 세차게 내리치면서 의자를 박차고 일어났다.

　"어째서, 좀 더 빨리 그런 사정을 가르쳐주지 않은 거냐구요!"

　그리고 무서울 정도로 진지한 표정으로 그렇게 외쳤다.

　"어?"

　"당신의 그런 복잡한 사정을 미리 알았다면…… 분명 저희도 어떤 식으로든 힘이 되어드릴 수 있었을 텐데!"

　"……어?"

　"그래, 확실히 우리는 선생님들이랑 비교하면 아무런 힘도 없는 무력한 어린애일지도 모르지만…… 그래도 미력하게나마 뭔가 해줄 수 있었을 거야."

　"맞아. ……우리도 선생님의 제자잖아?"

　카슈와 세실이 예상치 못한 반응에 당황한 루미아에게 그런 식으로 맞장구를 쳤다.

"그런 무거운 짐을 짊어지다니…… 부, 분명, 우리는……
상상도 못 할 정도로…… 고생이 많았지?"

"당신의 괴로움을 알아주지 못해서…… 미안해요."

린과 테레사의 미안해하는 목소리를 계기로—.

"아니, 그보다 루미아가 잘못한 건 전혀 없잖아?"

"응, 엄청 말을 아끼길래 이 천사 같은 미소 뒤에 대체 얼
마나 악랄한 본성이 숨겨져 있는 거냐고 반사적으로 긴장했
는데…… 별것 아니라서 안심했어."

로드와 카이도—.

"그보다…… 왕녀님이었다니…… 어, 어쩐지……."

"제, 젠장…… 높은 언덕 위의 꽃은커녕 하늘 위의 별님이
었잖아……."

"포기해, 빅스. ……처음부터 이룰 수 없는 사랑이었어."

알프도, 빅스도, 시사도—.

"그보다 저희를 믿어주지 않으셨다는 게 더 충격이었는걸
요~?"

""그치?""

아네트도, 벨라도, 캐시도—.

반 모두가 서로 얼굴을 마주 보면서 저마다 호의적인 반
응을 보였다.

루미아를 책망하는 사람은 아무도 없었다.

시스티나는 그런 반 친구들의 예상을 한참 벗어난 반응에

눈을 깜빡거릴 수밖에 없었다.

"얘, 얘들아? 어, 어째서……."

하지만 역시 가장 당황한 것은 당사자인 루미아였으리라.

"난…… 『이능력자』거든? 악마의 환생이라고도 불리는……."

"금기의 힘을 가진 불행한 미소녀라니, 저에게는 오히려 포상입니다. 훅, 훅……."

""""루제에에에엘! 넌 좀 닥치고 있어어어어어어!""""

분위기를 망치는 변태 학생은 일단 교실 구석에 있는 사물함에 후딱 처 박았다.

"하! 이능력자? 그게 뭐 어쨌다고! 그야 아무것도 모르는 놈들이라면 편견이 있을지도 모르겠지만, 애당초 이능력자 차별은 시대착오적인 발상이잖아?"

"저흰 늘 함께 있었잖아요? 설령 어떤 비밀이 있더라도 당신이 없는 편이 낫다는 생각은 단 한 번도 해본 적이 없었답니다!"

카슈와 웬디는 단호하게 부정했다.

'……폐하…… 당신은…….'

이때 글렌은 과거에 자신이 섬긴 여왕 알리시아 7세를 떠올리고 있었다.

이능력자 보호법안.

이능력자를 온갖 차별로부터 법적으로 보호하려는 목적으로 명문화한 이 법안은, 청소년들의 이능력자에 대한 편

견 의식을 개선하기 위해 국가 교육 계획에도 도입된 그녀^{알리시아}
의 노력의 결정체였다.

왕실의 권위자들은 예산 낭비에 무의미하다고 폄하했지
만, 그럼에도 알리시아가 온갖 반대를 무릅쓰고 추진한 수
많은 정책들.

그런 어머니의 사랑도 루미아와 반 친구들의 인연에 어느
정도 보탬이 되었으리라.

"……나, 나 때문에 늘 위험한 일에 휘말렸는데…… 지금
도……."

"흥. 우리를 얕보지 마, 루미아."

루미아의 말을 기블이 짜증스러운 목소리로 일축했다.

"우리도 마술사야. 눈앞에 닥친 문제는 자신의 힘으로 해
결해야 하는 게 당연해."

"기블 군……."

"애초에 마술사로서 살아간다는 건 장래에는 크고 작은
투쟁 속에서 살아가야한다는 뜻이야. 다들 그걸 각오하고
이 자리에 서 있는 거잖아? 난 널 탓할 여유가 있으면 차라
리 아무것도 할 수 없는 나 자신의 무력함을 탓하겠어. ……
마술사로서."

그리고 이제 할 말은 다 했다는 것처럼 퉁명스럽게 고개
를 돌려 버렸다.

그 순간, 루미아는 가슴속에서 뜨거운 뭔가가 치솟는 것

을 자각했다.

"다, 다들…… 나, 날 용서해…… 주는 거야?"

"용서고 뭐고 당신이 잘못한 건 아무것도 없잖아요?"

"뭐, 굳이 따지자면 우리를 믿지 않고 지금까지 이런 비밀을 숨기고 있었다는 것 정도려나?"

뚝, 뚝…….

루미아의 눈가에서 뜨거운 눈물이 흘러 내렸다.

"난…… 여기에 있어도…… 괜찮을까?"

"그야 당연하지. 넌 우리 친구잖아."

"그보다 지금부터 다 같이 밥이나 먹으러 가자! 배고파!"

"분명 학생식당에서 지금 식사를 나눠준댔지?"

"배가 고프면 싸울 수 없는 법. ……이 상황을 타개할 좋은 생각도 떠오르지 않을 거예요."

"그래, 다 같이 이 상황을 헤쳐 나가자!"

학생들은 저마다 태연하게 웃었다.

"……고마워……. 다들, 정말…… 고마워……."

그 속에서 루미아 혼자만 뜨거운 눈물을 흘리고 있었다.

"루미아…… 다행이야. 진짜…….."

마른침을 삼키고 상황을 지켜보던 시스티나도 울고 있었다.

"응……."

리엘도 나름대로 감동했는지 소매로 눈가를 부비적대고 있었다.

'짜식들……'

그리고 루미아를 에워싸고 식당으로 가는 학생들 사이에서 살며시 빠져나온 글렌은 한산해진 어두운 복도를 홀로 걸으며 생각에 잠겼다.

'뭐야…… 다들, 내 예상보다 훨씬 더 성장했잖아. 나야말로 아무것도 모르는 어린애였나……. 하하하…… 교사인 내가 오히려 학생들에게 가르침을 받을 줄이야.'

물론 앞으로도 이렇게 순탄하지만은 않으리라.

이능력자에 대한 편견은 뿌리가 깊다. 이번에는 루미아와 오랜 시간을 함께 보낸 2반 학생들이기에 이토록 호의적인 반응을 보였다고 볼 수 있었다.

다른 반 학생들이나 아직도 낡은 편견과 가치관에 사로잡힌 나이가 지긋한 강사와 교수들이 어떤 눈으로 바라볼지는 아직 알 수 없었다.

하지만, 그럼에도—.

'저 녀석들이라면 분명 괜찮겠지. ……틀림없이.'

글렌은 웃었다. 세라를 잃고, 정의의 마법사라는 꿈에서 좌절하고, 군을 그만둔 이후로…… 가장 후련하게 웃은 것 같은 기분이 들었다.

동시에 자연스럽게 이런 감정도 샘솟았다.

'……지키고 싶어……'

그 마음을 가슴속에 새기려는 것처럼 강하게 주먹을 쥐었다.

'정의의 마법사 같은 건 관계없이…… 난 저 녀석들을 지켜주고 싶어! 저 따스한 세계를…… 빌어처먹을 마인 따위가 부수게 내버려둘까 보냐!'

글렌은 명확한 결의를 품고 걸음을 옮겼다.

"지키겠어! 반드시……! 무슨 수를 써서라도……!"

그런 강한 맹세가 어둡고 한산한 복도에 남모르게 울려 퍼졌다.

부상자들의 치료. 혼란에 빠진 학생들의 안정.

그리고 외부와 연락 시도. 각종 정보 수집.

그런 다양한 작업과 준비 끝에 《불꽃의 배》 대책 긴급회의가 열린 것은 불안에 떠는 학생들이 겨우 잠들기 시작한 한밤 중…… 날짜가 바뀐 후였다.

"그럼 이어서 제가 학교의 대형 마도 연산기로 영맥(靈脈)^{레이라인} 회선을 통해 페지테와 이 주변의 정보를 분석한 결과를 보고하겠습니다."

회의는 제국 궁정 마도사단 특무분실 소속 《법황》 크리스토프의 상황 분석 결과 보고로 시작되었다.

대회의실에 급조된 대책 본부에 모인 것은 학원장 릭 워켄을 필두로 할리와 체스트 남작과 세리카를 대표로 삼은 비교적 부상이 적은 강사와 교수진. 상태가 좋지 않은 이브를 제외한 제국 궁정 마도사단 특무분실의 멤버들.

그밖에도 이 사건의 중심에 있었던 글렌, 시스티나, 루미아, 리엘(회의 시작 전부터 졸고 있었지만). 그리고 학생 대표로 학생회 집행부 소속의 학생회장 리제 필마 등이 참석했다.

　"……이와 같이 현재 이 페지테 전역을 디스펠 불가능한 단절 결계가 아득히 먼 상공에서 땅속 깊은 곳까지 둘러싸고 있는 탓에…… 외부와 연락을 취하는 것도, 외부의 증원을 기대하는 것도 불가능한 상황입니다."

　크리스토프는 각종 마술 분석 결과를 간결하게 보고하면서 정리했다.

　"즉, 모레…… 아니. 이미 날이 바뀌었으니 내일이겠군요. 내일 정오에 저 《불꽃의 배》가 페지테로 떨어트릴 메기도의 불을 막으려면…… 우리의 힘만으로 저 《불꽃의 배》에 침입해서 마장성 《철기강장》 아세로 이엘로를 타도하는 수밖에 없습니다."

　"이런 세상에……."

　이 자리에 모인 강사와 교수진은 저마다 머리를 부여잡았다.

　"흠~ 그런데 크리 도령. 지금 페지테 시민들의 상황은 어떻지?"

　의자에 등을 기대고 책상 위에 발을 올린 상태로 크리스토프의 보고를 대충 흘려듣고 있던 버나드가 무겁게 가라앉은 분위기를 무시하고 질문했다.

"그쪽에 관해선 아까 페지테 경라청 장관이신 호나우두 님께 타진했습니다. 어제 이른 아침부터 연속으로 재난 사건이 벌어진 데다…… 하늘에 별안간 정체불명의 배까지 출현하는 바람에 일시적인 혼란이 있었던 것 같습니다만, 지금은 페지테 경비관들을 총동원해서 24시간 경계 태세로 시내를 순찰한 덕분에 어느 정도 가라앉은 모양입니다. 당장 큰 폭동이 일어날 걱정은 하지 않아도 될 것 같습니다."

"그런가. 그건 다행이구만. 허허, 페지테의 경비관들은 무척 우수하군."

"하지만…… 사람 입에 자물쇠를 채울 수도 없는 노릇이라 저 배가 페지테를 불태울 거라는 소문이 시민들 사이에 서서히 퍼져서 긴장감이 고조되고 있는 것 또한 사실입니다. 과연 언제까지 질서를 유지할 수 있을지는…… 아무튼 현재 경라청은 시민의 불안과 혼란을 억누르는 게 한계인 상황입니다."

"흠…… 뭐, 그건 어쩔 수 없겠지."

"……학생들도 마찬가지입니다."

그러자 학생회장인 리제도 발언을 시작했다.

"학생들은 전원이 마술사. 평소의 훈련 덕분인지 큰 혼란이 일어나지는 않았지만, 아무래도 정신적인 부담감이 큰 모양이라…… 긴급 대기령으로 과연 언제까지 학교에 붙잡아둘 수 있을지는 불확실한 상황이에요."

긴급 대기령이란 명색이나마 제국에 소속된 마술사인 학생들을 유사시에 전력으로 동원하기 위한 조치이자, 의무이기도 했다.

"으으음, 어찌 됐든…… 저 《불꽃의 배》를 한 시라도 빨리 처리해야겠군."

"그것밖에 방법이 없겠지. ……아니면 내일 정오에 페지테가 지도에서 사라질 테니."

릭 학원장이 내용을 정리하자 회의실에 한층 더 무거운 침묵이 내려앉았다.

"……보고를 계속하겠습니다."

크리스토프는 모두가 마음의 정리를 할 충분한 시간을 준 후, 다시 입을 열었다.

"마술로 해석한 결과, 저 《불꽃의 배》는 『동위상이차원(同位相異次元) 공간에 존재하는 배를 이쪽 차원에 마나로 물질화^{머테리얼라이즈}한 것』이라 판명됐습니다. 그리고 배를 물질화한 마나의 출처가 그 마인이라는 것도요."

"……요컨대?"

"마인을 해치우면 《불꽃의 배》는 존재를 유지하지 못하고 원래 차원으로 귀환할 겁니다."

"그거 잘됐군! 마술학원이 보유한 비행 마술 마도기를 당장 긁어모아! 이쪽에서 쳐들어가서 그자를 박살내면 되겠어!"

"유감이지만…… 그건 어려울 것 같습니다."

할리가 용맹스럽게 선언했지만 크리스토프는 고개를 저으며 부정했다.

"어째서지?!"

"해석에 의하면 저 《불꽃의 배》 내부에는 공중전용 인간형 비행 골렘이 다수 배치되어 있습니다. 하늘에서 진입을 시도해봤자 적의 압도적인 전력 때문에 접근할 수조차 없을 겁니다. 추가로 저 배의 내부에서 디스펠은커녕 해석조차 불가능한 공간 왜곡장도 검출되었습니다. 임시 부여가 아니라 《불꽃의 배》 자체에 내장되어 있는 방어 시스템으로 아무래도 부정 침입자를 막는 공간 결계가 아닐까 싶습니다."

"설마……?"

"예. 저 배에 올라가 봤자 막상 중요한 선내에는 진입하지 못합니다. 다시 말해…… 지금 저희는 저 배 안에 숨어 있는 마인과 싸울 수조차 없는 상황입니다."

크리스토프의 보고는 이 자리에 모인 자들에게 더욱더 큰 절망을 선사했다.

적의 본거지가 보유한 압도적인 전력과 방어 능력.

게다가 그것들을 돌파해봤자 기다리고 있는 것은 마인이라는 최강의 적.

역사상의 위인들이 되살아나도 해결할 수 없을 것 같은 난제 앞에서 모두가 깊은 한숨을 내쉰 순간—

"……배에 올라타는 건 가능해."

누군가가 그렇게 중얼거리는 소리를 듣고 일제히 시선이 모였다.

세리카였다.

"응, 나라면…… 그 정도의 공중 전력은 돌파할 수 있어. 덤으로 몇 사람쯤 데려갈 수도 있고."

"세리카 군. 그 말이 사실인가?"

"이봐, 아무리 제7계제인 네놈이라도 지상전과 공중전은 사정이 전혀 달라. ……단절 결계 때문에 지금은 알자노 제국 공군의 신봉(神鳳) 한 마리조차 소환할 수 없단 말이다!"

할리가 의심스러운 눈으로 반박했다.

흐레스벨그란 거대한 새 모습의 마수(魔獸)다. 고니와 흡사한 긴 날개와 목, 현란한 깃털, 아름답고 부드러운 곡선이 특징적인 이 마수는 날개로 바람을 조종하는 능력을 가졌다.

그런 흐레스벨그를 전투용으로 조교해서 지배 마술로 조종하는 신봉기병의 최고 속도는 이웃나라 레자리아의 천마기사, 드라그리아의 용기병 따위는 비교조차 할 수 없을 정도로 빠르다고 한다. 사실상 전 세계 공중 전력 중 최강을 자랑하는 하늘의 왕이라 볼 수 있었다.

"어차피 인간은 땅 위에 사는 존재. 네놈이 아무리 비행 마술에 능숙하다 해도 처음부터 하늘을 나는 병기로 설계된 골렘은 당해낼 수 없어! 애당초 지금 네놈은 이미 육체와 영혼이 만신창이일 텐데!"

"오? 크크…… 날 걱정해주는 거냐? 할리."

"누, 누가 네놈 같은 구시대의 마녀를 걱정한다는 거냐!"

할리는 어깨를 떨면서 웃는 세리카의 반응에 격앙했다.

"걱정하지 마라. 딱히 비행 마술로 무모한 특공을 하려는 건 아니니까. 하늘에서 싸울 거면 거기에 맞는 걸 가져가면 돼. 그런데 이건 준비에 시간이 드는 게 문제란 말씀이야……. 흠…… 빨라도…… 내일 정오까지는 걸려."

"""그럼 소용없잖아!"""

그 순간, 전원이 세리카에게 동시에 태클을 걸었다.

"저기 말일세……, 세리카 군. 자네, 상황을 이해하긴 한 건가?"

체스트 남작이 기가 막힌 목소리로 말했다.

"내일 정오에는 【메기도의 불】이 페지테로 떨어질 거란 말일세. ……자네의 수단이라는 게 뭔지 상상도 안 가네만, 그렇게 느긋하게 시간을 들였다간 전부 사이좋게 저세상행일걸?"

"아~ 그게 문제란 말이지~. 아~ 어디 【메기도의 불】을 한 방쯤 견딜 수 있는 방법이 없으려나~?"

"그런 게 있을 리 없잖나. ……참 나, 넌 여전히 터무니없는 소리만 하는군."

버나드가 기가 막힌 얼굴로 한숨을 내쉬자 주위에서도 그 말에 동의했다.

"한 방쯤 어떻게 할 수 없으려나~? 막을 수만 있다면 내가 그 망할 마인을 해치울 전력을 저 배까지 데려다줄 수 있을 텐데 말이지~? 응~ 할리? 응? 너, 저걸 막을 좋은 방법 좀 아는 거 없을까~? 응~ 할리?"

세리카가 갑자기 머리 뒤로 깍지를 끼며 할리를 보고 히죽히죽 웃기 시작했다.

그러자 할리는 짜증스러운 얼굴로 이를 악물었다.

"……할리 군?"

"참 나…… 눈치 한 번 빠르기는……!"

릭 학원장이 재촉하자 할리는 안경을 올려 쓰면서 발언했다.

"【메기도의 불】은…… 조건부이긴 해도…… 아마 막을 수 있을 거다."

""""뭐라고?!""""

그 경악스러운 발언에 모두의 시선이 집중되었다.

할리는 품속에서 금속 조각 같은 물건을 꺼내더니 책상 위에 툭 올려놓았다.

"그건?"

"그 지긋지긋한 마인이 파괴한 《역천사의 방패》……의 파편이다."

아무래도 전투 후에 방패의 파편을 모아서 독자적으로 어떤 조사를 한 모양이었다.

"원래 이건 오리할콘제(製)…… 어지간해서는 파괴할 수조차 없으니 내부의 술식 구조를 파악하는 건 무리다. 하지만 마인이 직접 부숴서 단면이 노출된 덕분에 한 번 해석을 시도해봤지."

"할리 군, 설마 해석에 성공한 겐가? 《역천사의 방패》는 꽤 오래전에 만들어진 물건이라 지금은 실전 마술^{로스트 미스틱}의 산물에 가까울 텐데……."

"예, 간신히 성공했습니다. 이 방패의 에너지 환원역장…… 완전 재현은 무리라도 열화 복제판에 가까운 술식이라면 제 전문 분야…… 집속, 확산계의 마술 지식을 총동원하면…… 어떻게든 내일 정오까지는 재현해낼 수 있을 것 같습니다."

그 믿을 수 없는 발언에 장내가 술렁였다.

"하지만 이걸 페지테의 방어 결계로 쓰려면 초일류 결계 마도 기술이 필요하겠지요. ……유감스럽지만, 전 그 분야에는 다소 미숙한 편입니다. ……그러니."

할리는 크리스토프를 슬쩍 흘겨보았다.

"이봐, 거기 있는 너. ……네놈, 분명 크리스토프 프라울이라고 했지? 프라울 가문이라면…… 결계 마술의 세계적인 대가였을 터. 네놈이 나에게 그 기술을 제공해준다면 【메기도의 불】을 막을 방패를 이 페지테의 상공에 펼쳐주지. ……이 천재 할리 아스트레이의 이름을 걸고. ……어떠냐."

"그런 일이라면 꼭 돕게 해주십시오."

크리스토프는 어쩐지 불만스러운 얼굴의 할리에게 쾌히

승낙했다.

"오, 오오…… 희망이 좀 보이기 시작하는군."

"하, 하지만 아직도 해결할 문제는 산더미처럼 쌓여있지 않나!《불꽃의 배》내부의 왜곡 공간은 어쩔 겐가!"

"듣자하니 디스펠은 불가능하다고……."

그리고 장내는 다음 문제를 거론하며 뜨거워지기 시작했다.

『《불꽃의 배》의 왜곡 공간? 바보 같기는. 그딴 건 간단히 돌파할 수 있어.』

별안간 왠지 피곤한 듯한 퇴폐적인 목소리가 울려 퍼졌다.

"남루스?!"

글렌은 반사적으로 자리에서 일어났다.

모두가 일제히 시선을 돌린 그 앞에는 이형의 날개를 가진 루미아와 똑같은 외모의 소녀, 남루스가 어느새 회의실 구석에 서 있었다.

"네, 네놈은 대체 누구냐!"

"어, 어느 틈에……?!"

남루스를 처음 본 출석자들이 그녀의 이질적인 모습에 두려움을 품었다.

"괜찮아. 수상하기 짝이 없지만…… 그 녀석은 아군이야."

하지만 글렌이 억지로 분위기를 수습하고 남루스에게 발언을 재촉했다.

"이봐, 남루스. 그게 무슨 뜻이지? 저《불꽃의 배》의 왜곡 공간을 돌파할 수 있다니…… 그게 사실이야?"

『응, 사실이야. 그녀의…… 루미아의 진정한 힘을 쓴다면 말이지만.』

이번에는 일동의 시선이 루미아에게 모였다.

"루미아의 진정한 힘……?『감응 증폭』말인가?"

이 회의에 출석한 자들은 루미아가 가진 『이능력』의 존재를 어느 정도 눈치채고 있었다.

『마나 댐』이 발동했을 때 그토록 화려하게 저질렀으니 당연하겠지만…….

『……그딴 게 아니야.』

하지만 남루스는 코웃음을 치면서 부정했다.

『당신들이…… 음~ 감응 증폭이라고 했던가? 아무튼 그걸로 착각하고 있는 힘은 루미아가 가진 진정한 힘에서 새어나온 작은 파편에 불과해.』

"……진짜냐. 그게 대체 어떤 힘이길래?"

『아무래도 이런 자리에서 설명하는 건 내키지 않아. 이 비밀에 관한 공유는 좀 더 신뢰할 수 있는 자들로만 한정하고 싶어. 뭐, 내가 확실히 말할 수 있는 건《불꽃의 배》내부의 왜곡 공간을 돌파할 수 있다는 것 정도? ……지금 당신들에겐 그 정도면 충분하잖아?』

회의장에 있는 모두가 끈질기게 캐물어도 당사자는 무언을 관철했다. 마치 어디서 웬 바람이 부냐는 식이다.

'아, 이건 틀렸군. 이 녀석, 또 입을 조개처럼 다물 셈이야.'

전에 타움의 천문신전을 탐색할 때도 남루스는 자주 이런 태도를 보였다. 이렇게 된 이상 무슨 수를 써도 입을 열지 않으리라.

본인은 어디까지나 『가르쳐주지 않는 게 아니라 가르쳐줄 수 없다』고 주장하지만…….

'뭐, 아무렴 어때. 신경 쓰이긴 하지만, 이 상태로는 회의에 차질이 생기겠어.'

남루스의 성격을 잘 아는 글렌은 금방 포기하고 화제를 돌렸다.

"일단 이 더럽게 건방진 가짜 루미아는 내버려 두자. 당장 더 중요한 문제가 있잖아?"

그런 글렌의 발언에 장내가 다시 조용해졌다.

"그래. ……「어떻게 그 망할 마인을 쓰러트릴 것인가」…… 최후이자 최대의 난관이로군."

무거운 침묵.

다들 절망하고 있는 것이리라. 마인은 너무나도 강했다. 차원이 달랐다.

이 세상에 그자를 쓰러트릴 수 있는 수단이 과연 있기는 할까 의심스러울 정도로…….

"하얀 고양이…… 널 이 자리에서 마도 고고학에 가장 해박한 사람으로 보고 묻겠는데, 동화 『멜갈리우스의 마법사』

에서 정의의 마법사가 《철기강장》 아세로 이엘로를 어떤 식으로 공략했지?"

"그, 그건……."

시스티나는 신중하게 기억을 헤집었다.

"조금 전에도 말씀드렸던 것처럼…… 이야기속의 주인공인 정의의 마법사는 수차례 싸워보긴 했지만…… 결과적으로 그는 끝까지 아세로 이엘로를 격파하지 못했어요."

"그런가……. 확실히 내 기억도 그랬던 것 같다만……."

글렌은 깊은 한숨을 내쉬었다.

"아! 방금 생각났어요! ……이야기의 후반…… 마왕이 지배하는 죽음과 절망의 도시 『마도(魔都) 멜갈리우스』에서 정의의 마법사와 마장성들이 일대결전을 벌였을 때…… 아세로 이엘로는 어떤 인물의 손에 쓰러졌어요!"

"……어떤 인물? 그, 그게 대체 누군데!"

글렌은 희미하게나마 희망이 보이자 기대하는 얼굴로 시스티나를 바라보았다.

"모, 모르겠어요. ……롤랑 엘트리아가 쓴 『멜갈리우스의 마법사』는 기본적으로 복선과 전후의 흐름이 모순되지 않는 굉장히 완성도 높은 이야기지만…… 그 부분만 뭔가 좀 이상해요."

"뭐? 그게 무슨 뜻이지?"

"저기, 그게…… 아무런 전조와 복선도 없이…… 그 대목에서 갑자기 정의의 마법사의 「제자」가 등장하거든요. 진짜 뜬금없어요."

"제, 제자~?! 서, 설마……!"

"예. 아세로 이엘로는 그 제자의 손에 쓰러져요……."

"뭐?! 그게 뭐야! 대체 어떤 방법으로!"

"저기…… 그게…… 그것도 뭔가 뜬금없는 방법이라…… 「그 제자가 작은 봉으로 아세로 이엘로의 가슴을 찔렀더니 갑자기 아세로 이엘로가 죽었다」라고……."

"무슨 치트키냐?! 제대로 좀 쓰라고! 롤랑 엘트리아!"

글렌은 머리를 부둥켜안고 악을 썼다.

"대체 무슨 이야기를 하는 거지? 글렌 레이더스."

그러자 두 사람의 의미를 알 수 없는 대화를 듣고 있던 할리가 불쾌한 듯이 코웃음을 쳤다.

"아니…… 그게, 할……하데스 선배. 실은 마인을 공략하기 위한 힌트가 어찌 된 영문인지 동화 『멜갈리우스의 마법사』에서 나올 때가 많더라고요."

"이봐, 네놈. 방금 내 이름을 평범하게 부르다 말았지? 왜 말을 고친 거냐."

"하지만 이번만큼은 틀렸네요. ……전혀 참고가 안 되겠어요."

"무시하지 말라고, 이 짜샤아아아아아아아아!"

글렌은 할리가 히스테리를 부리는 것을 무시하고 한숨을

내쉬었다.

"흥……. 어차피 동화는 동화. 그런 것에 매달릴 시간이 있으면 현실을 보도록."

그 순간, 지금까지 입을 다물고 있던 알베르트가 대화에 끼어들었다.

"아, 아니, 그래도…… 하긴 넌 모르겠지만, 이게 의외로……."

"현실을 보라고 했다."

그리고 냉정하게 글렌의 말허리를 잘랐다.

"나는 이번 사건의 마인을 쓰러트릴 수단으로 한 가지 짚이는 것이 있다만, 글렌."

어디까지나 담담한 말투로—.

"뭐?! 그게 사실인가?!"

이번에는 모두의 시선이 알베르트에게 모였다.

"……."

알베르트는 맹금류처럼 날카로운 시선으로 가만히 글렌을 응시했다.

그러자 자연스럽게 그 시선들도 글렌을 향하기 시작했다.

당사자도 자신에게 시선이 모이자 씁쓸하게 표정을 살짝 흐렸다.

"그, 글렌 군…… 혹시 자네…… 설마……?"

글렌은 눈을 감고 한 차례 심호흡을 했다.

그리고 조금 전에 눈에 새긴 광경을 떠올렸다.

루미아와 2반 학생들의 굳건한 인연이 자아낸 숭고한 광경을…….

몇 번이고 그 광경을 머릿속으로 새긴 글렌은…… 눈을 뜨고 각오를 굳힌 목소리로 말했다.

"발언이 늦어서 죄송합니다. 그자를 쓰러트릴 가능성이 있는 수단은…… 있습니다."

"그, 그게 정말인가?!"

"예……. 아마 이 세상에서 저밖에 쓸 수 없는 방법일 겁니다."

그러자 「오오!」 하고 장내가 들끓었다.

【메기도의 불】을 막을 수단, 《불꽃의 배》로 진입할 수단, 그리고 마인을 쓰러트릴 수단.

조금 전까지 장례식장 같았던 회의실은 희망이 넘치는 분위기로 돌변했다.

"……선생님?"

하지만 루미아는 눈치챘다.

글렌이 어딘지 모르게 어둡고 음울한 표정을 짓고 있는 것을…….

그런 의문을 해결할 틈도 없이―.

"그럼…… 세리카 군과 남루스 군, 글렌 군의 수단이 타당한지 검토하면서…… 지금부터 힘을 모아 마인을 격파하기 위한 구체적인 계획을 세워봅시다."

릭 학원장이 한 차례 상황을 정리한 후, 회의실 안에서는 다시 열띤 토론이 벌어졌다.

그 작전회의는 동녘이 하얗게 변할 때까지 계속되었다.

그리고—.

제3장 각자의 결전 전날

긴 밤이 끝나고 이른 아침.

알자노 제국 마술학원의 본관 의무실.

"……이걸로 끝."

선이 가느다랗고 덧없는 인상의 여성— 마술학원의 법의사 세실리아 헤스티아가 안도의 한숨을 내쉬었다.

지금 막 법의 의식 마술을 마친 참이었기 때문이다.

"몸 상태는 어떠세요? 일단 신경과 영락(靈絡)은 전부 완벽하게 연결했을 텐데요."

세실리아는 침대 위에 힘없이 누운 붉은 머리 여성의 팔을 내려놓고 말했다.

붉은 머리 여성, 이브는 왼팔을 천천히 들고 손을 쥐었다 폈다 해봤다. 저티스가 팔꿈치를 절단했던 팔을 자유자재로 움직여봤다. 상처조차 남지 않은 팔을 보니 전부 악몽이 아니었을까 하는 생각이 들 정도였다.

"어떠세요? 움직이기 힘들거나 힘이 들어가지 않거나 하진 않나요?"

"아니…… 문제없이 잘 움직여. 전보다 더 나을 정도로……."

이브는 패기 없는 목소리로 대답했다.

"틀림없이 심한 장애가 남을 줄 알았는데…… 세실리아 헤스티아. ……확실히 대단한 실력이네. 군의 법의 중에서도 당신만한 실력자는 보기 드물 거야."

"그, 그런! ……저 같은 건 어머니에 비하면 아직 미숙한걸요. 아하하……."

세실리아는 쑥스럽게 웃었다.

"그보다 움직이는 데 문제가 없다면 마력 쪽은 어떤가요?"

"……."

이브는 호흡을 가다듬고 체내에 흐르는 마나에서 마력을 끌어내봤다.

어릴 때부터 마술사이기를 강요받은 그녀에게는 숨을 쉬는 것이나 다름없는 행위. 마력을 조작하는 센스는 천재적이라고 자부하고 있었다.

그러나—.

이브가 아무리 애를 써 봐도…… 마력은 팔꿈치를 넘어가지 못했다. 다시 말해, 마술사가 가장 강한 마력을 끌어낼 수 있는 왼손이 완전히 먹통이 됐다는 뜻이었다.

"틀렸어. ……왼손까지 마력이 통하지 않아. 일상생활에는 문제 없겠지만…… 하하. ……이그나이트가의 마술사로서는 죽은 거나 다를 바 없네."

"아…… 예?! 그럴 리가……!"

새파랗게 질린 세실리아가 황급히 이브의 왼손을 잡고 뚫어지게 응시했다.

　"이상하네……. 패스는 전부 완벽하게 봉합했는데…… 지금 이렇게 영적인 시야로 확인해 봐도 패스는 틀림없이 살아있는데도……!"

　이브는 이제 와서 세실리아의 말과 실력을 의심할 생각은 없었다. 그녀의 실력으로 예상하건대 수술의 경과는 틀림없이 완벽했으리라.

　그렇다면 문제는―.

　"죄송해요, 이브 씨! 제가 미숙한 탓에…… 지금부터 심령수술을 다시 할게요! 반드시 이브 씨의 왼손을 고쳐……."

　"……됐어."

　세실리아의 손을 뿌리친 이브는 풀어헤친 마도사 예복에 팔을 넣고 단추를 잠갔다.

　"당신 탓이 아니야. 이건 분명 나 자신의 문제…… 정신적인 부분에서 비롯된 거겠지."

　"하, 하지만……."

　"됐다고 했잖아. 난 이제 괜찮아. 그보다 당신은 이런 무능한 나 같은 거한테 계속 매달려 있을 상황이 아니잖아?"

　"!"

　"……마술학원에도 부상자가 꽤 많이 나왔지? 그들에게는 아직 당신이 필요해. 난 그만 내버려두고 당신이 마땅히 해야 할 일을 하라고."

세실리아는 잠시 입을 다물었다.

"……알겠어요. 먼저 다치신 분들의 치료를 계속할게요!"

"그러면 돼. 그 편이 훨씬 더 유익할 테니까."

"하지만 나중에 이브 씨도 꼭 한 번 더 봐드릴 테니까, 기다려 주세요!"

그 말을 남긴 세실리아는 의무실을 나와 부상자들이 임시로 수용된 대강당으로 향했다. 비틀거리는 불안한 걸음걸이로…….

'무리하기는……. 지금까지 부상자들을 쉴 새 없이 치료하느라 지쳐서…… 당장에라도 쓰러질 것 같은 주제에……. 원래 몸도 그리 건강하지 않은 것처럼 보이는데…….'

이브는 그런 세실리아의 등을 기운 없는 눈으로 지켜보았다.

'쟤는…… 왜 저렇게 자기 몸을 혹사하면서까지……. 하아…… 하긴 우문이겠지…….'

자신의 생명을 불태워서라도 다치고 병든 사람들을 치료하는 것.

그녀에게는 당연히 해야 할 일이자, 마술사로서 맹세한 신념이리라.

지금의 이브에게는 그런 세실리아의 모습이 눈부시게 보였다.

'……난…… 왜 마술사로 있는 걸까? 이그나이트를 위해?

정말로 그랬을까? 이제 뭐가 뭔지 잘 모르겠어…….'

이러이러한 마술사가 되고 싶다……. 어릴 때는 그런 식으로 숭고하게 빛나는 꿈을 자랑스럽게 맹세한 적도 있었던 것 같지만, 지금은 그게 구체적으로 어떤 꿈이었는지 완전히 잊어 버렸다.

아니, 의도적으로 봉인하고 잊으려 한 게 아니었을까.

'……글렌…….'

문득 옛 부하를 떠올렸다.

왠지 의견이 맞지 않고 마음에 들지 않는 남자였다.

어째선지 얼굴을 마주칠 때마다 시비를 걸게 되는 바람에, 늘 추한 말싸움으로 발전하는 둘을 지금은 죽고 없는 세라가 중재하는 것이 당시의 일상이었다.

왜 그렇게 시비를 걸었는지는…… 잘 모르겠다.

그저—.

'글렌…… 당신은 분명 지금도 자신이 해야 할 일을 망설임 없이 찾아내고…… 그것이 아무리 힘들고 어려운 일이라도, 지위건 명예건 개의치 않고…… 그저 올곧게 헤쳐 나가고 있겠지.'

그런 글렌의 모습을 상상한 이브는 형언할 수 없는 짜증과…… 견딜 수 없는 애달픔을 느꼈다.

그것이 선망이라는 감정이라고 자각하기엔…… 그녀는 지나치게 완고했다.

'이런 꼴이 됐는데…… 나, 어떻게 하지? 앞으로 어쩌면 좋은 거냐구. 도와줘, 글렌…… 당신은 내 부하잖아? 흑…… 흐흑……'

이브는 그런 약해진 마음을 감추려는 듯 모포를 머리까지 뒤집어쓰고 남몰래 조용히 눈물을 흘렸다.

"……왜 그러세요? 선생님."

글렌이 갑자기 뒤를 돌아보자 시스티나가 의아해 했다.

"……응? 그냥…… 지금 누가 부른 것 같은 기분이 들어서…… 기분 탓이겠지."

글렌은 어깨를 으쓱이고 다시 앞으로 고개를 돌렸다.

현재 두 사람이 있는 이곳은 알자노 제국 마술학원의 지하에 존재하는 「지하 구역」의 깊숙한 곳…… 통칭 『열리지 않는 방』이라고 불리는 곳이었다.

돌로 된 천장과 바닥과 벽에는 수많은 마술 법진이 이중 삼중으로 그려져 있었고, 마력광(魔力光)이 그 법진들을 따라 어둠 속에서 희미하게 빛나고 있었다.

안쪽에는 방과 마찬가지로 돌로 만들어진 사각뿔형 구조물이 있었다. 정면에는 좌우로 열 수 있는 문. 그 문에 적힌 다양한 비문과 주문과 법진에도 어떠한 힘이 작용하고 있는 듯했다.

고대 유적 『지하 미궁』의 입구.

이 사각뿔형 구조물의 문 너머에 있는 계단은 마술학원 지하에 펼쳐진 광대한 『지하 미궁』과 연결되어 있었다.

"자, 그럼…… 슬슬 가볼까."

"예!"

시스티나에게 그렇게 말한 글렌은 문 옆에 있는 모노리스형 마도 연산기를 조작했다.

그러자 문이 중저음을 울리며 천천히 좌우로 열렸다.

"……시스티, 선생님…… 아무쪼록 조심하세요."

"괜찮아! 나한테 맡겨! 선생님이 이상한 짓을 못 하게 확실히 감시할 테니까!"

"진짜…… 무리하지 마. 굉장히 위험한 곳이잖아?"

루미아가 계속 걱정하자 시스티나는 웃으면서 말했다.

"정말 괜찮다니까! 아르포네아 교수님에게도 버거운 심층까지 들어갈 생각은 없어! 지하 1층부터 9층의 『각성을 위한 여정』보다 좀 더 아래에 있는…… 지하 10층부터 지하 49층 사이에 해당하는 『어리석은 자에 대한 시련』의 지하 13층에 있는 『어리석은 자의 묘지』라는 곳에 살짝 다녀오는 것뿐이니까. 그렇죠? 선생님!"

글렌은 유적을 앞에 두고 약간 들뜬 시스티나에게 고개를 끄덕여 주었다.

"그래. 그 마인에게 쓸 내 마지막 비장의 수…… 『이브 카이즐의 옥약』을 제조하기 위해 필요한 소재는…… 당장은 거기서만 입수할 수 있을 테니까."

글렌은 귀찮은 표정으로 한숨을 내쉬었다.

"글렌. 역시 나도 같이 갈래."

리엘이 동행을 제안했지만 글렌은 그녀의 이마에 가볍게 딱밤을 먹였다.

"아파. ······무슨 짓이야, 글렌."

"걱정하지 마. 그보다 넌 그 상처나 제대로 고쳐둬."

리엘은 아직 팔에 붕대를 감고 있었다. 세실리아의 치료와 선천적인 치유 능력 덕분에 많이 나아졌지만 아직 완벽한 상태는 아니었다.

"이러니저러니 해도 내일 결전에는 네 역할이 중요하니까."

"······알았어. 기다릴게."

리엘은 그 말에 납득했는지 고분고분하게 물러섰다.

그 순간—

"······저기, 선생님······. 정말로 괜찮으시겠어요?"

이번에는 루미아가 그렇게 말했다.

"훗····· 참 나, 너도 걱정도 팔자다. 아까 말했지? 준비는 완벽! 하얀 고양이도 있으니 이 지하 미궁에서 위험할 만한 일은······."

글렌은 역시 호들갑스럽게 얼버무리려 했다.

"어제 회의에서 선생님이 『이브 카이즐의 옥약』을 쓰기로 정해졌을 때부터······ 안색이 굉장히 나빠 보이셔서······."

하지만 루미아는 걱정스러운 얼굴로 그런 말을 꺼냈다.

"······?!"

글렌은 입을 다물 수밖에 없었다.

"어? 그랬어?"

"······?"

시스티나와 리엘은 놀란 표정으로 글렌의 안색을 살폈다.

"······안색이 나쁘다구? ······진짜?"

"응. 글렌, 그냥 평범해."

평소와 큰 차이를 느끼지 못한 두 사람은 고개를 갸웃거리릴 뿐이었다.

"······."

하지만 루미아는 진지한 얼굴로 글렌의 얼굴을 지그시 응시했다.

"······바보 녀석. 걱정하지 마."

글렌은 미소를 짓고 그런 루미아의 머리에 손을 얹었다.

"난 괜찮아. 아무런 문제도 없어. 옛날과는 달라. 지금의 나에게는 너희들이 있으니까 말이지."

그렇게 말한 후―.

"그런 고로, 야. 하얀 고양이. 탐색 보조랑 안내, 잘 좀 부탁한다."

"예, 예. 뭐, 어쩔 수 없죠. ······선생님은 진짜 제가 없으면 안 된다니까요."

각종 탐색용 장비가 담긴 배낭을 짊어진 두 사람은, 가볍게 말을 주고받으면서 지하 미궁으로 진입했다.

"……루미아?"

리엘이 의아한 표정으로 고개를 들었지만, 루미아는 그저 가만히 글렌의 등만 응시할 뿐이었다.

　………….

"칫…… 망할! 진짜 끈질긴 자식이네!"

마도사 예복을 입은 그 사람은 떨고 있는 어린 저를 업고 깊은 밤의 어두운 숲속을 달리고 있었습니다.

불꽃처럼 뜨거운 숨을 헐떡거리며 쉴 새 없이.

저를 적의 손에서 지키기 위해.

가끔 뒤를 돌아보면서…… 그저 필사적으로.

"글렀군……. 떨쳐내는 건 무리겠어."

이윽고 그 사람은 큰 나무 뒤에 몸을 숨기고 저를 바닥에 내려주었습니다.

"……여기서 죽일 수밖에 없나."

저는 한없이 어두운 눈으로 그렇게 중얼거린 그 사람에게 몸서리가 쳐질 정도의 공포를 느꼈습니다.

"……이브 카이즐…… 한 발을 남겨두길 잘했군. ……두고 봐라, 이 망할 자식."

그 사람은 품속에서 작은 약병을 꺼냈습니다.

악병에 든 분말을 권총의 회전식 탄창에 직접 흘려 넣고 입에 물고 있는 구슬형 탄두를 불어 넣은 후, 총신 밑에 있는 로딩 레버를 꺾어서 총알을 재장전했습니다.

그리고 단 한 발만 장전한 탄창에 뇌관을 씌우려 한 순간—.

"……."

그 사람은 망설이는 듯한, 고뇌에 잠긴 듯한 표정을 보였습니다. 잠시 후…… 결심을 굳힌 듯 뇌관을 씌웠습니다.

《0의 전심(專心)》……."

그리고 주문을 외우면서 살의를 담아 엄지로 격철을 당기자, 갑자기 정체를 알 수 없는 불온한 마력이 태동했습니다.

"……처리하고 오마. 넌 여기서 기다려."

서늘한 목소리로 그렇게 말한 그 사람은 품속에서 광대의 아르카나를 꺼내고 나무 뒤에서 달려 나갔습니다.

…………

"루미아? 왜 그래? 역시…… 왠지 좀 이상해."

"어? 으응, 아무것도 아니야……."

리엘의 목소리를 들은 루미아의 의식이 과거에서 현재로 귀환했다.

글렌과 시스티나와 헤어진 루미아와 리엘은 지하를 나와

서 다음 목적지로 가기 위해 학교의 복도를 걷는 중이었다.

"머리가 좀 멍해서…… 일이 걷잡을 수 없이 커지기도 했고……."

"……루미아."

"괜찮아. 어떻게든 될 테니까. 그야 시스티와 리엘…… 그리고 선생님이 계신걸."

리엘이 약간 안색이 어두운 루미아에게 힘차게 고개를 끄덕인 순간—.

"……루미아……. 쟤가 그…… 쟤 때문에……."

"뭐가 천사님이라는 거야. ……완전히 역병신이잖아."

"칫…… 저 녀석만 없었으면……."

누군가가 그렇게 소곤거렸다.

"!"

루미아가 시선을 돌리자, 지나가던 학생들과 복도에 모여 있는 학생들이 그녀와 리엘을 힐끔힐끔 훔쳐보면서 작은 목소리로 대화를 나누는 모습이 눈에 들어왔다.

"……."

루미아는 어쩔 수 없는 일이라며 안타깝게 고개를 숙였다.

그녀의 성격을 잘 아는 사람이나 교우관계가 깊은 사람들은 대부분 그녀를 탓하지 않았다. 불행한 운명에 농락당할 뿐인 피해자라는 것을 이해해주었다.

하지만 모든 학생들이 전부 그런 건 아니었다. 사정을 알게 된 후에도 이 모든 사건의 원흉이 그녀라고 생각하는 학생들이 많았다.

인간은 누구나 강하지 않은 법.

그러니 어쩔 수 없는 일이라며 자조하고 체념했다.

"이봐! 루미아 틴젤! 잠깐 거기 서!"

하지만 두 학생이 루미아의 앞을 막아섰다.

"당신들은……."

할리가 담당하는 2학년 1반의 크라이스 아인츠와 에나 우노였다.

크라이스는 저번 마술 경기제가 열리기 전에 연습 장소 때문에 카슈와 다퉜던 남학생이었고, 에나는 결투전 결승에서 1반 대표 선수로 나와 크라이스와 하인켈과 같이 2반과 싸웠던 여학생이었다.

"너에게 꼭 해둘 말이 있어. ……잘 들어."

"……무슨 말이죠?"

"넌…… 왜 이 학교를 떠나지 않은 거지?"

루미아는 뭔가를 체념한 듯 눈을 감았다.

마치 그런 지적이 나올 줄 알고 있었다는 것처럼…….

"이능력자인지, 하늘의 지혜 연구회인지 알 바 아니지만…… 그럼 적어도 우리에게 폐를 끼치기 전에 이 학교를 떠나야 했던 게 옳지 않아?"

에나도 매몰차게 루미아를 비난했다.

그러자 근처에서 상황을 지켜보던 학생 중 극히 일부도 조용히 두 사람의 행동을 응원하는 시선을 보내기 시작했다.

"너 때문이야……! 대체 어떻게 책임질 건데! 학교에서 내린 긴급 대기령 때문에 우린 이제 여기서 나갈 수도 없게 됐다고!"

"맞아……! 당신이…… 당신 때문에 우리는……!"

짜증과 불안과 공포. 그리고…… 하늘 위에 보이는 정체불명의 위협.

크라이스와 에나의 태도는 사람에 따라선 언뜻 인정머리 없게 보일지도 모르지만…… 지극히 평범한 삶을 누려온 청소년으로서는 지극히 당연한 감정 표현이었다.

"……미안해요……."

그래서 루미아는 그저 사과할 수밖에 없었다.

"사과로 끝날 일이 아니잖아?! 너 때문에 우리는……."

하지만 그 반응에 더 기고만장해진 크라이스는 루미아의 멱살까지 움켜잡았다.

"잠깐."

루미아가 전혀 저항하는 기색을 보이지 않자 리엘이 끼어들었다.

"뭐야! 꼬맹이!"

그녀는 두 사람 사이에 서서 양팔을 펼치고 졸린 듯한 눈으로 크라이스를 가만히 올려다 보았다.

"루미아는 잘못한 거 없어."

"뭐어?!"

"……음…… 말로 잘 설명하지는 못하겠지만…… 아마, 정말로 나쁜 건 나쁜 녀석이랑 높은 사람?"

"얘는 또 뭔 소리래……."

영문을 알 수 없는 언동에 에나가 짜증이 섞인 목소리를 흘렸다.

실제로 리엘 본인도 자신이 무슨 말을 하는지 잘 모르겠는지 미간을 찡그리고 필사적으로 머리를 굴렸다.

"그러니까…… 응. ……루미아도 고민했으니까…… 당신들은 그런 말하면 안 돼."

"……그러니까 그게 무슨 소리냐고"!

"응……. 다시 말해…… 저기…… 나쁜 건 당신들. ……약하니까."

"너, 너 지금 시비 거는 거냐?!"

크라이스는 화를 내며 리엘의 멱살을 움켜잡고 들었다.

리엘은 그저 가만히 그를 응시할 뿐. 얼마 전까지 악의를 보이는 상대에게 분별없이 날뛰었던 것이 거짓말처럼 느껴질 정도로 얌전했다.

"좀 더 잘 생각해봐. ……난 잘 모르겠지만."

"시끄러워! 넌, 이제 좀 닥쳐!"

그 말에 더 화가 난 크라이스는 주먹을 세워 들었다.

"리엘?! 크라이스 군! 그러지 마!"

루미아가 비통한 얼굴로 말리려 한 순간—.

"허허허…… 자네들, 싸움은 그만하게."

부드럽지만 힘이 담긴 누군가의 목소리를 들은 세 사람의 움직임이 그대로 멈추었다.

시선을 돌리자 그 연령에 맞게 약간 살이 붙은 체형의 노인이 온화한 미소를 짓고 서 있었다.

"릭 학원장님?!"

예상치 못한 인물의 등장에 루미아는 놀라움을 감추지 못했다.

"이야기는 다 들었네. 내가 보충을 좀 해줘야겠군. 루미아 군은 학교를 떠나지 않은 게 아니라…… 떠날 수 없었던 거라네. 자세히는 설명해줄 수 없지만, 상부의 의향으로 말이지."

하늘의 지혜연구회의 표적이 된 이능력자 루미아는 제국 정부의 입장에서는 감시 대상이자 조직의 꼬리를 잡기 위한 미끼였다. 그래서 정부는 정치적인 판단으로 그녀가 마술학원에 재적할 것을 강요했다. 독단으로 이 학교를 떠나는 것은 처음부터 불가능한 일이었던 것이다.

"자네들도 알다시피 루미아 군은 무척 마음씨가 고운 학생일세. 본인도 줄곧 그 일로 고민하고 있었을 테지. ……안 그런가? 리엘 군."

그러자 리엘은 그 말이 하고 싶었다는 것처럼 연신 고개를 끄덕였다.

"아무튼 그녀를 탓하는 건 도리에 맞지 않아. ……이번 일로 불만을 터트리고 싶다면 그녀를 미끼로 이용한 우리 못난 어른들…… 그리고 만악의 근원인 하늘의 지혜 연구회에게 해주게."

"예?! 뭐라고요?! 그런 걸로 저희가 납득할 수 있을 리 없잖아요!"

"그리고 유감스러운 일이지만…… 유사시에 동원되는 건 이 학교에 재적된 마술사로서의 의무. 이건 교칙과 제국 전시법에도 명기되어 있는 엄연한 사실일세. 그러니 이 상황에서 긴급 대기령을 내리는 건 당연한 일……."

릭 학원장은 미안한 목소리로 의연하게 말했다.

"왜냐하면 자네들은 우리 제국이 보유한 「전력」이기 때문이지. 그저 마술사라는 것만으로 특례를 받아온 우리가 일반시민처럼 피난하는 건 결코 허락되지 않아. 두려운 건 이해하네만…… 부디 자네들의 힘을 빌려주게."

"그, 그건……! 그럴지도 모르지만……!"

"하, 하지만 저희는…… 저희는……!"

납득할 수 없다. 불합리하다.

그런 갈 곳 없는 불안과 공포가 크라이스와 에나를 괴롭혔다.

"흠…… 분명 자네들은 1반…… 할리 군의 학생들이었지?"

그러자 릭 학원장이 갑자기 다른 화제를 꺼냈다.

"……그게 뭐 어쨌다는 거죠? 학원장님."

"아니, 실은 난 자네들의 담임인 할리 군이 무척 거북했다네."

아무런 전조도 없이 담임을 언급하자 크라이스와 에나는 눈살을 찌푸렸다.

"전형적인 옛날기질의 마술사라 가르치는 방식도 전통과 형식을 고집하는 권위주의자, 게다가 오만하고 완고……. 성적이 나쁜 학생에게는 눈길도 주지 않고 자기보다 못한 사람은 내려다보는…… 뭐, 그런 다가가기 어려운 타입의 사람이었으니 말이지."

"……."

"하지만 이번 일로 깨달았다네. 인격적으로 약간 문제가 있을지는 모르겠지만, 할리 군 또한 「진정한 마술사」임에 틀림없었다는 것을."

"예?"

학원장의 입에서 뜻밖의 말이 나오자 크라이스는 어안이 벙벙한 표정을 지었다.

"할리 군은 마인과 솔선해서 싸웠지? 물론 학생을 위해서가 아니라 자신을 위해서였겠지만…… 그는 마지막까지 결코 등을 돌리지 않았네. 아마 본인도 승산이 없다는 걸 느꼈을 텐데, 달아난다 해도 아무도 책망하지 않을 텐데도."

"……그건…… 확실히 그러셨지만……."

크라이스와 에나도 할리가 천재적인 마술 실력을 아낌없이 선보이면서 절망적인 적을 상대로 끝까지 싸운 모습을 두 눈으로 똑똑히 목격했다.

"그 누구에게도 양보할 수 없는 것을 위해, 신념을 위해 목숨을 걸고 싸우는 자……. 그것이 바로 「진정한 마술사」가 아니겠는가."

"……."

"지금도 할리 군은 이 학교를 위해, 자신을 위해, 지금 최선을 다해 자신이 할 수 있는 일을 하고 있지. ……루미아 군을 책망하거나, 우는 소리 같은 건…… 단 한 번도 하지 않고."

"……."

"크라이스 군. 에나 군. 그런 굉장한 스승의 가르침을 받고, 그런 굉장한 스승의 등을 지켜보면서도…… 자네들은 아무것도 느끼지 못했는가? 그저 이런 식으로 절망하면서 일방적으로 남을 탓하고…… 울부짖는 것밖에 할 수 없는 겐가? 그러고도 자네들은 할리 군 앞에서 가슴을 펼 수 있겠나?"

"그, 그런 말씀을 하셔봤자!"

정곡을 찌르는 릭 학원장의 훈계에 크라이스는 목소리를 쥐어짜 냈다.

"저희가 대체 뭘 할 수 있겠어요! 저희는 아직 무력한 어린애들이라고요!"

"마, 맞아요! 그야 할리 선생님 같은 힘이 있다면 저희
도……."

그러나―.

"마술사의 강함이란 자신이 가진 패의 강함이 아닐세. 그
패를 어떻게 쓰느냐지."

릭 학원장은 부드러운 목소리로 두 학생의 항변을 단호하
게 부정했다.

"고민해보게. 이런 상황에서도 자네들이 할 수 있는 일이
뭐가 있을지. 자네들도 마술사라면 말일세."

"……?!"

"좀 엄하게 말하자면…… 자네들은 그저 겁이 난 것뿐일
세. 그리고 그런 겁 많고 나약한 자신을 인정하고 싶지 않
을 뿐. 그러니 문제를 남의 탓으로 돌리고 안심하고 싶었던
거겠지. ……어려운 일이 닥칠 때마다 그런 식이면 자네들은
언제까지고 「진정한 마술사」가 될 수 없을걸세."

이번에야말로…… 크라이스와 에나는 입을 다물 수밖에
없었다.

주위에서 상황을 지켜보던 학생들도 학원장의 말을 듣고
뭔가 느끼는 바가 있었는지 루미아를 비난하는 시선을 거두
기 시작했다.

"응. 그거야, 그거. ……대충 그런 느낌."

그리고 리엘은 마치 자기가 한 말인 것처럼 의기양양하게 고개를 끄덕였다.

크라이스와 에나가 침울한 얼굴로 떠난 후—.

"릭 학원장님…… 저기…… 감사합니다."

루미아는 릭에게 꾸벅 고개를 숙였다.

"뭐, 따지고 보면 우리 못난 어른이 초래한 사태이니…… 고맙다는 말은 필요 없네, 루미아 군."

"하지만…… 그래도 역시 제가 원인인 건 변함없으니……."

그리고 다시 괴로운 눈으로 고개를 숙였다.

"자신을 너무 탓하지 말게, 루미아 군."

릭은 다정한 목소리로 격려했다.

"학원장님……."

"확실이 이런 절망적인 고난과 부조리한 상황 속에서 자네에게 불만을 쏟으려는 사람도 있겠지. 하지만 그렇지 않은 사람들도 있지 않나. 자네의 힘이 되어주려고 손을 내밀어주는 사람들이. ……그걸 꼭 명심해주게."

"아, 예…… 알겠습니다. ……감사……해요."

루미아는 다시 한 번 꾸벅 고개를 숙였다.

그 후.

리엘이 잠시 특훈을 하러 다녀온다며 어디론가 사라지자, 루미아는 2학년 2반 교실로 돌아왔다.

문을 열려고 손을 댄 순간—.

"구, 군인 아저씨! 그게 진짜예요?!"

교실 안에서 들린 카슈의 고함을 듣고 움직임을 멈추었다. 그리고 문틈으로 안을 훔쳐보았다.

"음. 내일 《불꽃의 배》 공략전에는…… 글렌 레이더스, 시스티나 피벨, 루미아 틴젤, 리엘 레이포드, 세리카 아르포네아…… 이상 다섯 명이 마인 토벌대로서 《불꽃의 배》로 쳐들어가게 됐다."

교단에는 버나드, 그 앞에는 2반 학생을 포함한 많은 학생들이 모여 있었다. 리제를 중심으로 학생회 멤버들이 대략적인 회의 결과를 알리기 위해 각 반을 순회하는 특별 미팅이 시작된 참이었다.

"《불꽃의 배》로 진입할 비장의 수를 가진 세리카, 선내의 왜곡 공간을 돌파할 능력을 가진 루미아 양, 선내의 적 전력을 쓸어버릴 리엘, 지금 상황에서 마인에 대한 유일한 공격 수단을 가진 글렌 도령, 그리고 그런 글렌 도령을 보좌하고 마도 고고학에도 해박한 하얀 고양이 양……. 주로 전력 배분이라는 측면에서 신중하게 검토한 결과, 이게 최선이라고 결정이 난 게다."

"……전력 배분이요?"

학생들이 고개를 갸웃거리자 버나드가 설명을 계속했다.

"음, 먼저 그것부터 설명해야겠군. 실은 지금 이 학교의 마술강사인 할리 님과 제국 궁정 마도사단의 크리 도령……
아, 크리스토퍼 프라울을 중심으로 움직일 수 있는 마술사
를 총동원해서 【메기도의 불】을 페지테 상공에서 막을 수
있는 방어 결계를 시급히 구축하는 중이지."

"그게 정말인가요?!"

"하, 할리 선생님은 실은 굉장한 사람이었구나……."

"하지만 【메기도의 불】을 막으면 적은 반드시 그 방어 결
계를 파괴하기 위해 《불꽃의 배》 내부에 있는 전력을 결계
의 기점인 이 마술학원으로 투입할 게다. 그 틈에 토벌대가
방어가 약해진 《불꽃의 배》에 침입해서 마인을 처단…….
대충 그런 작전이지."

"즉…… 이쪽은 방어도 해야 하니까 공격에 투입할 전력이
한정되어 있다는 뜻인가요?"

"이해가 빨라서 좋군. 우리는 무슨 수를 써서라도 토벌대
가 마인을 해치울 때까지 이 학교를 지키고 마술 결계를 유
지해야만 해. 방어 결계가 무너지는 순간이 게임오버다.
……하지만 전력이 너무나도 부족해."

그리고 버나드는 학생들을 한 번 둘러보고 고개를 숙였다.

"결계 유지 요원, 요격 요원, 부상자의 구호 담당 요원……
사람은 아무리 많아도 부족하겠지. 그러니 부디 너희들의
힘을 빌려다오. 명색이나마 너희들은 여왕 폐하께 충성을
맹세한 마술사로서 유사시를 대비해 수업 커리큘럼으로 전

투 훈련을 받았을 터. 결코 불가능한 일은 아닐 테야."

버나드의 진지한 발언에 뭐라 형언할 수 없는 침묵이 감돌았다. 그중에는 시스티나의 결혼 소동 때 마도 병단전 훈련을 했던 것을 떠올리는 학생들도 있었다.

"당연히 진두에 서는 건 우리 제국군과 학교의 교사진…… 너희 학생들의 역할은 어디까지나 보조와 엄호다. 하지만 전장에 나서는 이상 죽거나 다칠 가능성은 부정할 수 없어. ……까놓고 말해 상당히 위험할 게다. 하지만 너희가 힘을 빌려준다면 그만큼 페지테를 파멸에서 구해낼 가능성이 올라갈 터. 이브 이그나이트가 백기장 권한으로 A급 긴급지령을 내려서 『명령』을 내리는 것도 가능하지만…… 난 그런 방식이 내키지 않아. 어디까지나 너희들의 자유의지를 존중하고 싶군."

"……."

"물론 아무도 나서지 않아도 상관없다. 그래도 난 제국군의 마도사로서 너희를 마지막까지 단 한 명이라도 지키기 위해 싸울 것을 이 자리에서 약속하지. 뭐, 그게 어른의 역할이라는 게지만."

잠시 정적.

"……나, 난…… 할 거야……."

이윽고 학생 중에서 결의에 찬 목소리로 나서는 자가 있었다.

카슈였다.

"야, 카슈……?!"

"진심이야?! 위험하다고!"

카이와 로드 등이 그런 카슈에게 걱정스러운 시선을 보냈다.

"하지만 이대로 아무것도 안 하고…… 지면…… 페지테는 사라지는 거잖아? 그럼 이제 할 수밖에 없잖아! 우리가 할 수 있는 일을!"

그런 카슈의 호소에 학생들은 입을 다물었다.

"그리고…… 선생님이, 친구들이 저 하늘의 배로 쳐들어가서 그 더럽게 강한 마인과 목숨을 걸고 싸운다잖아? 우리를 위해! 그런데 우리는 선생님들한테 전부 맡기고 안전한 장소에서 떨면서 기다리라고? 난 그런 꼴사나운 짓은 못 해!"

"내키지는 않지만…… 나도 동감이야."

그러자 기블도 코웃음을 치더니 안경을 올려 쓰면서 나섰다.

"여기서 아무것도 하지 않고 전부 떠맡긴다면 이 사태가 해결된 후에 그 변변찮은 선생이 얼마나 으스대면서 잘난 척을 할지…… 난 그런 굴욕은 사양이다."

"으, 으으…… 무서워요……. 하지만……!"

그리고 웬디도 떨면서 자리에서 일어났다.

"하지만…… 약한 민초를 지키면서 싸우는 것이야말로 귀족의 책무……. 저, 저 역시……!"

"괜찮아요, 웬디. 당신만 보낼 생각은 없어요. 저도 함께

할게요."

그런 웬디를 격려하면서 테레사도 나섰다.

"맞아……. 우리는 지금까지 선생님의 보호를 받기만 했어……."

"적어도 이번에는 우리도 뭔가 해야 해……!"

카이와 로드도—.

"나, 난…… 싸우는 건 자신 없지만…… 그래도 부상자를 치료하는 거라면……."

내성적이고 겁이 많은 린조차—.

이 전대미문의 역경 앞에서 본인들의 의지로 할 수 있는 일을 하기위해 용기를 냈다.

"용기 있는 결단을 내려준 너희들에게…… 나도 경의를 표하마."

버나드는 마치 숭고한 광경을 본 것 같은 눈으로 학생들을 바라보았다.

"그래, 그럼 지금부터 내가 너희들에게 전술을 지도하지. 언뜻 보기엔 절망적이지만, 의외로 지리적인 이점은 이쪽에 있으니 방어하기는 비교적 편해. 그걸 이용해서 내 말대로 싸우면 사상률은 급격히 줄어들 게다. ……잘 따라와다오."

"""""예!"""""

"그리고 지금부터 내가 너희도 일선에서 싸울 수 있도록 해주마. 이 지팡이의 사용법을 가르쳐줘서 말이지……."

버나드는 한 자루의 지팡이를 꺼냈다.

세검 같이 손을 보호하는 손잡이가 달린 검처럼 생긴 지팡이였다.

"이 『마도사의 지팡이』로 말할 것 같으면…… 유사시를 대비해서 이 학교에 다수 비축해둔 마도기로, 아직 햇병아리 마술사에 불과한 너희를 한 사람 몫의 마술사로 바꿔줄 수 있는 물건이다. 원래 여왕 폐하의 허가 없이 사용하는 건 엄격히 금지됐지만…… 뭐, 지금은 그런 걸 가릴 상황이 아니지. 실제로 긴급 상황이니 알리시아라면 용서해줄 게다. 자, 그럼 잘 듣도록. 이 지팡이는……."

학생들은 진지한 얼굴로 버나드의 가르침에 귀를 기울이기 시작했다.

'다들……'

루미아는 문틈으로 그 광경을 살며시 지켜보고 있었다.

'원래는…… 너 때문이라고, 네 잘못이라고…… 날 책망하고 비난해도 될 텐데…… 학생들 중에는 분명 그렇게 생각하는 사람도 많을 텐데…… 그래도 너희들은……'

딱히 모순된 건 없었다. 지극히 자연스럽고 당연한 일이었다.

절망적인 고난 앞에서 공포를 느끼며 비굴해지고 추해질 때도 있다면, 때로는 용감하고 숭고하며 아름다운 모습을 보일 때도 있는 존재가 인간이니까.

릭 학원장이 말했던 대로였다.

'난…… 너희를 만나서 다행이야……. 나 때문에 이런 일
에 말려들게 됐지만…… 그래도 나는…….'

그 순간, 루미아는 만족하고 말았다. 충족되고 말았다.

이제 후회는, 미련은…… 아무것도 없었다.

그래서—.

'……내가…… 내가 반드시 지켜줄게. ……이 목숨과 바꿔
서라도……!'

루미아는 남몰래 그런 결심을 했다.

—당신, 목숨을 바칠 각오는 있어?

머릿속에 떠오른 것은 어젯밤에 남루스에게 들은 어떤 말
이었다.

그 무렵, 글렌과 시스티나는 순조롭게 지하 미궁을 돌파
하는 중이었다.

지하 1층부터 9층 사이의 『각성을 위한 여정』이라고 불리
는 구역은 아무 문제도 없었다.

애초에 이 구역은 탐색 난이도가 낮은 편이라 학생들의
유적 탐색 실습에도 이용될 정도였다. 지도도 이미 완성되
어 있었다.

그래서 두 사람은 딱히 어려움 없이 최단 루트를 통해 9
층을 돌파했다.

그런 편한 여정이 난관에 부딪친 것은 역시 지하 10층. 『어

리석은 자에 대한 시련』이라고 불리는 영역에 진입했을 때 부터였다.

이유나 원리는 알 수 없지만 정기적으로 내부 구조가 랜 덤으로 변화하는 이 영역부터는 당연히 지도가 존재하지 않 았다.

악랄한 함정이 늘어나고 흉악한 수호자와 마수들이 배회 하기 시작하는 탓에 지금까지와는 위험성부터가 차원이 달 랐다.

게다가 계층의 넓이와 난이도도 밑으로 내려가면 내려갈 수록 끝없이 상승했다. 만반의 준비를 갖춘 세리카조차 지 하 44층에 도달하는 게 한계였을 정도로…….

전에 글렌 일행은 어떤 방법을 통해 지하 50층부터 지하 89층 사이의 『문지기의 초소』라 불리는 계층을 탐색한 적이 있지만, 오히려 그쪽이 골치 아픈 함정도 없고 구조가 간소 해서 탐색하기에는 더 편했을 정도다.

참고로 고대의 문헌에 따르면 지하 90층 아래는 『땅의 백 성의 도시』라 불리는 구역이 있는 모양이지만…… 도달한 사람은 아무도 없었기에 그곳에 뭐가 있는지는 밝혀지지 않 았다.

"참 나…… 고작 지하 10층에서 11층으로 내려가는 데 이 렇게 고생할 줄은 몰랐군."

글렌은 방금 내려온 계단 옆에 성역 결계를 구축하고 대층 누워 버렸다.

"정말이지…… 똑바로 좀 하세요, 선생님!"

시스티나가 탐색 장비 중 하나인 소형 알코올 스토브로 물을 끓여서 피로에 효과가 있는 허브로 홍차를 우리기 시작했다.

여기로 올 때까지 마수나 가디언들과 전투를 거듭하느라 피로가 쌓여서 잠시 쉬는 중이었다.

"이러다간 지하 13층에 있다는 『어리석은 자의 묘지』까지 한참 걸리겠어요. 한 층을 내려갈 때마다 계층의 구역이 점점 넓어지니까요! 벌써부터 그러시면 앞이 뻔할 거라구요?"

시스티나는 홍차를 부은 스틸 컵을 글렌에게 내밀었다.

"젠장…… 왜 이렇게 구조가 악질적인 거냐고……. 설계자 자식의 낯짝 좀 보고 싶구만."

글렌은 수증기가 피어오르는 컵을 받고 입을 댔다.

그리고 곡물을 갈아서 만든 블록형 휴대 식량의 포장지를 뜯고 갉아먹기 시작했다. 이 휴대 식량은 겉보기와 달리 섭취할 수 있는 칼로리가 상당했지만…… 깜짝 놀랄 정도로 맛이 없는 게 문제였다.

"사실 이 지하 미궁…… 원래는 사각뿔 모양을 한 거대 건조물의 내부라는 설이 있어요."

계단에 앉은 시스티나도 홍차를 마시면서 희희낙락 설명을 시작했다.

아무래도 고고학 마니아의 혼에 불이 붙었나 보다.

"뭐? 여기가 건물 내부라고?"

"예. 그 사각뿔 모양 거대 건조물이 지각 변동으로 땅속 깊이 파묻혀서 생긴 게 이『지하 미궁』이라고 해요. 여기 들어올 때도 입구가 사각뿔 모양이었잖아요? 그게 이 거대 건조물의 꼭대기 부분인가 봐요."

"……스케일이 너무 커서 감도 안 잡히는데."

"그밖에도 이 지하 미궁이 원래 지상에 있었다는 증거로는 예를 들면, 토양년대 마나 분석으로— (생략) —주변 지층의 지각 변동과 마술적으로 왜곡된 공간과, 레이라인과의 오차를 마크로 전개법으로 비교한 결과— (생략) —다만, 이와 같은 설을 긍정하면 역시 문제가 되는 게 지하 50층부터 지하 89층까지에 해당하는『문지기의 초소』라 불리는 영역인데, 그 구역은 명백히 탑 같은 구조인 데다 하늘까지 보이고 있으니— (생략) —즉, 이 지하 미궁이 고대 문헌에서『비탄의 탑』이라 지칭되는 점에서 미루어 보건대 원래 기능은— (생략) —공간이 왜곡되어 있는 거예요! 이건 악마의 소행이에요! 음모예요! 그러니까— (생략) — (생략) — (생략) —즉, 신은 죽은 거라구요! 오히려 제가 신이에요! 아시겠어요?!"

"홍~ 그래? 굉장하네~"

글렌은 중간부터 시스티나가 뜨겁게 이글거리는 눈으로

토하는 열변을 전혀 듣고 있지 않았다.

'그건 그렇고……『이브 카이즐의 옥약』이라…….'

그리고 손짓발짓을 섞어가며 떠드는 시스티나를 무시하고 홍차를 마시면서 사색에 잠겼다.

'설마…… 또 그걸 조합하게 되는 날이 올 줄이야…….'

이번 싸움에서는 반드시 필요했다.

……그건 알고 있다.

어젯밤의 회의에서 글렌이 마인의 대항책으로『이브 카이즐의 옥약』의 원리와 효과를 설명했을 때, 그 자리에 모인 마술사 전원이 만장일치로 사용을 찬성했을 정도다. 글렌을 눈엣가시처럼 여기는 할리조차도…….

그러니 글렌은 다시『이브 카이즐의 옥약』을 조합해야만 했다.

'그건 알고 있지만…….'

그러자 마침 군 시절의 차갑고 어두운, 봉인하고 싶었던 기억이 되살아났다.

———.

"아……아아……아아아…….."

어느 변경 어촌에 만연한 옛 사교(邪敎)의 신전 깊은 곳.

그날 글렌은…… 그 사교의 교주를『암살』했다.

자신이 연구, 개발해서 제작한『이브 카이즐의 옥약』을 처음으로 써서.

"……아아……아아아아……."

왼손에서 광대의 아르카나가 흘러 떨어졌다.

오른손으로 겨눈 권총이 덜덜 떨렸고, 총구에서 아직 열기가 식지 않은 연기가 희미하게 피어올랐다.

글렌의 발밑에는 이미 숨이 끊어진 채 바닥에 널브러진 교주가 있었다.

그가 만든 『이브 카이즐의 옥약』의…… 첫 희생자였다.

"으, 아……아……."

이자는 정말로 구원할 도리가 없는 남자였다. 주변 일대의 마을에서 여자와 아이들을 납치하여 저열한 욕망의 배출구로 삼고, 마술 의식의 산제물로 바치고, 급기야는 기묘한 괴물들의 모체로 삼기까지 한…… 그런 정신 나간 종교 활동을 주도한 자였다.

교주의 독선적인 종교관으로 희생된 사람의 수는 헤아릴 수조차 없을 지경이었고, 제국법에 의거해 재판을 걸어도 사형이 틀림없는…… 그런 바닥이 보이지 않는 구정물 이하의 쓰레기였다.

죽여야만 했다. 누군가가 죽여야만 했다.

악에는 악 나름의 정의가 있다. 인간은 인간을 벌할 권리가 없다.

그런 미적지근한 위선 따윈 끼어들 여지가 없는, 일말의 의심할 여지도 없는 정의로운 행동이었다.

그러니 분명…… 자신은 올바른 일을 한 것이리라.

그런데도—.

"아아아……아아아아아아……아……으……."

당시의 글렌은 떨림이 멎지 않았다. 자신이 저지른 결과에…… 『이브 카이즐의 옥약』에 숨겨진 바닥조차 보이지 않는 어두운 악의와 살의에 공포를 느꼈기 때문이다.

돌이켜 보면, 오리지널 【광대의 세계】는 숭고한 의지에서 탄생했다.

자신 나름대로 정의의 마술사가 되기 위한 방법을 모색한 결과로 태어난 마술이었다.

지금은 암살 수단으로 쓰이고 있지만, 과거에 니나라는 둘도 없는 친구를 악의 손에서 지켜냈다는 긍지를 가지게 해준 마술.

하지만 이 『이브 카이즐의 옥약』은…… 전혀 달랐다.

군의 마도사로서 마음이 마모되어가는 사이에 【광대의 세계】로는 부족함을 느끼고…… 아니, 【광대의 세계】를 이용해서 더욱더 효율적으로 확실하게 『살인』을 하기 위해.

이제는 얼버무릴 수조차 없는 어두운 살의에서 태어난…… 『저주받은 힘』. 자신의 추악하고 어두운 측면의 결정체였다.

어리석게도—.

글렌은 이 『이브 카이즐의 옥약』을 써서 실제로 사람 하나를 죽일 때까지…… 그런 자신의 정의로운 측면의 뒤에 숨은 어두운 측면을 눈치채지 못했다.

"나……나는…… 대체 뭘 만든 거지……?!"

이날, 어린 시절부터 동경하고 목표로 삼아왔던 『정의의 마법사』는 완전히 죽었다.

바닥이 보이지 않는 악의와 살의로 이런 마술을 완성해서 사람을 죽인 순간, 자신은 그저 피에 젖은 『살인자』가 됐을 뿐.

이런 걸 쓴 탓에 마지막 마음의 버팀목이었던 【광대의 세계】조차 지금 이 순간, 완전히 피로 물들고 말았다.

"으, 우웨에에에에에에에엑! 커헉!"

토했다. 위 안에 든 것을 전부 게워냈다. 위를 텅 비우고 온몸에서 땀과 눈물을 흘려도…… 이 불쾌감과 현기증과 두통과 구역질은 멈추지 않았다.

"쿨럭! 컥! 으아아아아아아아아아아아! 아아아아아아아아아아아! 아아아아아아아아아악!"

마음이 무너진 글렌이 머리를 부둥켜안고 발작을 일으킨 순간, 누군가가 아름다운 흰 머리카락을 나부끼며 그의 뒤로 달려왔고—

"글렌 군!"

글렌의 등을 필사적으로 껴안아주었다.

세라였다.

"세라……, 세라아아아아아아! 나, 나는…… 나느으으으
으으으은!"

"괜찮아! 괜찮으니까! 부탁이야, 글렌 군! 진정해!"

"아아아아아아악! 나, 나는 이제 변했어, 우욱! 우웩!"

"변하지 않았어! 글렌 군은 아무것도 변하지 않았어!"

세라는 당장에라도 정신이 무너질 것 같은 글렌을 필사적
으로, 다정하게 끌어안았다.

글렌의 토사물로 더러워지는 것도 개의치 않고 계속…….

"구원받았잖아! 글렌 군 덕분에 아까 붙잡혀 있었던 사람
들이 무사히 구출된 거잖아! 전부 글렌 군 덕분이잖아!"

"아아아…… 아아아아아아아……."

"괜찮아. 괜찮으니까. 글렌 군은 아무것도 변하지 않았어.
괜찮아. 내가 함께 있으니까…… 늘 곁에 있어줄 테니까……
그러니까…… 응?"

세라는 다정한 목소리로 속삭이며 글렌이 진정될 때까지
계속 끌어안아주었다.

———.

"잠깐만요, 선생님! 제 이야기 듣고 계세요?!"

"……!"

시스티나가 갑자기 얼굴을 들이미는 바람에 글렌은 화들
짝 놀라며 현실로 돌아왔다.

입을 대고 있던 컵은 벌써 차갑게 식어 있었다.

"정말이지! 모처럼 제가 고대 문명의 신화대계……『천공의 타움』에 관해 고양이도 알아들을 수 있을 정도로 친절하고 정중하게 설명해드렸건만~!"

"으, 응……. 미안하다. 전혀, 안 듣고 있었어……."

글렌은 입술을 삐쭉 내민 시스티나 앞에서 어색한 얼굴로 차가워진 홍차를 단숨에 들이켰다.

"……선생님?"

그러자 시스티나가 걱정스러운 얼굴로 안색을 살폈다.

"어…… 왜?"

"저기…… 괜찮으세요? 왠지…… 안색이 엄청 나쁘신데요……."

"!"

글렌은 퍼뜩 놀라서 얼굴을 가렸다.

"……몸 상태가 안 좋으신 건가요? 그러고 보니 루미아도 아까……."

"아, 아니. 그런 게 아니라."

"호, 혹시…… 제 이야기를 듣는 게 그런 얼굴을 할 정도로 싫으셨던 거예요?"

시스티나는 눈물이 고인 눈으로 노려보았다.

"그~러~니~까~! 아니라고! 좀 지친 것뿐이야!"

"정말로요? 왠지 그런 수준의 안색이 아닌 것 같은데……."

"스, 슬슬 가자! 오늘 안에 소재를 모아서 돌아가야 하니까!"

글렌은 얼버무리며 짐을 정리하기 시작했다.

머지않아 글렌과 시스티나는 탐색을 재개했다.

사방이 석조 블록으로 이루어진 복잡한 통로가 끝없이 이어졌다.

퇴로가 없는데도 가끔 어디선가 가디언과 마수가 튀어나오기도 했다.

이럴 대는 기본적으로 싸우면서 돌파하는 수밖에 없었다.

"우오오오오오오오오!"

글렌이 돌진했다.

통로 너머에서 대열을 짜고 다가오는 가디언들 — 벽돌을 쌓아서 만든 것 같은 돌 인형 타입 — 의 선두를 향해 날카롭게 팔을 내질렀다.

흑마 【웨폰 인챈트】로 공격적인 마력을 담은 손날이 가디언의 가슴을 관통. 존재의 핵을 파괴했다.

핵을 잃은 가디언은 산산이 분해되면서 붕괴되었다.

"하아아아아아아아앗!"

이어서 팔다리를 들고 앞 다퉈 달려오는 가디언들의 공격을 재빨리 피하고, 주먹과 발로 흘려 넘기면서 이동을 저지했다.

고개를 숙이자 가디언의 주먹이 머리 위를 스쳐 지나갔

고, 몸을 비틀자 가디언의 다리가 옆구리를 스쳤다.

"하얀 고양이!"

"예! 준비됐어요!"

적의 방어력과 숫자를 확인하자마자 시간을 들여서 마력을 자아낸 시스티나가 대답했다.

"흡!"

글렌이 땅을 박차고 그녀의 옆으로 재빨리 물러난 순간.

"《모여라 폭풍·철퇴가 되어서·때려눕혀라》!"

강대한 마력을 실은 시스티나의 흑마 【블래스트 블로】가 동시에 발동했다.

다음 순간, 대량의 공기가 극한까지 압축된 바람의 파성추가 통로를 가득 메우며 고속으로 날아갔다.

그리고 근거리에서 대포를 쏜 것 같은 소리를 울리며 가디언들이 전부 파괴되었다.

산산이 부서진 파편들이 통로 끝까지 한꺼번에 쓸려갔다.

"후우! 뭐, 이거면 됐죠?"

시스티나는 가볍게 승리의 포즈를 취했다.

저티스나 진과의 전투를 거치며 성장한 그녀에게 이 정도는 적수가 되지 못했다.

"하얀 고양이…… 너, 진짜 강해졌구나……."

글렌은 감탄했다.

"흐흥~ 그렇죠? 조금은 저한테 등을 맡길 생각이 드셨나요?"

"응."

"……어?"

어차피 또 빈정거릴 줄 알았는데 솔직하게 긍정하자, 화들짝 놀랄 수밖에 없었다.

"왠지…… 세라가 뒤에 있는 듯한, 안심감이 들었어."

다음에 이어진 말은 의식하지 않으면 들리지 않는 무척 작은 목소리였다. 아무래도 혼잣말이었던 모양이다.

"!"

하지만 시스티나는 우연히 듣고 말았다.

'세라 씨…… 지금은 돌아가신…… 선생님의 옛 동료……
분명 나랑 닮았다는…….'

그리고 전에 들은 바로는 아마 글렌이 이성으로서 좋아했던 여성.

"그건 그렇고 역시 널 데려오길 잘했네. 측량도, 색적도, 전투도 가능한 네가 있으니 탐색 효율이 아주 그냥…… 응? 야, 왜 그래? 하얀 고양이. 먼저 간다?"

"……."

글렌은 갑자기 말이 없어진 시스티나를 재촉하며 먼저 발걸음을 옮겼다.

그렇게 순조롭게 미궁을 돌파한 두 사람은 이윽고 지하 13층에 있는 『어리석은 자의 묘지』에 도착했다.

넓은 방 안에 석관이 쭉 늘어서 있었다.

"저, 정말로…… 이런 곳에『이브 카이즐의 옥약』에 필요한 소재가 있는 건가요?"

불길한 예감밖에 들지 않는 방의 분위기에 시스티나는 언제든지 도망칠 수 있도록 허리를 뒤로 슬쩍 뺐다.

"응……. 「시신이 2백년 이상 매장된 분묘의 먼지」가 필요하거든. ……그런 먼지는 어떤 종류의 초자연적인 힘이 깃든 천연 마법소재가 돼. ……꽤 희귀한 소재지. 지금 이 상황에선 여기서만 입수할 수 있을 거야."

글렌도 왠지 자세가 엉거주춤했다.

"그, 그, 그렇겠죠? ……어쩔 수 없는 거죠?"

"그런 고로! 하얀 고양이! 먼지를 모으는 건 전면적으로 너에게 맡기……."

"이 비겁자아아아아아아아아아아아아!"

그렇게 해서 두 사람은 조심스럽게 관 덮개를 열고 먼지를 모으기(최대한 내용물은 보지 않으려고 노력하면서) 시작했다.

"세, 세리카의 연구에 따르면…… 여긴 고대의 권력자를 거역한 민중을 본보기로 처형한 후에 시체를 보존하는 장소였다는데…… 마술로 그 시체를 조종해서 반역을 저지른 민중과 싸우게 했다든가……. 하하하…… 지독한 이야기지?"

"그 이야기를, 하필이면 왜, 지금, 여기서 하시는 건데요?!"

"나 혼자만 알고 무서워하는 건 치사하잖아!"

두 사람은 시끄럽게 떠들면서도 묘하게 빠른 손놀림으로 먼지를 모았다.

한시라도 빨리 이 방에서 나가고 싶었기 때문이다.

하지만 어째선지 두 사람이 흠칫거리면서 두려워 한 『시체가 일어나서 덤비는 사태』는 결국 일어나지 않았다.

""시, 실례했습니다아아아아!""

소재를 전부 모은 글렌과 시스티나는 재빨리 방에서 뛰쳐나왔다.

사실 원래 이 방은 오랜 원한과 분노에 사로잡힌 영혼들이 묶여 있는 부정한 공간이었다.

하지만 세리카가 마술 의식으로 정화한 덕분에 지금은 죽은 자가 편안히 잠든 안전한 공간이라는 것을 두 사람은 전혀 모르고 있었다.

장난을 좋아하는 세리카가 의도적으로 가르쳐주지 않았기 때문이다.

"아~ 무서웠다……."

"에휴……."

소재를 모은 글렌과 시스티나는 지금까지 왔던 길을 거꾸로 돌아가기 시작했다.

귀환은 순조로웠다.

아무튼 지금까지 온 길을 지도로 작성한 데다 적들도 거의 다 해치웠기 때문이다.

미궁의 구조와 적의 배치는 월초에 갱신된다고 하니 걱정할 필요도 없었다.

지금까지의 고생이 거짓말이었던 것처럼 편한 여정이었다.

"이 페이스라면 아마 여유 있게 도착하겠군."

글렌은 시스티나가 그린 지도를 보면서 중얼거렸다.

"후훗…… 남은 건 그 『이브 카이즐의 옥약』을 조합하는 것뿐이네요."

"……응, 그렇지."

시스티나는 글렌이 대답하기까지 공백이 있었다는 것을 눈치채지 못했다.

그리고 두 사람은 그대로 귀환을 서둘렀다.

손끝에 깃든 마력광을 의지해 어두운 통로에 뚜벅뚜벅 발소리를 내면서 걸었다.

너무나도 무료한 여정이었기 때문일까.

"저기, 선생님. ……세라 씨는 어떤 분이었어요?"

시스티나는 무심코 그런 질문을 하고 말았다.

"……응? 갑자기 그건 또 왜?"

"예?! 어, 어라?!"

왜 그런 말을 꺼낸 건지 자신도 이해할 수 없었다. 전에 글렌의 입에서 세라의 이야기를 처음 들었을 때는 「흐응~ 잘 모르겠지만, 나랑 닮은 사람을 좋아했었나 보네」 정도의 감상이었건만…….

지금은 그녀의 이름이 언급된 순간부터 신경이 쓰여서 도무지 참을 수가 없었다.

―흐응, 그런가. ……당신, 글렌을 좋아하는구나.

그리고 어째선지 이브가 한 말도 불현듯 떠올랐다.

"저, 전 딱히 선생님을 좋아하는 거 아니거든요?! 착각하지 마세요!"

"으헉?!"

시스티나가 갑자기 새빨개진 얼굴로 고함을 지르는 바람에 글렌은 놀라서 펄쩍 뛰었다.

"뭐, 뭐야? 느닷없이 웬! 아니, 그런 건 나도 알아! 이런 좁은 데서 갑자기 소리 지르지 마! 귀 아프다고!"

"하윽?! 내, 내가 지금 무슨 소릴?!"

그제야 자신이 무슨 말을 한 건지 눈치챈 시스티나는 한층 더 큰 혼란에 사로잡혔다.

"아와, 아와와와와…… 바, 방금 그건 아무것도 아니에요! 잊어주세요!"

그리고 어색한 기분을 견디다 못해 달리기 시작했다.

머릿속이 어지럽게 빙글빙글 돌았다. 갑작스럽게 솟구친 뜨겁고 쑥스러운 감정을 떨쳐내려는 것처럼 필사적으로 다리를 움직인 시스티나는 눈앞에 보이는 갈림길의 오른쪽으로 진입했다.

"앗?! 야, 이 바보야! 하얀 고양이, 그쪽이 아니야! 그쪽
은……!"

"조, 좀 내버려달라구요!"

글렌의 당황한 목소리가 들렸지만 지금은 한시라도 빨리
그와 멀어지고 싶었다.

"……어?"

다음 순간—.

시스티나는 자신의 몸이 공중에 떠 있는 것을 자각했다.

정신을 차리고 보니 발밑이…… 조금 전까지 분명히 있었
던 바닥이 없었다.

미궁의 함정이었다.

"꺄아아아아아아아아아아아아아아아아아아악?!"

"하얀 고양이이이이이이이이이이이이!"

어두운 암흑으로 추락하는 동시에 글렌의 목소리도 단숨
에 멀어졌다.

"큭?!"

무중력에 놀란 이성을 냉정하게 붙들었다.

"《삼계의 섭리·천칭의 법칙·율법의 접시는 좌현으로 기울
지어다》!"

흑마 【그래비티 컨트롤】. 중력 조작 주문을 외쳤다.

마술이 즉시 효력을 발휘하자 낙하속도가 크게 줄어들었다.

이윽고 시스티나는 바닥에 천천히 착지했다.

위를 올려다보았다. 자신이 떨어진 구멍은 마치 환상이었던 것처럼 완전히 막혀 있었다.

사방을 둘러보았다. 명백히 조금 전보다 더 복잡해진 미궁의 정경이 눈에 들어왔다.

'설마…… 시, 14층으로 떨어진 거야?!'

시스티나는 전율했다.

지하 미궁은 한 층 내려갈 때마다 가디언의 숫자와 강함, 미궁의 규모, 함정의 흉악함이 급등했다. 세리카도 출발하기 전에 글렌과 자신의 실력으로는 13까지라면 모를까 14층부터는 무리일 거라고 말했을 정도다.

실제로 13층에서도 간담이 서늘할 때가 많았다.

그런데…… 14층이라니. 그것도 홀로.

갑자기 오한이 들어서 소름이 돋기 시작했다.

『야, 하얀 고양이! 괜찮아?! 대답해! 이봐!』

보석형 직통 통신 마도기에서 글렌의 다급한 목소리가 들렸다.

시스티나는 보석에 귀를 대고 애써 냉정한 목소리로 대답했다.

"괜찮아요. 다친 데는 없어요."

『그, 그래……. 다행이다……. 사람 놀라게 하긴, 이 바보 녀석…….』

"……그보다…… 제가 떨어진 곳은 아무래도 14층인 것 같아요."

『첫…… 젠장, 역시 그랬나. ……기다려, 하얀 고양이. 지금 나도 그쪽으로…… 어? 이 함정, 한 번 발동하면 그걸로 끝인 거야?! 파티의 분산이 목적인 함정이군?! 뭐 이리 악랄한…… 그럼 일단 내가…….』

글렌은 시스티나를 구출할 계획을 세우기 시작했다.

"……선생님, 오시면 안 돼요."

하지만 시스티나는 어서 구해달라고 외치고 싶은 것을 참으면서 입을 열었다.

지금 상황에서 가장 올바른 답을 냉정하게 선택하기 위해…….

『뭐?! 바보 같은 소리 하지 마! 지금 밑으로 내려갈 방법을 생각…….』

"진정하세요. 선생님이 『이브 카이즐의 옥약』을 조합하는 건 정해진 시각이 아니면 안 되잖아요? 선생님은 그 전까지 반드시 학교로 복귀하셔야만 해요. 지금 제가 있는 곳은 14층의 어디쯤인지도 모르니…… 절 찾다간 시간이 엄청나게 허비될 거예요. ……그러다 늦으실지도 몰라요."

사실이었다. 『이브 카이즐의 옥약』은 제작 가능한 시간대가 정해져 있었다.

"그리고…… 13층도 벅찼던 저희에게 14층은 위험해요. 지금 선생님은 페지테의 희망이라구요. 만에 하나의 일이 벌어지는 건 절대로 피해야 해요."

『그렇다고…….』

"전 신경 쓰지 말고 그대로 지상으로 가주세요! 선생님은 제가 그린 지도를 갖고 계시니, 그대로 따라가면 혼자서도 무사히 돌아갈 수 있을 거예요!"

『이 바보야! 그야 난 그렇다 쳐도 넌 어쩌고!』

"저는…… 혼자서 어떻게든 해볼 테니까…… 어떻게든 계단을 찾아서 13층까지 올라가기만 하면……."

『말도 안 되는 소리 하지 마! 너 혼자 가능할 것 같아!?』

글렌은 끈질기게 물고 늘어졌다.

"시끄러워요! 이건 제 자업자득이라구요! 그러니 선생님은 신경 쓰지 마시라구요! 저는…… 혼자 힘으로 어떻게든 해볼 테니까요!"

『앗?! 치익―자, 잠깐― 기다―치익― 어, 어째치이익― 통신 상태가치이이이익― 나치이이이이이이익…….』

"어……? 서, 선생님……?"

통신 마도기에 귀를 기울였지만 어째선지 통신은 그대로 끊어지고 말았다.

시스티나는 심장이 터질 듯한 적막감에 사로잡혔다.

조금 전까지의 위세도 급격히 자취를 감추었다.

그리고 이 순간, 시스티나는 자신의 몸에 일어난 이변을 눈치챘다.

몸에서 마나가 급속도로 빠져나가는 감각.

"으…… 설마…… 여긴?!"

제로 마나 지대. 이 지하 미궁에는 그렇게 불리는 지역이 드문드문 존재했다.

글자 그대로 공간 내포 마나가 제로인 지역이라 발을 들여놓은 자는 급속도로 마나를 잃고 만다.

그 세리카조차 진심으로 위험하다면서 제로 마나 지대만큼은 반드시 조심하라고 진지한 얼굴로 경고했을 정도다.

갑자기 통신 마도기가 먹통이 된 것도 아마 이것이 원인이리라. 보석 안에 내포된 통신용 마나가 눈 깜짝할 사이에 빠져나간 것이다.

'……이, 이대로 가면…… 난…… 금방 마력이 고갈돼서 마술을 못 쓰게 될 텐데…….'

농담이겠지? 이런 위험한 미궁 안에서? 구명줄인 마술을 못 쓰게 된다고?

—죽음.

불현듯 머릿속에 그 단어가 강렬하게 떠오른 시스티나는 심장이 터질 것만 같았다.

동요가 심해지고 과호흡 증세가 일어났다. 온몸에서 단숨에 핏기가 가셨다.

"……포, 포기 안 해!"

시스티나는 마음이 약해지는 자신을 채찍질해가며 걸음

을 옮기기 시작했다.

　조금 전에 글렌에게 했던 말은 허세가 섞이기는 했어도 엄
연한 사실이었다.

　여기서 글렌의 도움은 기대할 수 없다. 기대해서는 안 된다.

　지금의 글렌은 페지테의 희망이었다. 그도 분명 자신의
구출보다 귀환을 우선하리라. 자신의 목숨 하나와 페지테
전체를 바꿀 수는 없을 테니까.

　그러니 이 역경은 자신만의 힘으로 헤쳐 나가는 수밖에
없었다.

　혼자서 14층을 돌파하기로 결심한 시스티나는 자신이 이
계층을 아직도 얕잡아 보고 있었음을 통감하는 중이었다.

　"《모여라 폭풍·철퇴가 되어서·때려눕혀라》!"

　이것으로 대체 몇 번째일까.

　시스티나는 일반 사이즈보다 3배는 큰 거인형 가디언을
향해 혼신의 【블래스트 블로】를 발사했다. 휘몰아치는 격풍
의 파성추가 왼쪽 가슴을 찌르는 동시에 거인의 몸이 뒤로
크게 젖혀졌다.

　『쿠오오오오오오오오오오오오오!』

　하지만 돌거인은 전혀 개의치 않은 채 뜻밖일 정도로 빠
르게 두 팔을 쳐들고 시스티나를 향해 달려들었다.

　"큭! 《질풍이여》!"

그 움직임에 대응해서 『슈투름』을 발동.

세찬 바람을 두르고 후방으로 물러나며 벽과 천장을 박차고 거리를 벌렸다.

"《모여라 폭풍·철퇴가 되어서·때려눕혀라》! 《쳐라》! 《때려라》!"

다시 혼신의 【블래스트 블로】. 이번에는 왼손, 오른손, 왼손의 3연격이었다.

『크아아아아아!』

노도의 3연격을 맞은 거인의 몸이 이번에야말로 산산이 부서졌다.

그러나―.

쿵…… 쿵…… 쿵…….

다가오는 무거운 발소리.

새로운 돌거인이 미궁의 어두운 통로 너머에서 다가오는 소리가 들렸다.

"……큭……."

시스티나는 적에게 포착되기 전에 급히 그 자리를 벗어났다.

"콜록! 하아…… 하아…… 하아……."

때때로 발을 멈추고, 벽에 등을 기대고 쉬어가면서 미궁을 진행했다.

'이, 이렇게나…… 다른 거야? 완전히 차원이 다르잖아!'

13층과 14층은 세리카의 말대로 위험도가 격이 달랐다.

제로 마나 영역을 언제 빠져나갈지도 알 수 없었고, 위로 가는 계단도 어디 있는지 불명.

그렇다면 내구전을 각오하고 마력과 체력을 온존하고 싶었지만…… 그런 어설픈 생각이 통하는 계층이 아니었다.

마력을 전력을 다해 쓰지 않으면 단숨에 살해당할 수준의 강력한 적.

골이 보이지 않는 복잡하기 짝이 없는 구조.

끝이 보이지 않는 제로 마나 영역. 시시각각 빠져나가는 마나.

설상가상으로 탐색 계통 마술의 전개를 유지하지 않으면 바로 이를 드러내는 위험한 함정들.

상황은 이미 절망적이었다.

"……하아…… 하아…… 포기 안 해……. 누가 포기할까 봐……. 지금의 나는…… 얼마 전까지의…… 울기만 하던 내가…… 아니야! 하아…… 하아…….."

눈가에 맺힌 눈물을 훔치고 이를 악물면서 포기하지 않고 걸었다.

그러나—.

죽음. 죽음. 죽음.

조금 전부터 머릿속에 달라붙어서 떨어지지 않는 단어.

"난…… 이런 데서…… 죽을 수 없어……. 죽을 수 없단 말야!"

자신이 가진 기술과 지식을 총동원해서 위로 가는 계단이 있을 법한 장소를 향해 필사적으로 이동했다.

……하지만 그 여정은 너무나도 위험했고, 그 싸움은 너무나도 험난했다.

"크윽! ……《홍련의 사자여·분노에 몸을 맡기고·사납게 울부짖어라》!"

『쿠어어어어어어어어어어어어!』

피로는 계속 누적되었고 마력은 순식간에 소모되었다.

이윽고 몇 번의 전투와 긴 이동을 거친 끝에―.

"헉…… 헉…… 하아…… 하아…… 아…… 윽…… 콜록!"

시스티나는 벽에 기댄 채 주저앉고 말았다.

한계였다. 마음은 급하지만 정신과 몸이 따라주질 않았다. 이젠 한 걸음도 움직일 수 없었다.

그런 절망감에 사로잡힌 시스티나를 한층 더 좌절시키려는 듯―.

쿵…… 쿵…… 쿵…….

어둠 안쪽에서 돌거인의 발소리가 가까워졌다.

아무래도 한두 대가 아닌 것 같았다.

'거, 거짓말…… 나…… 진짜…… 이런 데서 죽는 거야?!'

눈앞까지 다가온 짙은 죽음의 그림자에 걸레처럼 쥐어 짜인 심장이 비명을 질렀다. 공포와 피로감으로 머릿속은 빙글빙글, 세상이 이리저리 흔들려서 제대로 된 생각을 할 수 없었다.

　이윽고─.

　"아……."

　시스티나는 통로 앞뒤에서 다가온 돌거인 집단에 포위당하고 말았다.

　눈앞에 선 돌거인이 바위 같은 주먹을 높이 세워 들었다.

　"도, 도와줘요……."

　지금까지 필사적으로 참고 견딘 말이─.

　"도와주세요, 선생니이이이이이이임!"

　마침내 입에서 튀어나온 순간─.

　"그래~."

　그런 얼빠진 목소리가 시스티나의 옆을 질풍처럼 스쳐 지나갔다.

　"어?"

　누군가가 자신을 덥석 껴안고 그대로 질풍처럼 달리자, 돌거인이 방금 전까지 그녀가 주저앉았던 곳을 주먹으로 내리치는 소리가 미궁 안에 울려 퍼졌다.

　"서, 선생님?!"

　"야! 야! 비켜! 비켜! 비켜! 비켜어어어어어어어어어어!"

　아슬아슬하게 시스티나를 구한 인물─ 글렌은 그녀를 그대로 품에 안고 돌거인들의 발밑을 탁월한 몸놀림으로 빠져나왔다.

돌거인들은 당연히 그런 그를 향해 주먹과 다리를 내리 찍었다.

"우오오오오오오오오오오오오오오오오오오오!"

하지만 글렌은 마술로 증폭된 신체 능력을 아낌없이 활용해서 몸을 비틀고, 돌거인의 다리를 밟아 도약하고, 돌거인들의 난타는 좌우로 피하면서 질주.

"으라차아아아아아아아아아아아아아아아아아아아아아!"

전광석화 같은 몸놀림으로 돌거인 집단을 돌파했다.

"후우…… 안 늦었군……."

글렌은 그대로 속도를 늦추지 않고 통로를 똑바로 나아갔다.

"선생님!? 어째서 여기에?!"

전혀 예상치 못한 그의 등장에 놀란 시스티나는 눈을 깜빡거렸다.

"나도, 다른 구멍을 찾아서, 이 층으로 내려온 거다."

글렌은 뚱한 얼굴로 대답했다.

"네가 떨어진 구멍이랑, 비교적 가까운 위치에 있는 구멍이라면, 네 근처로 내려올 수 있잖아? ……그래도 합류하는데 시간이 걸렸지만."

"……."

"참 나, 길을 잃으면 그 자리에서 움직이지 말라는 상식도 모르는 거야? 제멋대로 돌아다니기는……."

"어째서…… 오신 거예요?"

그러자 시스티나가 떨면서 중얼거렸다.

"선생님까지 14층으로 오시다니…… 이걸로…… 돌아가지 못하게 되면 어쩌실 거예요? 제시간에 늦으면 어쩌시려구요?"

"……"

또 글렌의 발목을 잡고 말았다. 시스티나는 그런 자신이 부끄럽고 한심스러워서 눈물을 글썽였다.

"제가…… 저 때문인데…… 그러니까……! 그러니까 선생님은 저 같은 건 버리고……!"

쿵!

"악! 가, 갑자기 무슨 짓이에요?!"

그 순간, 글렌이 시스티나에게 박치기를 날렸다.

"참 나, 너란 녀석은…… 진짜 가끔 보면 애인지 어른인지 갈피를 못 잡겠다니까."

그리고 기가 막힌 얼굴로 입을 열었다.

"……그게 아니잖아?"

"!"

그러자 시스티나는 퍼뜩 놀라더니 잠시 멍한 표정을 지었다. 그리고—.

"……가, 감사……합니다……."

"정답."

글렌은 그 대답이 만족스러웠는지 씨익 웃었다.

"학생이 신세를 진 선생님에게 할 말은 그걸로 충분해."

그리고 안도한 것 같으면서도 어딘지 모르게 빈정거리는 미소를 지었다.

시스티나는 그런 글렌을 똑바로 바라볼 수가 없어서 고개를 숙일 수밖에 없었다.

……왠지 뺨이 뜨거웠다.

결론부터 말하자면…… 그 후는 뜻밖일 정도로 순조로웠다.

13층과 14층을 연결하는 계단은 당연히 13층에서 탐색하지 않은 지역에 있었다. 그 사실과 시스티나가 14층에서 이동한 결과값을 더하니 계단의 위치는 어느 정도 예상할 수 있었다.

제로 마나 영역은 마력 용량이 클수록 영향을 받기 쉽고 작을수록 영향을 적게 받는 성질이 있어서 글렌에게는 시스티나만큼 치명적이지 않았다.

또한 군 시절에 제로 마나 영역에서도 전투를 할 수 있도록, 패스를 고의적으로 닫아 몸에서 빠져나가는 마나의 양을 최소한으로 줄이는 훈련을 충분히 쌓은 것도 도움이 되었다.

철저하게 효율과 도주를 중시한 탐색 작업을 끈기 있게 계속한 결과, 두 사람은 마침내 13층으로 올라가는 계단을 발견할 수 있었다.

그리고 그대로 기세 좋게 12층, 11층, 10층으로 올라갔다.

9층부터는 최단거리로 단숨에 돌파.

"……뭐, 아슬아슬했군."

마지막 계단을 올라온 글렌은 안도의 한숨을 내쉬면서 마지막 문을 열었다.

두 사람의 눈앞에 펼쳐진 것은 학교의 지하…… 『열리지 않는 방』의 풍경.

마침내 스타트 지점까지 돌아오는 데 성공한 것이다.

"후우~ 역시 지치는군……."

"저, 저기…… 선생님?"

지금까지 줄곧 글렌의 등에 업혀 있었던 시스티나가 어색한 얼굴로 그 등을 콕콕 찔렀다.

"왜? 하얀 고양이."

"그게…… 저기…… 이젠 아마 괜찮을 테니까…… 혼자서도 걸을 수 있을 것 같으니……."

그 말을 들은 글렌은 바로 내려주었다.

"앗……."

바닥에 발을 디딘 시스티나가 비틀거렸다. 소모한 체력과 마나가 아직 완전히 회복되지는 않은 것 같지만 본인 말대로 혼자서도 어찌어찌 걸을 수는 있는 모양이었다.

두 사람은 그대로 지하를 나와 나란히 교내를 걸었다.

고작 반나절 사이에 많은 것이 변해 있었다.

복도, 교실, 벽, 천장 등 온갖 곳에 마술 법진이 마치 벽화

처럼 빼곡하게 그려져 있었다.

　내일의 결전을 대비한 조치였다.

　아무래도 자신들이 미궁을 탐색하는 사이에 준비가 끝난 것 같았다.

　창밖은 이미 새카맣게 어두웠다. 서늘한 밤바람 세상을 지배하는 한밤중이었다.

　그래선지 주위는 조용했지만, 임시 침실이 된 교실에서 학생들이 잠들지 못하는 밤을 보내고 있다는 것이 똑똑히 느껴졌다.

　"자, 그럼…… 난 이제부터 마지막 대작업을 해야겠군."

　"『이브 카이즐의 옥약』을 조합하시는 거죠?"

　"……그래."

　글렌은 한 호흡 늦게 대답했다.

　그에게는 소재 채집보다 훨씬 더 곤란한 작업이 기다리고 있었다.

　"……선생님? ……왜 그러세요?"

　왠지 분위기가 이상한 것을 눈치챈 시스티나가 글렌을 옆얼굴을 올려다보았다.

　"……아니, 아무것도 아니야. 이거 잔업 수당 안 나오려나~? 하하."

　그러자 글렌은 어깨를 으쓱이고 농담을 던져서 태연함을 가장했다.

"나 참! 이럴 때까지 농담이라니! 알긴 아시는 거예요?! 마인을 쓰러트릴 가능성이 있는 수단은 선생님의 『이브 카이즐의 옥약』뿐이거든요?! 조합에 실패했습니다~! 같은 말은 안 통한다구요!"

"……나도 알아."

"……?"

역시 어딘지 모르게 패기가 없는 글렌의 반응에 시스티나는 의아함을 느꼈다.

"저기…… 선생님? 그게…… 저도 도와드릴까요? 왠지 지금의 선생님은……."

"……."

그러자 글렌은 눈만 움직이며 시스티나의 얼굴을 잠시 응시했다.

"……아니, 됐어. 이건 나만의 싸움이야. 네가 할 수 있는 건 아무것도 없어. 마음만 고맙게 받아두마."

그렇게 말한 글렌은 시스티나에게 등을 돌리고 학교의 마술약 조합실로 걸어가기 시작했다.

"홋…… 넌 그만 자. 내일 낮까지 몸 상태를 충분히 회복해둬야 하잖아?"

"아, 예…… 그게…… 그럴게요……."

"오늘은 고마웠다. 여러모로 도움이 됐어. ……마지막에는 좀 그랬지만."

"윽······! 죄, 죄송해요······. 발목을 잡아서······."

"신경 쓰지 마. 그 일로 허비한 시간을 빼도 네가 없었으면 분명 늦었을 테니까. 이렇게 『이브 카이즐의 옥약』을 조합할 수 있게 된 건 네 덕분이야. ······네 공로를 헛되게 하진 않으마."

글렌은 고개만 돌려서 시스티나에게 한 차례 웃어준 후, 다시 걸어가기 시작했다.

"힘내세요, 선생님······."

시스티나는 떠나가는 글렌의 등을 지켜보았다.

그런데 어째서일까. 그 등이 평소보다······ 무척 작아보였다.

글렌은 시스티나와 헤어진 후, 바로 마술약 조합실에 틀어박혀서 조합 준비를 시작했다.

조합대 위에 각종 재료와 도구를 올려놓고 초에 불을 붙인 후 명상을 시작.

일렁이는 가느다란 불빛이 마치 마물 같은 그림자를 그리며 꿈틀거리는 방 한가운데에서 글렌은 그때가 오는 것을······ 차분하게 기다렸다.

천천히 흘러가는 시간.

조합대 위에 둔 회중시계가 조용히 시간을 새기는 소리만 방 안에 울려 퍼졌고.

이윽고······ 그때가······ 왔다.

"……조합식, 개시."

눈을 뜬 글렌은 바로 『이브 카이즐의 옥약』 조합에 착수했다.

"제7의 날은 전천(戰天). 시각은 2의 시. ……함께 주최하는 것은 이셸.」

글렌은 특수한 룬을 새긴 막자와 막자사발을 들었다.

"2백년 이상 시신이 매장된 분묘의 먼지를 3, 곱게 빻은 아마란스를 2, 송악 잎을 부순 것을 1, 입자가 가느다란 소금을 1. 그것들을 이셸의 날, 이셸의 시각에 혼합한다. 조합한 가루약 위에 발의 인장을 맺고 시스의 기호를 새긴 작은 납 상자에 봉인한다.」

뇌에 완벽히 새겨서 절대로 잊을 리 없는 조합식을 읊으며 담담히 작업을 개시했다.

마술 의식 수법에 준거한 방식으로 재료를 집어서 막자사발 안에 조금씩 넣고 정해진 움직임과 횟수로 막자를 움직이면서 조금씩 소재를 추가했다.

익숙한 손놀림. 조합 과정에 막힘이 없었다. 어지간히 익숙한 작업인 것이리라.

사각, 사각, 사각…… 조합실에 울려 퍼지는 담담한 소리.

때때로 일렁이는 촛불. 방 안의 음영이 마치 마물처럼 흔들렸다.

"「……제작한 가루약 1에 백염면(白炎綿) 3, 빙정수(氷晶水)…….」

조합 작업은 담담하고 순조롭게 진행되었다.

하지만 그 순간—.

글렌은 문득 깨달았다.

"?!"

손이. 자신의 두 손이.

어느새 피로 물들어 있는 것을.

"으, 으아아아아아아아아아아아아아아아앗?!"

무심코 비명을 지르며 그 자리에서 뒤로 펄쩍 물러났다.

"헉…… 헉…… 헉……!"

온몸에서 분출된 차가운 땀, 비명을 지르는 심장. 과호흡 증세로 아득해진 의식.

글렌은 그것들을 견디면서 다시 한 번 손을 내려다보았다.

"……."

평범한 손. 피 같은 건 단 한 방울도 묻지 않았다.

"……착시냐, 빌어처먹을……."

글렌은 한숨을 내쉬면서 욕설을 내뱉었다.

유감스럽게도 이번 조합은 실패였다. 『이브 카이즐의 옥약』은 조합식이 완결될 때까지 소재를 섞는 횟수와 힘 조절도 필요한 매우 섬세한 시약이었다. 이렇게 된 이상 처음부터 다시 만들 수밖에 없었다.

"하아……."

깊은 한숨을 내쉰 글렌은 음울한 기분으로 다시 조합대

앞에 섰다.

'난…… 정말로『이브 카이즐의 옥약』을 조합할 수 있을까?'

갑자기 그런 의문이 생겼다.

―이런 힘을 세상에 낳고 써버리기까지 한 나는 이제 돌이킬 수 없어. ……언젠가 반드시 길을 잘못 든 외도(外道)로 타락하겠지.

그런 고민을 한 과거의 자신에게.

―어떤 힘을 쓰더라도 글렌 군은 길을 잘못 들지 않을 거야. 만약 길을 잘못 든다면 그때는…… 내가 반드시 글렌 군을 다시 끌고 와줄 테니까.

그렇게 말해줄 사람은…… 이젠 없었다.

'빌어먹을…… 뭘, 망설이는 거야! 당장 이 빌어처먹을 가루약이 없으면 그 마인을 상대할 수 없다고! 망설일 때가 아니잖아! 만들어! 만들라고! 어쨌든 만들어! 그것밖에 방법이 없어!'

뺨을 짝 소리가 나게 치고 기합을 넣은 글렌은 다시 처음부터 조합에 착수했다.

"제7의 날은 전천. 시각은 2의 시. ……함께 주최하는 것은 이셀.」

…….

…….

글렌은 필사적으로 조합을 계속했다.

기합을 넣고, 이를 악물고, 때로는 손톱 사이에 바늘을 찔러넣기까지 하면서.

하지만…… 잘 풀리지 않았다.

조합 도중에 반드시 손이 떨렸다.

그뿐 아니라 묘한 환각과 환청에도 시달렸다.

조합실 구석의 어둠 속에서 피에 젖은 눈이 자신을 원망스럽게 응시하는 환각.

갑자기 귓가에서 잘도 자신을 죽였다며 원망하는 말이 들리는 환청.

망령들이 창밖에 달라붙어서 안으로 들어오려 하는 환각.

갑자기 뼈밖에 남지 않은 손이 자신의 발을 붙드는 착각.

그럴 때마다 손이 떨려서 조합에 실패했다.

시간과 재료만 쓸데없이 낭비되었다.

"으아아아아아아아아아아! 오지 마아아아아아아아아아아!"

그리고 『이브 카이즐의 옥약』의 첫 희생자였던 교주가 온몸이 썩어문드러진 시체의 모습으로 눈앞에 나타났을 때.

결국 글렌은 견디지 못하고 막자사발을 그에게 집어던졌다.

다음 순간, 당연히 환영은 사라졌고…… 막자사발이 벽에 부딪쳐서 깨지는 소리만 공허하게 울려 퍼졌다.

"젠장……! 젠장! 젠장! 젠장……!"

글렌은 머리를 부둥켜안고 의자에 주저앉았다.

……조합식이 완결될 낌새가 전혀 없었다.

"시간도 없어! 소재도 없어! 난 대체 뭘 하고 있는 거야!"

비통한 절규가 울려 퍼졌다.

"넌 그 녀석들을 지킬 거잖아?! 그러기 위해 뭐든지 하겠다고 맹세했잖아?! 그래놓고 언제까지 과거에 얽매여 있을 거냐고! 적당히 좀 해! 이 약해빠진 자식아!"

그렇게 소리친 글렌은 비장한 표정으로 비틀거리며 일어나더니 새 막자사발을 꺼내왔다.

"하아…… 하아…… 어디 해보자. 남은 시간과 소재를 보아하니…… 아마 다음이 마지막 기회겠지……. 그래, 마지막이야……."

글렌은 떨리는 손으로 준비를 시작했다.

"「제7의 날은 전천. 시각은 2의 시. ……함께 주최하는 것은 이셸.」"

최악의 기분과 도무지 성공하지 못할 것 같은 절망감 속에서 마지막 조합을 시작하려 한 순간—

"누구야!"

인기척을 느끼고 뒤를 돌아보았다.

"……선생님……."

어느새 열린 문 너머에 서 있는 건…… 시스티나였다.

글렌은 황급히 평정을 가장하면서 그녀를 마주 보았다.

"……야, 야 인마……. 너, 아직도 안 잔 거야? 바보야, 애는 얼른……."

"죄송해요……. 저기…… 계속 지켜봤어요. ……선생님
을……."

"……."

"훔쳐볼 생각은 없었는데…… 그게, 야식을 전해드리려고
한 것뿐인데……."

시스티나는 샌드위치와 홍차를 얹은 쟁반을 들고 있었다.

"……이야기해주시면…… 안 될까요?"

시스티나의 걱정하는 목소리를 들은 글렌은 체념한 얼굴
로 그녀를 안으로 들였다. 그리고 의자에 몸을 깊게 눕히고
자백했다.

"까놓고 말해…… 한심하게도 난 「무서운」 거야. ……이
가루약을 조합하는 게."

글렌은 맞은편에서 조용히 귀를 기울이는 시스티나에게
털어놓았다.

자신에게 『이브 카이즐의 옥약』이 어떤 존재인지를…….

"이건…… 군인이었던 나의 어두운 측면의 상징…… 나 자
신조차 눈치채지 못한 살의와 악의에서 태어난…… 구제할
도리가 없는 부(負)의 유산이야."

전에 알베르트가 애용하는 총을 가져왔을 때, 어차피 가
져올 거면 『이브 카이즐의 옥약』도 같이 챙겨오라고 생각한
적이 있었지만…… 완전히 허세였다.

알베르트는 분명 이렇게 될 줄 알았기에 일부러 총만 가져왔던 것이리라. 그 나름대로의 서투른 배려였던 것이다.

"이걸 써버리면…… 이제 두 번 다시 돌아오지 못할 듯한…… 길을 치명적으로 잘못 들 것 같은 기분이 들어. 단순한 피해망상이라는 걸 머리로는 알고 있지만……."

그리고 그렇게 길을 잘못 든 자신을 다시 올바른 길로 데려와주겠다고 말한 사람은…… 이제 없었다.

"하…… 웃고 싶으면 웃어. ……어린애 같다고."

글렌이 자조하면서 어깨를 늘어트린 순간—.

"맞아요. 선생님은 진~짜~ 가끔 보면 어린애 같으신걸요."

시스티나가 대놓고 긍정했다.

부정할 수 없는 사실이라 글렌은 고개를 푹 떨구고 풀이 죽었다.

"하지만…… 이번에는 내가 도와드릴 차례려나."

시스티나는 그렇게 중얼거리며 다가왔다.

"조합 절차를 가르쳐주세요. ……저랑 같이 해요."

그리고 글렌의 손을 잡고 눈을 똑바로 응시하면서 온화하게 미소 지었다.

"걱정하지 마세요. 제가 보고 있으니까요. ……괜찮아요. 무슨 일이 있어도 선생님은 길을 잘못 들지 않으실 거예요. 저희의 자랑스러운 선생님이신걸요."

"……."

"만약 선생님이 길을 잘못 드신다면…… 제가 손을 잡고 끌고 와 드릴게요. 저희가 선생님을 반드시 좋은 길로 인도해드릴 테니…… 그러니까……."

글렌에게는 그런 시스티나의 미소가 눈부시게 보였다.

미소 지은 시스티나의 얼굴과 그리운 그녀^{세라}의 얼굴이 강렬하게 겹쳐 보였다.

"으, 응……."

정신을 차리고 보니 자신은 의아할 정도로 순순히 고개를 끄덕이고 있었다.

"「2백년 이상 시신이 매장된 분묘의 먼지를 3, 곱게 빻은 아마란스를 2, 송악 잎을 부순 것을 1, 입자가 가느다란 소금을 1. 그것들을 이셸의 날, 이셸의 시각에 혼합한다. 조합한 가루약 위에 발의 인장을 맺고 시스의 기호를 새긴 작은 납 상자에 봉인한다.」"

마지막으로 남겨진 시간에, 마지막으로 남은 소재로 『이브 카이즐의 옥약』을 조합했다.

물론 주로 손을 움직이는 건 글렌이었고 시스티나는 그 옆에 앉아 가만히 지켜볼 뿐이었다.

"「……제작한 가루약 1에 백염면 3, 빙정수…….」……큭?!"

가끔 글렌의 손이 떨릴 때마다.

"……괜찮아요. 괜찮아요. 선생님."

시스티나는 그 떨리는 손 위에 살며시 자신의 손을 포갰다. 글렌의 조합을 방해하지 않도록 깃털처럼 가볍게 온기만을 전했다.

그러자 이윽고 손의 떨림이 완전히 멎었다.

"「……백염면 3, 빙정수 1을 더하고 녹청색으로 녹이 슨 나이프로 베는 것처럼 섞는다. 그때마다 네 번. 요토의 룬을 그린다.」"

글렌은 다시 심호흡을 하고 조합을 재개했다.

어깨에 맞닿은 시스티나의 몸에서 전해지는 온기 때문일까. 묘한 환각과 환청이 홀연히 사라졌다.

당장 무너질 것 같은 절벽 위를 혼자서 눈을 감고 걷는 듯한 불안감은 이제 없었다.

그 후에도 복잡하기 짝이 없는 조합 절차를 순조롭게 소화했다.

"「……이상. 3과 3과 3의 공정으로 『이브 카이즐의 옥약』을 완성한다.」"

그리고 글렌은 조금 전까지의 악전고투가 거짓말이었던 것처럼 조합식을 완결했다.

"후우~."

"고생하셨어요, 선생님."

시스티나는 웃으며 룬을 새긴 작은 병에 담긴 『이브 카이즐의 옥약』 앞에서 성대한 한숨을 내쉬고 땀을 닦는 글렌을

축하했다.

"사……살았다. 진심으로…… 네 덕분이야, 하얀 고양이……."

"후훗…… 진짜 손이 많이 가는 분이시라니까요."

시스티나의 표정은 한없이 다정했다.

평소에는 무슨 일만 있을 때마다 눈썹을 치켜세우고 설교하는 모습이 마치 거짓말인 것처럼.

"……왜, 왜 그러세요? 제 얼굴에 뭐 묻었나요?"

희미한 조명 속에서 글렌이 자신을 물끄러미 바라보고 있다는 것을 눈치챈 시스티나가 어색한 기분을 견디지 못하고 쩔쩔맸다.

"……아니. 그게…… 역시 넌 세라를 닮았구나 싶어서."

"예?!"

거의 잊었던 화제가 다시 언급되자 시스티나는 화들짝 놀랐다.

"……기분 상했다면 미안. 세라와 네가 다른 사람이라는 건 잘 알아. 겉으로 드러난 성격과 말투는 오히려 정반대라고 해도 좋을 정도지. 하지만…… 뭐랄까…… 세라와 넌 근본적인 부분이 똑같다고 해야 하나……."

"예, 예를 들면요?"

"사람이 바보처럼 착한 데다 참견쟁이에 설교쟁이. 게다가 미묘하게 일처리가 어설프고 덜렁대는 구석이 있다 보니 불안해서 눈을 뗄 수가 없었어. ……오늘 미궁 탐색 중의 너처럼."

"으윽……?!"

바로 울컥했지만, 전혀 반박할 수가 없었다.

"그래도…… 진짜 의지가 되는 녀석이었어. 그 녀석이 곁에 있기만 해도 안심됐었지."

"!"

"나와 그 녀석의 관계는…… 뭐랄까, 상부상조? ……뭐, 이러니저러니 해도 좋은 콤비가 아니었을까? 알베르트가 짜증나지만 믿음직한 형이라면…… 세라는 내버려둘 수 없는 연하 같은 누나라는 느낌이었지."

"선생님……?"

"그래……. 그 시절은…… 괴로운 일뿐이었지만…… 그래도……."

글렌이 그리워하는 눈으로 먼 곳을 바라보자 시스티나는 입을 다물었다.

지금 그는 대체 무엇을 보고 있는 것일까.

온화하지만, 왠지 쓸쓸해 보여서 섣불리 말을 걸 수가 없었다.

이윽고 글렌은 가볍게 웃으며 의자에서 일어났다.

"……고맙다, 시스티나. ……뭔가 후련해졌어. 확실히 『이브 카이즐의 옥약』은 나에게는 피에 젖은 힘이야. 그 녀석이
세라
봐주지 않는 세계에서 쓰는 건 말도 안 된다고 생각했었어. 하지만……."

"하지만?"

"네 덕분에 깨달았어. ……너와 루미아와 리엘…… 그리고 학생들…… 이 세상에서 날 봐주는 사람은 그 녀석뿐이 아니었다는걸."

"……."

"난 이제 망설이지 않을 거다. 이 『이브 카이즐의 옥약』을 쓰겠어. 이 힘으로…… 그 마인을 해치워주마. 그리고 페지테를…… 너희들을 지킬 거야. ……그걸로 충분하잖아?"

온화한 목소리로 자신을 응시하는 글렌을 본 순간, 시스티나는 가슴이 크게 뛰고 달콤하게 욱신거리는 것을 느꼈다.

이 감정은 대체 무엇일까.

이미 답을 알고 있는 것 같은 기분도 들었지만, 아무튼 인생에서 처음…… 어린 시절 레오스를 동경했을 때조차 느껴본 적이 없었던 감각이었다.

조금 더 천천히, 자신의 보폭에 맞춰서 이 감정의 정체를 확인하고 싶다는 기분이 들었다.

'세라 씨도…… 이런 기분이었을까?'

시스티나는 한 번도 본 적 없는 사람에게 기묘한 공감대를 느꼈다.

"자, 그런 그렇고…… 왠지 안심했더니 배고프구만~."

그런 달콤한 분위기를 단숨에 박살내는 맥빠진 목소리.

정말 섬세함이 부족한 사람이었다.

"정말이지…… 하아~. 조금 전에도 말씀드렸지만, 일단 야식을 좀 만들어왔는데…… 지금부터라도 드시겠어요?"

"오, 그래? 먹을래! 땡큐~! 하얀 고양이!"

그렇게 두 사람은 테이블 앞에 앉아 늦은 야식을 먹기 시작했다.

거리낌 없이 수제 샌드위치를 우걱우걱 먹어치우는 글렌.

맞은편에 앉은 시스티나는 양손으로 턱을 괴고 그런 그의 모습을 따스한 눈으로 지켜보았다.

그런 두 사람과 문 하나를 사이에 둔 조합실 밖.

'……잘됐네, 시스티……'

문에 등을 기대고 있던 루미아가 발소리를 내지 않고 그 자리에서 멀어졌다.

'글렌 선생님은…… 응. 시스티가 곁에 있으면 이젠 괜찮으실 거야.'

가슴속 어딘가에서 작은 통증이 느껴졌지만…… 분명 기분 탓이리라.

'응……. 잘 어울려. 저 둘은 굉장히 잘 어울려……'

이건 자신이 처음부터 바라던 전개였을 터.

그러니 이 아픔은 착각이다. 기분 탓이다.

'이제…… 미련은…… 정말 아무것도 남지 않았네……'

낮에 글렌의 묘한 분위기가 마지막으로 마음에 걸렸지만

그것도 이미 해결되었다.

남은 건…… 이제 자신이 결단을 내리는 것뿐.

'이제…… 선생님도, 시스티도, 리엘도…… 그리고 다들, 더는 괴로운 일을 겪게 하지 않을 거야. ……내가 지킬 거야. ……내가 구하겠어!'

각오를 굳힌 루미아는 학교를 나와 북쪽을 향해 이동했다.

확고한 의지가 담긴 걸음으로 나아간 그녀는 곧 울창하게 우거지고 칠흑 같이 어두운 미궁의 숲 입구에 도착했다.

『……왔구나.』

서늘한 정적이 지배하는 그 세계를 배경 삼아 나무 옆에 조용히 서 있던 인물이 루미아를 맞이했다.

"남루스 씨……."

어젯밤에 그녀는 남몰래 루미아에게 이런 말을 남겼다.

……각오가 됐다면 이곳으로 오라고.

『어때? 인간을 그만둘 각오는 됐어?』

남루스는 무기질적인 목소리로 확인했다.

"예."

『자신의 목숨을 모두를 위해 바칠 각오는 됐어?』

"……예."

『그래.』

루미아가 흔들림 없는 눈으로 대답하자, 살며시 다가온 남루스는ㅡ.

『그렇다면…….』

손을 내밀었다.

그리고—.

…………..

…….

제4장 하늘의 싸움

그날.

어둠의 베일이 걷히고 영원처럼 길었던 밤이…… 마침내 밝았다.

평소에는 해가 뜨자마자 활기가 넘쳤을 페지테의 거리가 오늘은 사람 하나 찾아볼 수 없는 공허한 고요함으로 지배된 아침.

어제부터 경라청에서 도시 구석구석까지 철저하게 피난 권고를 내렸기에 현재 주민들은 대부분 자택 지하실이나 공공시설의 피난소로 대피한 상황이었다.

사실 【메기도의 불】 앞에서는 아무런 의미도 없을 테지만…….

새벽녘을 우러르자 서광을 받고 희미하게 빛나는 환상의 천공성이 눈에 들어왔다.

그리고 마찬가지로 하늘에서 위압적인 존재감을 과시하는 《불꽃의 배》.

그 붉은 선체가 아침햇살을 반사하며 불길한 위용을 드러내고 있었다.

모든 것이 숨을 죽인 정적 속에서 시간이 천천히 흘러갔다.

그 숨 막힐 듯한 정적의 지배는 페지테 주민들의 기도를 한 몸에 받고 있는 알자노 제국 마술학원도 피해갈 수 없었다.

"……."

동서남북으로 배치된 건물 옥상과 안뜰 주변에는 오늘의 페지테 방어전에 참가하는 수많은 학생과 강사진이 가지런히 줄지어 서 있었다.

학생들은 전원 학교 창고에서 꺼낸 케이프 코트형 『마술사의 로브』와 레이피어 같은 형태를 한 【마도사의 지팡이】를 장비하고 있었다.

이 로브에는 강고한 방어 가호와 신체 능력 강화 마술이 영속 부여되어 있었고, 본인들도 방어 마술을 최대한 걸어둔 상태였다.

그렇게 모두가 긴장감으로 굳은 얼굴로 전투태세를 갖춘 채 다가오는 결전의 순간을 기다리는 중이었다.

북관 옥상.

"야…… 할리 선생님이 만든 결계…… 진짜 괜찮은 걸까?"

"……글쎄다."

"어쩌면 아무것도 못 해보고 다 같이 깔끔하게 증발해 버리는 건……."

정렬한 학생들 사이에서 안절부절못하며 지팡이를 만지작

거리던 카슈가 옆에 있는 기블에게 말을 걸었다.

"흥…… 무서운 거냐? 그럼 지하의 겁쟁이들처럼 숨어 있든지."

"시, 시끄러! 그런 거 아니거든?!"

그 순간—.

"흠하하하하하하하하하하하! 안심해라! 제군!"

"헉?! 슈더 교수님?!"

백의를 펄럭이며 등장한 것은 머리카락이 마치 야만족처럼 지저분하게 헝클어진 데다 안대를 낀 남자— 알자노 제국 마술학원 최고의 변태 마스터인 오웰 슈더 마도공학 교수였다.

연구에 몰두하느라 이틀 전의 소동을 전혀 눈치채지 못했던 그 또한 어제 소식을 듣자마자 제발 아무것도 하지 말아 달라, 어디 좀 틀어박혀 있으라는 주위의 비통하고도 절실한 반대를 무릅쓰고 참전 의사를 표명했다.

"할리 선생과 크리스토프 소년의 작업은 실로 완벽했다! 그건 이 천재 마도공학 교수인 오웰 슈더가 보증하지! 최신 마술에는 정통해도 고전 마술에는 깡통인 나로서는 이뤄낼 수 없는 위업이었다! 안심하도록!"

"아, 예……."

"그리고 걱정하지 마라! 이 전대미문의 역경 속에서 이 몸 또한 여왕 폐하께 충성한 일개 마술사로서 제군들의 힘이 되어줄 것을 약속하지! 자, 이걸 보도록!"

오웰은 옆에 있는 커버를 단숨에 들췄다.

그러자 그 안에서 나타난 것은—.

"이것이야말로 이 몸이 마도공학의 정수를 총동원해서 만든 슈퍼 마도인형! 그 이름하여『글렌 로보』다아아아아아아아아아아!"

직육면체의 몸에 팔과 다리. 원통형 머리에 삼각형의 눈과 코. 덤으로 붙인 듯한 꽁지머리……. 누가 봐도 잡동사니로 대충 만든 것 같은 고물 로봇이 글렌과 똑같은 옷을 억지로 입고 서 있었다.

『바보같은소동은, 그만끝을내자.』

"우와…… 말도 해……."

"훗! 척 보면 알겠지만, 이건 내 최대의 라이벌이자 소울 프렌드인 글렌 선생을 모델로 만든 반자율형 전투용 마도인형이다! 믿음직한 글렌 선생이 마치 자네들과 함께 싸워주는 것 같은 안심감을 가져다주는 최강의 로봇이지!"

『내학생들에게손대지마.』

"……글렌 선생님, 화내시겠다……."

카슈와 기블을 비롯한 이 자리에 모인 학생들 전원이 질겁했다.

"오늘의 결전을 위해 내가 예전에 제국군에서 몰래 입수한 군용 마도인형 스무 대를 해체해서 급히 만든 로봇이다!

이 글렌 로보가 있는 한, 자네들은 아무것도 걱정할 필요가 없다! 후하하하하하하하하하하하하~!"

그렇게 선언한 순간, 글렌 로보의 오른팔이 바닥으로 힘없이 툭 떨어졌다.

"전혀 안심이 안 되는데……."

"아니, 그보다 그 스무 대의 마도인형을 그대로 실전에 투입하는 편이 낫지 않았을까?"

오웰 슈더. 할리에 필적하는 젊은 천재인 건 틀림없으나 재능을 엇나간 방향으로 낭비하는 인물.

싸움이 시작되기도 전부터 불안해진 학생들은 그저 한숨만 내쉴 뿐이었다.

동관 옥상.

"그건 그렇고 일이 참 커진 것 같지 않나? 체스트 군."

"동감입니다, 학원장님."

동관의 전선 지휘관을 맡은 체스트 남작과 릭 학원장은 감회에 젖은 목소리로 대화를 나누는 중이었다.

"설마 이 나이에 이런 도박을 하게 될 줄은…… 젊었을 때 쓰던 장비를 꺼내게 될 줄은 상상도 못 했다네……."

릭은 허리에 찬 낡은 장검을 두드렸다. 아무래도 어떤 종류의 마검(魔劍)인 듯했다.

"호오? 보통 검이 아니로군요?"

"후훗……. 유적을 헤집고 다녔던 시절에는 이걸로 제법 유명했었지."

릭은 쑥스러운 얼굴로 옛 무용담을 은근슬쩍 언급했다.

"……그건 그렇고 학원장님. 으흠!"

하지만 체스트는 자세를 바로 고치며 화제를 돌렸다.

"그쪽의 아름다운 아가씨는 대체 누구신지?"

릭의 옆에는 열한두 살 정도로 보이는 작은 소녀가 서 있었다.

하늘색으로 빛나는 긴 머리카락. 청초한 바디라인을 강조하는 얇고 하늘하늘한 옷을 걸친 절세의 미소녀였다. 투명하고 하얀 피부와 뾰족한 귀가 특징적인, 이런 거친 자리와는 어울리지 않는 분위기의 소녀에게 이 자리에 모인 모두가 궁금한 얼굴로 힐끔힐끔 시선을 보내고 있었다.

"혹시 학원장님의 손녀분이십니까?"

"아니, 그건 아니네만."

"아, 그렇군요! 따님이셨습니까! 이거 참, 그 나이에 굉장하시군요! 아무튼 참으로 가련한…… 하아, 하아…… 이 제국 신사인 저에게 꼭 소개 좀……."

체스트 남작이 거친 숨을 내쉬며 욕망에 이글거리는 눈으로 소녀를 바라본 순간―

『셸피라고 해요. ……이이의 아내랍니다.』

소녀는 천진난만한 미소를 지으며 릭의 팔을 꼭 껴안고 투명한 목소리로 대답했다.

그 순간, 체스트와 이 자리의 공기 전체가 얼어붙었다.

"""""범죄다아아아아아아아아아아아아아아아아아아!"""""

"""""겨, 경비관 아저씨! 이쪽이에요!"""""

"아, 아니야! 아닐세, 제군! 이 아이는 인간이 아니라고! 물의 정령일세! 현역시절의 내가 정령사였다는 건 알고 있을 테지?! 젊은 시절의 내 모험 동료였고, 실제로는 인간보다 나이가 몇 배는 더 많다고! 그러니 합법일세, 합법!"

"아무리 그래도 학원장니이이이이이이임! 너무 부럽……이 아니라, 윤리적으로 문제가 있잖습니까아아아아아아아! 네 이놈, 내가 사람을 잘못 봤군! 이 로리콤 자식! 제국 귀족의 위신을 걸고 내가 해치워주마아아아아아아아아아아아! 그리고 그 아이의 지배 계약을 빼앗아주지이이이이이이이이이! 신사로서!"

"잠까아아안?! 체스트 군?! 내가 아닐세! 적은 내가 아니라고오오오! 젠장! 이러니까 학교에선 소환하고 싶지 않았는데!"

서관 옥상.

"나 원 참…… 북관이랑 동관은 떠들썩하군. ……아주 긴장감이 없어! 긴장감이!"

서관의 전선 지휘관인 할리는 눈살을 찌푸리며 짜증 섞인 목소리로 투덜거렸다.

"마술사라면 늘 냉정한 사고를 유지하는 것이 기초 중의 기초이거늘!"

"자자, 할리 선생님."

그런 할리를 학생회장인 리제가 달랬다.

"덕분에 서관 쪽도 좋은 분위기로 긴장이 풀렸잖아요."

"나약하기는! 그딴 정신적인 문제로 힘을 발휘하지 못할 정도라면 마술사 따윈 집어치워!"

리제는 변함없는 할리의 태도에 쓴웃음을 지으면서 옆으로 시선을 돌렸다.

"그건 그렇고…… 당신까지 참전해줄 줄은 몰랐네요. 자일 군."

"칫……."

그곳에는 누가 봐도 마술사답지 않은 험상궂은 얼굴과 근육이 우락부락한 체격의 불량학생, 자일 울퍼트가 바닥에 당당하게 앉은 채 팔짱을 끼고 있었다.

어깨에 댄 바스타드 소드는 딱히 특수한 마력이 느껴지지는 않았지만, 묘하게 손때가 묻은 느낌이라 성능 이상의 위압감을 느끼게 했다.

"설마 당신이 그 정도로 애교심이 넘쳤을 줄은."

"2반의 루미아 틴젤에게는 마술 경기제에서 빚을 졌다. 그걸 갚는 것뿐이야."

퉁명스럽게 대답한 자일은 이제 말 걸지 말라는 것처럼 눈을 감아 버렸다.

"자일 씨…… 역시 소문처럼 나쁜 사람은 아니었나 보네요."

"참 나, 여자라는 것들은 뭐가 이리 말이 많은 건지……. 좀 닥쳐."

"후훗…… 이쪽 담당은 다들 개성이 강하네요."

자일의 위협에 리제는 쓴웃음을 흘릴 수밖에 없었다.

그리고 남관.

"으, 으으…… 긴장……되네요. ……여, 역시 그만두는 편이 좋았을지도."

"괜찮아요, 웬디."

테레사가 몸을 떨기 시작하는 웬디에게 다정한 목소리로 말을 걸었다.

"시스티나와 기블의 그늘에 가려질 때가 많지만, 당신도 충분히 강해요. 이 옥상 요격 부대로 뽑힌 게 그 증거인걸요."

이번 작전에서 옥상 요격 부대는 알베르트와 버나드가 실제로 실력을 확인해서 「실전에 투입할 만 하다」고 인정한 학생들로만 편성되었다.

"당신은 중요한 순간에 덜렁대지만 않으면 언제든지 수석을 노릴 수 있는 실력자예요. 예, 덜렁대지만 않으면."

"시, 시끄러워요! 덜렁댄다는 걸 강요하지 말라구욧!"

"제가 계속 곁에 있을 테니까. 그러니…… 이 싸움에서 함께 살아남아보죠. 예?"

"흐, 흥……. 당연……하죠."

웬디는 미소 짓는 테레사에게 힘차게 고개를 끄덕였다.

"하아…… 그건 그렇고."

그리고 힐끔 시선을 돌렸다.

"……."

그 앞에는 이브가 서 있었다.

전혀 패기가 느껴지지 않는 얼굴로 왼손을 쥐었다 폈다 하면서…… 가끔씩 한숨만 내쉬었다.

"이쪽의 전선 지휘관…… 이브 씨라고 했던가요? 패기도, 의욕도 없고…… 덤으로 왠지 음침하고…… 저 사람, 정말로 괜찮은 걸까요? 믿어도 되는 거예요?"

"일단은 특무분실의 실장…… 버나드 씨나 알베르트 씨의 상사라고는 들었지만……."

"예에?! 저분이 실장이라구요?! 버나드 씨나 알베르트 씨가 아니라요?!"

웬디는 당황한 목소리로 고함을 질렀다.

'……흥. ……어차피 나 같은 건…….'

하지만 이브는 아무런 반박도 하지 않고 멍한 얼굴로 힘없이 서 있을 뿐이었다.

그리고 안뜰.

"전원 배치 상황은 어떻지? ……음, 그런가. ……그대로 잘 부탁하네."

버나드는 통신 마도기로 각 건물의 전선 지휘관들에게 지시를 전하고 있었다.

이번 페지테 방어전에서는 40년 전의 봉신 전쟁에 지휘관으로 참전한 경험이 있는 그가 총지휘관으로 발탁되었다. 참고로 이브는 컨디션 문제로 후보에서 제외되었다.

"에휴, 배치 다 끝났다. 크리 도령."

"감사합니다, 버나드 씨."

"그건 그렇고 총대장이라는 건 여전히 귀찮구만!"

"아하하, 그런 말씀 마세요. 이브 씨가 저런 상태인 이상, 총지휘관을 맡을 수 있는 건 당신밖에 없으니까요."

그렇게 대답한 크리스토프는 한쪽 무릎을 바닥에 대고 조용히 명상에 잠겼다.

그러자 안뜰 한복판에 복잡하게 얽힌 푸른 광선으로 구축된 마술 법진이 중저음을 울리며 구동했다.

라자르가 학교에 설치한 『마나 댐』을 베이스로 강사와 교수와 박사과정의 학생들이 개조한 것이 이 푸른 결계 마술 법진―【루시엘의 성역】이었다.

할리가 해석한 역천사의 이름을 가진 방패에 적용된 술식을 응용한 이 결계야말로 《불꽃의 배》가 탑재한 【메기도의 불】에 대항할 수 있는 마지막 수단이었다. 페지테 상공에 에너지 환원역장을 형성해서 【메기도의 불】을 무효화하는 술식이다.

이 술식을 완성할 수 있었던 것은 할리의 재능, 크리스토프의 결계 마술 지식, 마술학원의 기술력, 촉매가 된 《역천사의 방패》의 파편, 페지테의 풍부한 레이라인과 거대한 『마나 댐』, 그리고……

"이 학교의 학생들 덕분이지요."

"음."

마술 법진을 새기고 다양한 마술로 방어력을 높인 동서남북의 네 건물 안에는 학생들이 대기 중이었다. 그들이 교내에 빼곡하게 새긴 마술 문양에 손을 대고 마력을 공급하고 있기에 이 【루시엘의 성역】이 유지되고 있는 것이다.

이런 다양한 우연이 겹쳤기에 성공할 수 있었던 기적이었다.

"이 결계의 주(主)제어는 제가 맡았지만…… 이런 대의식 결계를 유지하는 건 저 혼자 힘으로는 절대로 무리예요. 어디까지나 학생들의 협력이 있어서죠."

"하지만 그 건물들이 파괴될 때마다 공급 마력양이 감소…… 마력 공급을 담당하는 학생들이 버티다 못해 지하의 피난 구역으로 대피해도 마찬가지라고 했던가?"

"예. 그런 건물의 파괴 상황과 학생들의 철수 상황을 종합해서 저는 임시로 『결계 유지율』이라고 부르기로 했습니다.

이 『결계 유지율』이 40퍼센트 이하로 떨어지면…… 【메기도의 불】을 막는 건 무리일 겁니다."

"그 전까지 돌입 부대가 마인을 격파해야만 한다는 게지? 하아~ 어렵구만, 어려워. ……글렌 도령이 잘 좀 해줘야 할 텐데……."

버나드는 한숨을 내쉬면서 머리를 긁었다.

"걱정하지 마세요. ……선배는 막판 승부에 엄청 강하니까요. ……아니, 오히려 그런 상황이 아니면 그다지 강한 편은 아니지만요."

크리스토프는 신뢰가 넘치는 표정으로 온화하게 미소 지었다.

그리고—.

이윽고 정오가 찾아왔다.

『……때가 됐군.』

페지테 상공, 《불꽃의 배》 내부의 가장 깊은 곳.

그곳은 돌인지 금속인지 모를 정체불명의 소재로 만들어진 반타원형 공간이었다.

그 반타원형의 벽을 따라 검고 거대한 모노리스가 빼곡하게 늘어서 있었다.

가장 안쪽에는 옥좌처럼 화려한 좌석이 있었고 그 주위에도 크고 작은 모노리스와, 표면에 문자가 빼곡하게 새겨진 정육면체 석판이 마력이 흐르는 상태로 배치되어 있었다.

그리고 공간 위쪽에는 마치 창문처럼 페지테 각지의 상황을 빛의 마술로 투사한 영상들이 떠 있었다.

『《철기강장》의 영혼은 내 몸에 완전히 정착했고, 글렌 레이더스의 방해로 부족해진 마나도 회복됐다.』

옥좌에 느긋한 자세로 앉은 마인은 혼잣말을 중얼거렸다.

『지금이야말로 내 비원을 위해 루미아를 말살하고…… 페지테를 잿더미로 바꿀 순간…….』

하지만 그 순간, 마인은 짜증스럽게 자신의 왼손을 바라보았다. 어제 저티스의 심장을 터트렸을 때 묻은 피가 아직도 지워지지 않고 있었다.

『뭐, 됐다. ……딱히 문제는 없으니.』

실제로 이 피 때문에 몸에 뭔가 이상이 생긴 건 아니었다. 마인은 자신의 숙원을 이루기 위해 능숙한 손놀림으로 옥좌 주위의 모노리스와 석판을 조작하기 시작했다.

그 표면에 마력광 문자가 빠르게 스쳐 지나가자, 《불꽃의 배》가 진동을 동반하며 움직이기 시작했다.

"와, 왔다……."

"큭! ……결국……."

카슈와 기블은 하늘을 올려다보면서 긴장감에 몸을 떨었다.

페지테의 아득히 먼 상공에 떠 있는 선체 밑에 멀리서도 느껴질 정도로 어마어마한 양의 에너지가 모이더니 서서히 진홍색 구체 형태로 커지기 시작했다.

마치 태양처럼 눈부신 그 에너지체는 대기를 뒤흔드는 고주파음을 흩뿌리며 한없이 팽창했다.

"시, 신이시여……."

파멸의 예감이 본능을 자극하며 누구나가 웬디처럼 위대한 존재에게 기도를 바친 순간.

이윽고…….

그 구체가 빛의 속도로 페지테에 떨어졌다.

섬 광.

이 날, 이 때, 이 순간, 세상에서 모든 빛과 소리가 사라지고—.

페지테 전토가 무한한 허무의 색으로 물들었다.

『……끝났군. ……역시 인간이란 시시한 존재야.』

무시무시한 에너지로 발생한 충격파에 아득히 먼 하늘 위에 떠 있는 《불꽃의 배》도 위아래로 세차게 흔들렸다. 모든 모노리스가 일시적으로 기능을 정지하고, 영상도 전부 꺼졌다.

그런 가운데, 마인은 홀로 감회에 젖어 있었다.

『……자, 이것이 시작의 봉화다. 우리의 위대한 대도사님을 위해…… 그리고 나의 진정한 주를 위해. 이제부터 새로운 싸움이 막을 열 것이다. 이 무적의 《불꽃의 배》를 통한 일방적인 유린이…….』

그리고 기쁨을 참지 못하며 웃었다.

이윽고 일시적으로 정지됐던 기능이 서서히 부활하면서 영상이 하나둘씩 부활하자—.

『……이게…… 무슨……?』

마인은 상상조차 못한 광경에 넋을 잃고 말았다.

자신의 눈앞에는 초토화된 무한한 들판이 존재해야 했을 터.

그럼에도 영상 속의 페지테는…… 건재했다.

아무런 피해도 없이.

"""""우오오오오오오오오오오오오오오오오오오오오오오!"""""

하얀 빛이 완전히 사라진 후, 학교 여기저기에서 큰 환호성이 터졌다.

"해냈어! 살아있어! 우린 살아있다고오오오오오오오오!"

"다행이야! 정말로 다행이에요오오오오오오오오!"

학생들도, 경비관들도 저마다 서로를 부둥켜안고 기뻐했다.

막으로 감싸듯 페지테 상공에 펼쳐진 것은 희망의 빛처럼 푸르게 빛나는 마력장이었다.

그것은 파도처럼 아름답게 일렁이며 확실한 존재감을 주

장했다.

"후……."

결계의 주제어를 맡은 크리스토프는 하늘을 올려다보며 안도의 한숨을 내쉬었다.

"흥…… 당연한 결과다."

하지만 할리는 웬 호들갑이냐는 듯이 짜증스럽게 코웃음을 쳤다.

『이런 바보 같은……?!』

마인은 경악과 경탄으로 몸을 떨면서 근처의 석판을 때려 부쉈다.

『【메기도의 불】이다! 모든 것을 멸하는 악몽의 불꽃이거늘! 어째서냐! 어떻게 무사한 거지?! 이럴 리가……! 큭……!』

그리고 거친 손놀림으로 옥좌 옆의 모노리스를 조작해 페지테로 해석 마술을 날렸다. 즉시 해석 결과가 머리 위의 스크린에 떠올랐다.

그 결과를 확인한 마인은 한층 더 큰 경악에 사로잡혔다.

『이, 이건 《역천사의 방패》와 같은…… 설마 내가 버린 무법구의 술식을 페지테 상공에 재현했다는 건가?! 그거야말로 불가능해! 설마 그런 짓이 가능한 마술사가 저곳에 있었다는 건가?! 마, 말도 안 돼……!』

하지만 사실이었다. 인정해야만 했다. 실제로 결과가 눈앞에 있었으므로…….

『허, 허나…… 흠. ……그렇군. ……역시 열화 복제품에 불과한가…….』

마인은 해석 결과를 보면서 서서히 냉정을 되찾았다.

『저 네 건물에 펼친 술식으로 결계를 유지하고 있는 건가……. 그리고 저 열화 역장에 물리 간섭 작용은 없군. ……즉, 실체를 가진 물체는 통과할 수 있다는 뜻.』

그리고 다시 모노리스를 조작했다.

『……그렇다면 저 네 건물을 파괴해서 마력장을 무력화한 후에…… 다시 【메기도의 불】을 떨어트리면 될 뿐.』

《불꽃의 배》밑바닥에 달린 둥근 문이 소리를 내며 열리고 그 안에서 수많은 구체가 차례차례 낙하했다.

그 구체들은 낙하 도중에 마치 조립식 블록처럼 형태를 바꾸기 시작했고…… 머리에 외눈, 양팔이 날개 기능을 하는 비행형 골렘으로 변신했다.

"……시작됐군."

한편, 마술학원 북쪽에 있는 미궁의 숲과 맞닿은 산의 경사면 어딘가의 주위가 탁 트인 장소에서 글렌은《불꽃의 배》가 마술학원을 향해 골렘들을 투하하는 광경을 목격했다.

"……진짜 괜찮을까? 그 녀석들이 버틸 수 있겠어?"

글렌이 불안해하자 남루스가 차갑게 대답했다.

『괜찮아. 몇 번이나 말했지? 원래 《불꽃의 배》는 어리석은 자의 나라…… 마술을 모르는 평범한 인간의 나라들을 제압하기 위한 병기야. 대지공격(對地攻擊) 수단은 【메기도의 불】이 거의 전부라고 보면 돼. 체면치레로 탑재한 지상 제압 병력은 숫자만 많지 질은 대단치 않아. 당신들이 지하 미궁이라고 부르는 《비탄의 탑》에 배치된 가디언이 훨씬 더 위험할 정도라구.』

"그, 그럼 다행이지만……."

『그보다 집중해. ……이제 당신들 차례니까.』

글렌은 뒤를 돌아보았다.

시스티나, 루미아, 리엘.

그리고…… 세리카.

"……."

세리카는 산의 경사면에 그린 마술 법진 안에서 인을 맺고 좌선한 자세로 명상 중이었다.

온몸이 정체를 알 수 없는 피로 그린 문양으로 빼곡했다. 명상으로 자연계의 마나를 모은 덕분에 사지에는 고요한 마력이 충만했다.

"야, 세리카. 준비는 끝났어?"

"……응. 아슬아슬했지만…… 어떻게든 되겠군."

세리카는 마치 열반(涅槃)에 든 것처럼 눈을 가늘게 떴다.

"그럼 시작해줘."

"그래……."

그렇게 대답한 세리카는 조용히 어떤 주문을 영창하기 시작했다.

그러자 마치 금속음 같은 고주파음이 울리며 주변의 대기가 떨렸다.

마술 법진이 진홍색으로 빛나더니 거기서 솟구친 붉은빛이 세리카의 몸을 감쌌다.

그러자 피로 그린 문양들이 붉게 타오르며 빛을 발했고, 세리카의 윤곽은 그 빛에 잠겨서 완전히 사라지고 말았다.

불쑥, 불쑥, 우드득…….

그리고 어느 시점부터 세리카의 몸이 소리를 내며 변하기 시작했다.

몸이 고개를 들고 올려다봐야 할 정도로 크게 팽창하더니 인간이 아닌 형상으로 변화했다.

이윽고 그 몸에 한계까지 맺힌 힘이 충격파를 동반하며 주변일대로 퍼져나갔다.

"큭……?!"

글렌 일행은 바닥을 움켜잡고 폭풍처럼 휘몰아치는 바람을 필사적으로 견뎠다.

『쿠오오오오오오오오오오오오오오오오오오오오오오!』

대기를 흔들고 영혼을 뒤흔드는 무시무시한 포효성.

"아아……."

글렌은 무심코 탄성을 흘렸다.

거대한 날개. 눈부시도록 찬란하게 빛나는 황금색 비늘. 작은 산과 비견할 만한 거구. 통나무처럼 두꺼운 팔다리. 긴 목. 투박하면서도 날카로운 갈고리 발톱. 가지런히 늘어선 예리한 이.

전설로 유명한 모습…… 그 포효성은 땅을 뒤흔들고, 꼬리는 가볍게 휘두르기만 해도 거목을 부러트린다. 이가 맞물리는 소리는 강철보다 날카로우며, 발톱의 일격은 대지를 진흙처럼 가르리라.

그자의 앞에서는 적도 아군도 없으니 그저 강대한 힘 앞에 누구나가 동등하게 머리를 조아릴 뿐.

멀리 있는 자는 귀로 듣고, 가까이 있는 자는 눈으로 보아라.

약자를 압살하는 이 무자비한 폭력의 체현, 압도적인 폭력의 화신을…….

이것이, 이것이야말로…… 드래곤.

삼라만상의 정점에 도달한 절대자.

신화가, 전설이, 지금 여기에, 자신들의 눈앞에 현현한 것이다.

『……아니, 난 그렇게까지 대단한 존재가 아니거든?』

그 존재감에 압도된 글렌이 자기도 모르게 속으로 시를

짓고 있자, 맥 빠진 음색의 텔레파시가 갑자기 머릿속에 울려 퍼졌다. ……세리카의 목소리였다.

"시끄러, 남의 머릿속을 훔쳐보지 마. 감동 좀 해보자. 드래곤이잖아. 드래곤. 이걸 보고 두근거리지 않을 남자는 없다고."

글렌이 고개를 들자, 황금의 드래곤은 왠지 모를 애교가 느껴지는 붉은 눈으로 그와 시선을 맞췄다.

"그건 그렇고…… 【셀프 폴리모프】로 드래곤으로 변신할 줄이야……. 넌 진짜 못 하는 게 없구나."

그러자 드래곤 — 정체는 세리카 — 이 텔레파시로 대답했다.

『귀중한 용의 피를 촉매로 써야하는 데다 용언어 마법도 못 쓰는 허수아비지만 말이지. 뭐, 브레스와 파워만큼은 성룡(成竜)급이다만.』

일반적으로 육체 개변계 변신 마술은 변신 대상의 능력을 얻을 수 있지만, 아무래도 드래기시는 드래곤이 긴 수명 속에서 후천적으로 습득하는 기술, 지식이라 예외인 모양이었다.

"뭐, 그런 건 아무래도 상관없어. 저 빌어먹을 배까지 갈 수만 있다면야."

그리고 글렌은 시스티나, 루미아, 리엘에게 고개를 돌리고 말했다.

"좋아, 가자! 얘들아! 기회는 지금뿐이야! 얼른 세리카의 등에 타!"

"응, 탈게."

"이제 와서 할 말은 아니겠지만, 이거 진짜 괘, 괜찮은 걸까? ……도중에 떨어지는 건 아니겠지?"

세리카 드래곤이 바닥에 엎드리자 글렌은 상쾌하게 뛰어올라갔고 이어서 리엘이 재빠르게 도약, 시스티나는 조심스럽게 살금살금 올라갔다.

그리고―.

『루미아!』

남루스가 마지막으로 세리카의 등에 오르려 하는 루미아를 불렀다.

『……어젯밤에 내가 했던 말…… 부디 잊지 마.』

"……."

마치 애원하는 듯한 어조에 한순간 움직임이 멈췄지만 루미아는 돌아보지 않고 그대로 세리카의 등에 올라탔다.

"왜 그래? 루미아."

"으응, 아무것도 아니에요. ……저, 열심히 해볼게요."

글렌이 의아함을 느끼고 물어보았지만 루미아는 평소와 다름없는 태도였다.

『글렌!』

그러자 남루스가 이번에는 글렌을 불렀다.

『……루미아를 부탁해.』

"······뭐가 뭔지 잘 모르겠다만······ 맡겨둬."

『자······ 간다! 꽉 붙들고 있어!』

세리카가 하늘을 향해 거대한 날개를 펼쳤다.

그리고 인간을 아득히 뛰어넘는 힘으로 땅을 박차고 날갯짓하며 하늘로 날아올랐다.

그 순간, 글렌 일행은 몸을 짓누르는 중력 때문에 단숨에 핏기가 가시는 불쾌감과 부유감을 동시에 느꼈다.

눈 깜짝할 사이에 작아지는 지상의 풍경.

"우와아아아아아아아아아아아아아아아아아앗?!"

"꺄아아아아아아아아아아아아아악?!"

예상을 뛰어넘는 규격 외의 힘에 절로 튀어 나온 글렌과 시스티나의 한심스러운 비명이 저 먼 하늘 너머로 빨려 들어갔다.

『······부탁해, 글렌. 정말로······.』

남루스는 혼잣말을 중얼거리면서 천공의 결전장으로 향하는 자들을 눈으로 배웅했다.

상승. 상승. 거침없이 상승.

글렌 일행을 태운 세리카 드래곤은 중력의 사슬을 완전히 뿌리치는 압도적인 힘으로 드넓은 하늘을 향해 하염없이 상승했다.

인간의 비행 마술 같은 건 이 힘과 속도에 비하면 태양 앞의 반딧불이나 다름없으리라.

위아래로 몰아치는 세찬 바람이 글렌 일행의 체온을 빼앗고 눈도 제대로 뜨기 어려웠다.

하늘로 솟구치는 맹렬한 가속은 조금도 멈출 낌새가 없었다.

세리카가 힘차게 날개를 휘두를 때마다 위로 쭉쭉 잡아당겨지는 것처럼 속도도 따라서 상승했다.

만약 사전에 호흡 보조 마술을 목에 인챈트하지 않았다면, 급격한 산소 농도 감소와 기압 변화로 지금쯤 급성 호흡 곤란 증세와 고산병에 시달렸으리라.

"크······으······."

『······난기류에 진입한다. ······단숨에 돌파할 테니 주의해.』

글렌 일행이 폭력적인 가속과 중압을 견디고 있자, 세리카가 갑자기 텔레파시로 그런 말을 꺼냈다.

다음 순간, 세리카 드래곤이 한층 더 강하게 날개를 펄럭였고 글렌은 자신의 몸이 위로 더 세차게 밀려올라가는 충격을 받았다.

"크······으윽?!"

시야가 새하얗게 물드는 동시에 지금까지와는 비교조차 할 수 없는 폭풍이 일행의 몸을 엄습했다. 세리카의 말처럼 난기류가 소용돌이치는 두꺼운 구름 속으로 돌입한 모양이었다.

한층 더 강해지는 풍압에 평형감각과 피부의 감각이 시시각각 사라졌다.

서서히, 서서히 의식이 멀어진 순간ㅡ.

『어이, 이봐. 정신을 잃는 건 아직 일러. 근성을 보여 봐!』

세리카의 호통에 정신을 차리고 필사적으로 그녀의 등에 매달렸다.

높이. 더 높이. 한없이 높이.

거친 바람이 몸을 농락하는…… 실제로는 고작 십몇 초였지만 글렌 일행에게는 마치 영원처럼 긴 시간이 흘러갔고ㅡ.

ㅡㅡ.

ㅡ갑자기 시야가 확 트였다.

"……?!"

무한히 펼쳐진 창궁의 하늘과, 아래에 깔린 구름의 융단과, 그 너머의 지상.

머리 위에는 하늘의 정점에서 빛나는 햇빛을 난반사하는 웅장하고 거대한 환영의 성.

대(大)파노라마로 전개되는 압도적인 하늘의 세계.

마치 자신이 세상의 중심인 것 같은 착각마저 느껴지는 광경이었다.

살이 에일 듯한 바람은 여전히 차갑고 거칠었지만, 그런 건 사소하게 느껴질 정도의 절경이 글렌의 마음과 영혼을 사로잡고 놔 주지 않았다.

『……넋을 잃고 있을 때가 아니야, 글렌.』

세리카 드래곤이 전방을 향해 고개를 돌리자 저 멀리 보이는 《불꽃의 배》, 자신들을 여태껏 내려다본 그 지긋지긋한 존재가 같은 눈높이에 있었다.

뒤로 바람이 스쳐가는 소리와 세차게 날갯짓하는 소리만이 지배하는 세계에서 글렌은 그 모습을 똑바로 응시했다.

"……마침내……."

그리고 마른침을 삼킨 순간—.

『……큭?! ……꽉 잡아!』

세리카 드래곤이 갑자기 일동에게 경고를 날리더니 맹렬한 속도로 급선회했다.

"우어어어어어어어어어어어어어어어어어어어어억?!"

그 순간, 《불꽃의 배》 측면에서 붉은 빛들이 번쩍였다.

압도적인 열량을 지닌 진홍의 극대 열선들이 세리카를 노리고 고속으로 쇄도했다.

"으아아아아아아아아아아아아아아아아아아?!"

미리 파악하고 재빨리 회피 행동을 취한 덕분에 표적을 크게 벗어난 극대 열선들이 후방의 적란운에 커다란 구멍을 숭숭 뚫었다.

지근거리에서 눈으로 보고 피부로 느낀 열선의 압도적인 에너지.

……직격했을 때를 상상하자 소름이 끼쳤다.

"치잇?!《불꽃의 배》의 대공포화인가?!"

글렌이 시야가 90도로 꺾인 상태에서 외쳤다.

아무래도 개폐식인 모양인지 문처럼 포문이 열린 순간—.

"또 와요!"

시스티나가 뒤에서 경고했다.

그러자 《불꽃의 배》 측면에서 또 붉은 빛들이 번쩍였다.

"으갸아아아아아아아아아아아아아아아아아아아?!"

이번에는 급강하에서 이어지는 급상승으로 수많은 열선 포격을 회피했다.

『칫…… 예상보다 위력이 있는걸. ……흡사 소규모【메기도의 불】같군.』

"뭐, 뭐시라?!"

세리카의 말에 글렌이 기겁했다.

『망할…… 한 방이라도 맞으면 격추되겠어. 이거 원, 강행 돌파는 어렵겠는걸.』

"진짜냐……. 《불꽃의 배》에 그런 비밀 병기가 있을 줄 은……!"

크리스토프가 내부의 공간 왜곡 때문에 외부에서 해석하지 못한 부분이 많다고 했지만…… 하필이면 이런 골치 아픈 걸 놓쳤을 줄이야.

그러는 사이에 《불꽃의 배》 쪽에서 대량의 콩알 같은 뭔가가 하늘을 가득 메울 기세로 이쪽을 향해 날아왔다.

골렘이다. 지금 지상에 투입된 타입보다 날개가 큰, 비행에 특화한 타입이었다.

아마 세리카 드래곤을 요격하기 위해 보낸 것이리라.

"여기서 단체 손님까지이이이이이이이이?!"

"글렌, 시끄러워. 시스티나를 보고 배워. 엄청 조용해."

"으, 으응~ 커다란 별이…… 보여……. 음냐……."

"그 녀석은 기절한 것뿐이잖아! 아니, 그보다 일어나! 하얀 고양이이이이이이이이!"

"시, 시스티?! 정신 차려!"

일행이 세리카 드래곤의 등에서 허둥지둥하는 사이―.

『칫…… 또 포격이 온다! 꽉 붙들고 있어!』

텔레파시로 날카롭게 경고한 세리카는 한쪽 날개만 펄럭이며 다시 초고속 급선회 기동을 펼쳤다.

맹렬한 원심력에 눈과 속이 핑핑 돌았고 꼬리를 따라 수많은 열선이 스쳐 지나갔다.

그리고 세리카 드래곤이 열선 포격의 회피에 전념하는 사이에 수많은 골렘이 거리를 좁혔다.

"망할…… 포위당했어! 싸울 수밖에 없나……!"

아득히 먼 상공에서 처절한 공중전이 시작되었다.

『카아앗!』

세리카 드래곤이 입을 크게 벌리고 화염 브레스를 내뿜었다.

방사형으로 퍼진 불꽃이 전방의 골렘 집단을 한꺼번에 불태웠다.

"《사나운 뇌제여·극광의 섬창으로·꿰뚫어라》!"

정신을 차린 시스티나가 흑마 【라이트닝 피어스】를 날렸다.

뇌격이 바람을 가르며 비상하는 세리카의 뒤를 쫓는 골렘들을 모조리 격추했다.

"《백은의 빙랑(氷狼)이여·눈보라를 두르고·질주하라》!"

글렌이 쓴 흑마 【아이스 블리자드】의 냉기와 얼음 폭풍이 옆에서 짓쳐드는 비행형 골렘들을 쓸어 버렸다.

"응."

리엘은 구름으로 대검을 고속 연성했고—.

"에잇. 공격 마법."

그대로 집어던졌다. 맹렬한 회전이 걸린 대검이 바로 눈앞까지 접근한 골렘의 몸을 양단하고 하늘 끝까지 날아갔다.

"또, 또 와요!"

그 순간, 아득히 멀리 떨어진 《불꽃의 배》의 측면에서 다시 붉은 빛들이 번쩍였다.

『치잇?!』

세리카 드래곤은 반사적으로 연속 횡전을 구사해서 비행 궤도를 왼쪽으로 수정했다.

오른쪽 옆구리를 스치는 몇 가닥의 열선.

그대로 단숨에 속도를 올려서 《불꽃의 배》와 거리를 좁히려했다.

번쩍! 번쩍! 번쩍!

하지만 적은 포격을 멈추지 않았다.

이번에는 바로 눈앞으로 열선들이 쇄도했다.

『아, 진짜! 짜증나네!』

날개를 움직여서 급상승, 위와 아래가 반대로 된 상태로 속도를 올려서 공역을 크게 이탈했다.

거꾸로 뒤집힌 글렌의 머리 위로 수많은 열선들이 스쳐 지나갔다.

세리카 드래곤은 그대로 샨델 기동을 써서 반전, 다시 《불꽃의 배》를 정면에서 포착했다.

하지만 사방팔방에서 골렘들이 쇄도하자 급선회로 떨쳐내려 했다.

"아, 젠장! 거리가 전혀 안 줄어들잖아!"

글렌은 세리카 드래곤의 등에서 답답함을 견디지 못하고 이를 악물었다.

"이러다간 돌입하기도 전에 지쳐서 뻗어버리겠어요! 어떻게든 해야……!"

『미안……. 저 대공포화가 있는 한, 접근하는 건 불가능해. 글렌, 어쩌지?』

"칫……."

글렌은 원견(遠見) 마술로 멀리 떨어져 있는 《불꽃의 배》

를 확인했다.

포문에 달린 개폐식 문은 열선을 뿜을 때만 잠시 열렸다가 바로 닫혔다. 그러니 마술 저격으로 파괴하는 것도 무리였다.

'제길……! 어떻게 해야……!'

변신 마술은 대량의 마력을 계속 소비한다. 하물며 드래곤 같은 강대한 존재라면 더더욱.

이대로 세리카의 마력이 떨어지면 아무것도 못한 채 철수할 수밖에 없으리라. 글렌은 속이 타들어가는 듯한 조바심을 느꼈다.

그 순간―.

지상에서 하늘을 향해 치솟은 한 줄기 광선이 시야 한구석에 들어왔다.

"……선생님, 저건?!"

"그래……. 방금 그건…… 【라이트닝 피어스】? 대체 누가…….

잠시 그 광선의 잔상을 멍하니 바라보던 글렌은 갑자기 뭔가를 깨달은 얼굴로 씨익 웃었다.

"……세리카, 부탁이 있어."

『뭐지?』

"지금부터 내 지시대로 날아 줘. ……아마 넌 내가 제정신이 아니라고 생각할지도 모르겠지만…… 그래도 믿어줘."

불꽃의 배의 최심부. 마치 알현실 같은 모습의 제어실.

『……크크크…….』

마인은 머리 위에 뜬 하늘의 영상을 지켜보면서 조소했다.

설마 어리석은 자의 백성 따위가 건방지게도 저런 수단을 써서 접근을 시도할 줄이야.

어디선가 본 것 같은 광경에 한순간 당황했지만, 곧 냉정함을 되찾은 마인은 옥좌 옆의 화기관제 모노리스를 조작해서 대공포화를 날렸다.

그러자 예상했던 대로 드래곤은 이 배에 접근하지 못하고 꼴사납게 허둥댔다.

마장성의 기억에 따르면 아득히 먼 과거에도 비슷한 방법으로 이 배에 침입하려 한 마술사가 있었던 모양이다. 인간이 하는 짓은 늘 변함이 없었다. 참으로 우스운 이야기였다.

『크크크…… 이제 곧 참다못해 이판사판으로 돌격하겠지. ……**그때와 똑같이**.』

마인이 그렇게 비웃은 순간—.

황금색 드래곤이 날개를 펄럭이며 이쪽을 향해 단숨에 돌진하는 영상이 눈에 들어왔다.

『흥, 역시나. ……좋은 표적이다.』

마인은 화기관제 모노리스를 조작하여 《불꽃의 배》에 탑재한 모든 마도포를 일제히 드래곤에게 조준했다.

『훗…… 전부 피할 수는 없겠지. ……끝이다.』

그리고 마력으로 모노리스에 문자를 써서 발사 명령을 내렸다.

"왔다아아아아아아아아아!

『치이이이잇! 너, 내가 죽으면 책임지는 거다?!』

마도포가 발사된 순간, 맹렬한 속도로 돌진하던 세리카 드래곤은 글렌의 지시대로 급속 선회했다.

드래곤의 어마어마한 파워가 강제로 진행 방향을 우현을 향해 90도로 꺾었다.

열선들이 그 뒤를 쫓아오기 시작했다.

세리카 드래곤의 꼬리가 그리는 구름을 차례차례 절단했다.

"트, 틀렸어요! 따라잡히겠어요!"

시스티나가 비명을 질렀다.

연속으로 스쳐 지나가는 열선의 조준이 점점 가까워지고 있었다.

이윽고 꼬리 끝을 스치고 뿌리 부분을 스친 순간—.

"마, 맞겠어요!"

극대 열선의 열기가 피부로 느껴졌다.

『망할…… 틀렸나?!』

열선이 마침내 복부를 스쳤을 때 세리카도 죽음을 각오했다.

다음에는 틀림없이 격추당할 것이다.

여성진이 그렇게 각오한 그때—.

"……어라?"

사격이…… 그쳤다.

『뭐지……? 불발인가?』

여성진은 의아한 얼굴로 눈을 깜빡거렸다.

"크크큭…… 뭐, 예상은 했다만…… 어이가 없네."

글렌만이 사정을 아는 듯한 얼굴로 웃을 뿐이었다.

지상.

싸움의 최전선인 알자노 제국 마술학원의 본관에서 약간 떨어진 곳에 있는 전송탑. 학교 부지 안에서 가장 높은 건물의 옥상에는 어떤 집단이 있었다.

글렌이 맡은 2반의 남학생인 세실과, 시스티나와 견줄 만한 우등생인 하인켈을 비롯한 가장 엄격한 기준으로 선발된 열몇 명…… 원호 저격 부대였다.

"……."

그리고 그런 그들을 이끄는 알베르트가 날카로운 눈으로 하늘을 노려보았다.

손에는 기묘한 지팡이를 들고 있었다.

인간의 키쯤은 가볍게 넘는 긴 지팡였다. 라이플과 비슷한 디자인. 표면에는 수많은 룬이 새겨져 있었고, 측면의 작은 육각형 구멍에는 마정석(魔晶石)이 꽂혀 있었다.

그런 지팡이를 마치 소총을 다루는 것처럼 아득히 먼 하늘 저편을 향해 겨누었다.

주위의 학생들도 입을 떡 벌린 채 그런 알베르트의 모습을 눈을 부릅뜨고 응시했다.

"보고. ……어서."

"아, 으, 예!"

알베르트의 담담한 재촉에 세실은 황급히 원견 마술로 확인했다.

"며, 명중. 왼쪽 끝의 포, 대파!"

"그렇군……."

알베르트는 지팡이 옆에 달린 레버를 당겼다.

마력이 다 떨어진 마정석이 분리되자 바로 새로운 마정석을 꽂았다.

'글렌이 일정한 속도로 수평으로 날고…… 그쪽을 향해 아무 생각도 없이 일제사격을 날려준 덕분에 개문(開門)에서 발사까지 걸리는 시간…… 방금 저격으로 피아의 거리, 각도, 착탄까지 걸리는 시간…… 필요한 정보는 전부 입수했다.'

알베르트가 다시 머리 위로 지팡이를 들자 끄트머리에 눈부신 푸른빛이 모이기 시작했다.

"그렇다면…… 간단하겠군."

그리고 그렇게 중얼거린 순간, 지팡이 끝에서 푸른빛의 극대 레이저가 하늘을 향해 일직선으로 솟구쳤다.

이것은 알베르트가 비상시에 쓰는 마술 저격용 지팡이였다.

마장(魔杖)《푸른 뇌섬》.
블루 라이트닝

기능은 지극히 단순하다. 이것을 통해 날리는 마술 저격의 위력을 극한까지 증폭하는 것.

대인용이라기보다 대물용 저격 마도기로서, 제도에서 출격할 때 만약을 대비하여 사용 허가를 받고 압축 동결 마술로 지참해왔다.

알베르트가 날린 푸른 섬광은 마치 하늘로 떨어지는 유성처럼 구름 너머로 빨려 들어갔다.

"……보고."

그리고 명중 결과도 보지 않고 마정석을 교체하며 담담하게 다음 사격 준비를 시작했다.

"아…… 예! 죄송합니다! 조금 전의 오른쪽 포에 착탄, 대파!"

"그렇군."

그 후는 완전히 반복 작업이었다.

하늘을 향해 발사, 마정석을 교체, 다시 발사.

아연실색한 학생들이 원견 마술로 지켜보는 가운데 하나도 빠짐없이 전부 명중시켰다.

《불꽃의 배》에 탑재된 마도포는 그렇게 차례차례 파괴되었다.

저격 찬스는 포문이 열리고 열선이 방출되는 단 한순간뿐. 어느 포문이 언제 열리는지는 전혀 예상할 수 없었고,

발사에서 착탄까지 걸리는 시간도 있으니 난이도는 그야말로 불가능에 가까운 수준이었다.

"흥…… 포격 패턴이 단조로워. 덤으로 글렌도 적의 포격을 절묘하게 유도하고 있군. 예상하기 쉬워. 이 정도면 눈 감고도 맞히겠군. ……간단해."

하지만 알베르트는 마치 예언자처럼 모든 저격을 성공시켰다.

세실은 그런 그의 모습에 전율했다.

'괴, 굉장해……! 일단 나에게 저격 관측수를 맡기기는 했지만…… 이 사람의 실력이라면 나 같은 건 필요 없어! 정말 엄청난 사람이야……!'

글렌의 지도로 마술 저격의 재능을 개화하고 있는 세실이기에 알베르트의 기량이 얼마나 뛰어난지 남들보다 더 구체적으로 느낄 수 있었다.

세실은 딱히 군에 입대하고 싶은 것도, 마도병이 되고 싶은 것도 아니었다.

하지만 단순히 멀리 있는 물체에 명중시킨다는 경지를 넘어선, 마술 지식만으로는 결코 도달할 수 없는 오랜 단련 끝에 이루어낸 예술에 가까운 기술의 아름다움에—

그저 어린애처럼 눈을 초롱초롱 빛낼 뿐이었다.

"뭐야, 저게……?"

시스티나는 거친 바람이 휘몰아치는 세리카 드래곤의 등에서 멍한 얼굴로 중얼거렸다

지상에서 솟구치는 수많은 푸른 뇌격이 쉴 새 없이 《불꽃의 배》를 난타했다.

포문들이 차례차례로 파괴되었다.

틀림없는, 의심할 여지가 없는 알베르트의 짓이었다.

하지만 전부 그의 공적만은 아니리라.

"좋았어, 세리카! 다음은 우현부터 가보자! 괜찮아! 걱정하지 말고!"

『너, 너 인마~! 피하는 내 입장이 되어보라고!』

세리카를 적확하게 유도한 글렌은 일부러 《불꽃의 배》의 사정권 안에 파고들었다.

그렇게 적이 참다못해 포문을 연 순간, 날카롭게 날아든 알베르트의 푸른 뇌격이 그 포문을 파괴했다.

글렌과 알베르트의 예술에 가까운 연계가 《불꽃의 배》를 완전히 농락하고 있었다.

'조금 전의【라이트닝 피어스】는 알베르트 씨의 신호였어……. 고작 그것만으로 용케도 이런 연계를…….'

애당초 적의 대공포화는 예상치 못한 돌발 상황이었다.

그런데도 이런 임기응변으로 완벽히 대처해 버릴 줄은……. 시스티나는 기가 막힌 한편, 몹시 분한 기분이 들었다.

이윽고―.

"좋았어! 포문, 전부 격파! 누군지 모르겠지만, 수고했다!"

글렌은 씨익 웃었다.

『……자, 그럼 어쩔 거지? 글렌.』

세리카가 고개를 돌리자 《불꽃의 배》 주위에는 아직 대량의 골렘이 배치되어 있었다.

하지만 대답은 이미 정해져 있었다.

"훗…… 포격만 없으면 저 정도쯤……."

글렌은 위풍당당하게 일어섰다.

"돌겨어어어어어어어어어어어어어어억!"

"자, 잠까아아아아안! 선생님?! 그렇게 폼 잡다가 떨어지면 어쩌려고 그러세요?!"

그리고 하늘 저 너머의 《불꽃의 배》를 검지로 가리키며 우렁차게 외친 순간, 시스티나가 태클을 걸었다.

『훗…… 그럼 마지막 비행을 해보실까!』

세리카는 다시 거대한 날개를 펄럭이고 급가속했다.

글렌 일행은 날아드는 비행형 골렘들을 정면으로 쳐부수며 《불꽃의 배》를 향해 돌진했다.

제5장 격렬해지는 싸움

"《술식 기동·폭파염탄(爆破炎彈)》!"

카슈가 《마도사의 지팡이》를 들고 정해진 주문을 외치자 그 끝에서 화염구가 날아갔다. 흑마 【블레이즈 버스트】다.

하늘 위에서 내려오던 골렘이 그 화염구에 명중해서 폭발, 《불꽃의 배》와 마찬가지로 마나로 물질화된 몸이 곧 빛무리로 변해서 소멸했다.

"이 지팡이, 굉장하네. ……이게 군용 마술? 어쩐지 무서울 정도야……."

카슈는 끝에서 연기가 피어오르는 지팡이를 조심스럽게 내려다보았다.

이 《마도사의 지팡이》는 기본 삼속성이라 불리는 군용 마술 ─ 흑마 【라이트닝 피어스】, 【블레이즈 버스트】, 【아이스 블리자드】 ─ 의 마술식이 내장되어 있어서 사용자가 따로 습득하지 않아도 정해진 주문과 마력, 그리고 약간의 훈련만으로 그 주문들을 쓸 수 있게 해주는 물건이었다.

유사시에 학생들을 즉석 마도사로 운용하기 위해 제국 정부가 마술학교에 비밀리에 보관해둔 마도기였다.

물론 마술사로서의 성취가 높아질수록, 위력이 항상 일정하고 세 가지 마술밖에 쓸 수밖에 없는 데다 즉흥 개변도 불가능하며 주문을 두 소절 이하로도 단축할 수 없는 이 지팡이가 설 자리는 없어지지만…… 적어도 지금의 학생들에게는 절대적인 효과를 발휘했다.

대열을 갖춘 마술사들이 날리는 일제포화의 공격력은…… 아무튼 일반적인 군대와는 비교도 될 수 없을 정도로 「강력」했으므로…….

"……《부트·관통뇌섬(貫通雷閃)》!"

카슈 옆에서 기블도 지팡이를 들고 주문을 영창하자, 지팡이 끝에서 방출된 뇌격이 골렘들을 잇따라 격추했다.

"쓸데없는 소리 할 여유가 있으면 계속 쏘기나 해."

"마, 말하지 않아도 알아! 《부트·블레이즈 버스트》!"

옥상의 철책 앞에 나란히 포진한 학생들은 골렘들이 학교에 진입하지 못하도록 필사적으로 어설트 스펠을 퍼부었다.

빗발치는 화염구가, 뇌격이, 얼음 폭풍이 마술학원 상공에 압도적인 화망(火網)을 형성했다.

1열의 학생들은 공격 담당. 그리고 2열의 학생들은 방어 담당.

즉, 2인 1조·1전술 단위를 응용한 편성인 것이다.

"""""《빛나는 수호의 장벽이여!》"""""

2열의 학생들이 양손을 머리 위에 펼치고 일제히 주문을 영창하자 거대한 빛의 마력 역장이 형성되었고—.

투두두두두!

하늘의 골렘들이 외눈에서 발사한 열선들을 모조리 막아냈다.

"겁먹지 마!"

카슈는 장벽과 열선이 충돌하는 광경을 보고 동요한 1열의 학생들을 질타했다.

"대항 주문과 이 방어 로브가 있으면 그리 쉽게 죽지 않아! 그보다 공격을 멈추지 마! 한 마리라도 더 격추해!"

"흥…… 《부트·블레이즈 버스트》!"

학생들은 실전 경험이 거의 없었지만 개중에는 카슈처럼 사기가 높은 용감한 학생도, 기블처럼 압도적인 격추수를 쌓고 있는 학생도 있었기에 간신히 적의 공세를 막아낼 수 있었다.

"에휴…… 그때 선생님한테 투 맨 셀·원 유닛을 배워두길 잘했네."

"……아니꼽지만, 동의할 수밖에 없겠군."

카슈와 기블은 적을 막으면서 그런 대화를 나누었다.

하지만 적의 수가 지나치게 많았다. 가끔 화망을 돌파할 때도 있었다.

그런 골렘들이 옥상에 착지하거나 건물 벽에 달라붙은 순간—.

"후우하하하하하하하하하하하하하! 가라! 글렌 로보오오오오오!"

『내학생에게손대지마!』

오웰이 원격 조종하는 글렌 로보가 권투로 골렘을 분쇄했다.

"자, 자, 으라차!"

동서남북의 건물 벽을 자유자재로 타고 달리는 버나드가 머스킷과 강철선으로 단숨에 골렘들을 파괴했다.

버나드의 움직임은 그저 한없이 자유로웠다. 강철선을 와이어처럼 써서 그네를 타는 요령으로 단숨에 건물 측면으로 돌아가거나, 잡을 곳이 전혀 없는 벽을 박차고 오르기도 했다.

"흐아아아아아아아아아앗!"

오른팔을 휘둘러서 벽에 달라붙은 골렘의 몸통에 주먹을 때려 박은 순간 발동한 폭염 마술이 인형의 몸을 폭발시켰고, 산산 조각난 잔해가 밑으로 흩어졌다.

그리고 공중에서 다시 강철선을 날린 버나드는 다른 건물을 향해 단숨에 날아갔다.

"저 변태적인 움직임은 대체 뭐야……. 정말로 인간인가……?"

"아니, 그보다 총지휘관이 전선에서 싸우면 어떡하냐고……."

믿음직하긴 했지만 인간의 상상력을 아득히 뛰어넘는 아크로바틱한 움직임을 눈앞에서 본 카슈와 기블은 그저 어처구니가 없을 따름이었다.

"넋을 잃고 있을 때가 아니다! 소년들이여!"

그 사이에도 경쾌한 스텝을 밟은 글렌 로보가 옥상에 착지한 골렘들을 하나둘씩 라이트 스트레이트로 분쇄하는 중이었다.

오웰이 원격 영주 마술^{리모트 커맨드}로 조종하는 글렌 로보는 후줄근한 외견에서는 상상도 할 수 없을 정도로 섬세하고 유연한 초고속 전투 기동이 가능했다.

명백히 현대의 마도 기술로는 실현할 수 없는 움직임이었다. 권투 스타일과 기량도 글렌과 비교해 손색이 없었다. 오웰의 마도 인형 조종술도 굉장히 수준이 높았다.

"훗! 품속으로 들어온 적은 이 오웰 슈더에게 맡겨라!"

그런 예상치 못한 추가 전력 덕분에 학생들은 간신히 골렘들의 공세를 막을 수 있었다.

"격추해. 한 기라도 더."

""""예!""""

사실 이런 대치 상태를 유지할 수 있는 것은 역시 전송탑 옥상에 진을 친 알베르트와 원호 저격 부대의 공적이 컸다.

학생들은 저격 마술을 수평으로 일제히 날리는 방식으로 적 골렘의 수를 철저하게 줄이는 데만 전념하고 있었다.

《뇌창이여》.

광역 시야로 전장 전체를 파악하고 있는 알베르트는 본관 쪽에서 싸우는 학생들이 위험한 상황에 처할 때마다 저격으로 보조했다.

　그리고 그런 저격 부대의 학생 중 가장 큰 활약을 보이고 있는 것은 다름 아닌 세실이었다.

　"《부트·라이트닝 피어스》!"

　뭔가에 씐 것처럼 저격에 몰두하는 세실의 명중률은 주위의 학생들보다 명백히 탁월했다.

　"……굉장하군. ……나도 질 수 없지."

　옆에서 하인켈이 감탄하는 목소리도 지금의 세실에게는 들리지 않았다.

　'모두를 위해…… 내가 할 수 있는 일…… 내가 할 수 있는 일을 해야 해!'

　그저 본관에서 치열하게 싸우고 있을 동료들을 떠올리며 저격 작업에만 몰두할 뿐이었다.

　"《부트· 냉기빙람(冷氣氷嵐)》!"

아이스 블리자드

　웬디와 테레사가 지팡이를 나란히 들고 주문을 외치자, 얼음 폭풍이 하늘 위의 적을 쓸어 버렸다.

　"큭……! 끝이 없네요!"

　쓸어버려도, 또 쓸어버려도 바로 다음 적이 몰려왔다.

　웬디가 숨을 가다듬으면서 문득 주위를 돌아보자, 옥상에 모인 모두가 필사적으로 하늘을 향해 어설트 스펠을 날리는 모습이 보였다.

"이걸 대체 언제까지 계속해야……."

"웬디! 뒤!"

웬디가 테레사의 경고를 듣고 화들짝 몸을 돌리니, 화망을 돌파하고 옥상에 착지한 골렘이 자신을 향해 갈고리발톱을 휘두르려는 광경이 눈에 들어왔다.

"히익?!"

테레사가 그런 웬디를 지키려고 끌어안은 순간―.

"……흡!"

"뒈져버려어어어어어어어어!"

갑자기 옆에서 날아온 질풍과 열풍이 골렘을 산산이 파괴했다.

"위험했네요."

"……방심하지 말라고, 계집애들."

서로를 부둥켜안은 웬디와 테레사가 조심스럽게 시선을 들자 리제와 자일이 자신들의 앞을 가로막고 서 있었다.

레이피어 ― 마력이 인챈트된 진검 ― 를 앞으로 겨눈 리제는 몸에 바람을 휘감고 있었고, 바스타드 소드를 어깨에 얹은 자일은 어지간히 강한 신체 강화 마술을 쓴 건지 언뜻 봐도 강력한 힘을 온몸에서 발산하고 있었다.

"다, 당신은 학생회장 리제 선배님?!"

리제는 놀라는 웬디 앞에서 레이피어를 매개체로 삼은 바람의 마술을 사용해 다음 적을 벌집으로 만들었다.

"넋 놓고 있지 마. 그 바보 강사한테 그렇게밖에 못 배웠냐?!"

자일이 어마어마한 완력으로 바스타드 소드를 휘둘러 다음 적을 위아래로 두 동강냈다.

"서관의 전황은 할리 선생님 덕분에 무척 안정적이에요. 그래서 저와 자일 씨는 전력이 부족한 다른 곳을 도우라는 명령을 받고 왔답니다."

"이제 알았으면 냉큼 저 하늘 위의 망할 놈들을 격추해!"

그리고 두 사람은 마치 경쟁하듯 옥상에 착지한 적들을 쓸어버렸다.

"웬디."

"예…… 이제 괜찮아요."

서로를 마주 보고 고개를 끄덕인 두 소녀는 다시 하늘을 향해 주문을 쏘기 시작했다.

'난…… 대체 뭘 하고 있는 거야?!'

이브는 오른팔의 불꽃으로 하늘에서 내려오는 적들을 모조리 불태우면서 이를 악물었다.

'이 내가 옆에 있었으면서…… 저 아이들을(웬디) 위험에 빠트리다니……. 여기가 가장 불안하다는 소리까지 들으면서 학생들의 도움을 받다니! 《홍염공(紅焰公)》(로드 스칼렛)의 이름에 부끄럽지

도 않아?!'

원래 이 건물의 방어는 이브 혼자의 힘으로도 충분했을
터였다.

이 정도 수준의 적이라면 약간 무리해서 네 건물을 전부
혼자 맡을 수도 있었을 터.

하지만 《로드 스칼렛》의 절대적인 힘을…… 지금은 전혀
발휘할 수 없었다.

어째선지 권속비주(眷屬秘呪)가 제대로 기능하지 않았고,
왼손으로 주문을 쓸 수 없는 탓에 오른손으로 쓴 주문은
평소보다 느린 데다 약했다.

무엇보다 몸이 무거웠다. 마음이 무거웠다. 뜻대로 움직이
지도 않고, 이상할 정도로 지치고…… 괴로웠다. 그냥 전부
내던지고 쉬고 싶었다.

때때로 머릿속을 스치는, 자신의 마음속을 들여다보는 듯
한 미친 《정의》의 경멸하는 눈.

그리고 실망한 것처럼 자신을 흘겨보는 옛 부하의 차가운
눈……

'어떻게 된 거야……. 난 대체 어떻게 된 거냐구……. 난 이
제…….'

이그나이트의 이름을 걸고, 이그나이트를 위해…….

이브는 그저 그것만을 버팀목으로 삼아 싸울 수밖에 없
었다.

"우오오오오오! 다들, 더 기합을 넣어서 마력을 퍼부어어어어어!"

"선생님들과 다른 애들은 훨씬 더 고생하고 있을 거야!"

그리고 건물 안에서는 카이와 로드를 비롯한 결계 유지 부대로 편성된 학생들이, 벽에 그린 문양에 손을 대고 페지테 상공에 펼쳐진 【루시엘의 성역】을 향해 필사적으로 마력을 보내는 중이었다.

가끔 하늘에서 내려온 적의 골렘이 창문에 펼친 결계를 부수고 진입을 시도하기도 했다.

"히익?!"

결과적으로는 밖에서 종횡무진 날아다니는 버니드와 알베르트의 마술 저격으로 아슬아슬하게 격파됐지만, 그런 시도가 있을 때마다 학생들은 심장이 터질 것 같은 공포에 시달렸다.

그럼에도 밖에서 싸우는 동료들이 어떻게든 막아줄 것이라 믿고 단 한 사람의 이탈자도 없이 오로지 결계 유지만을 위해 마력을 바쳤다.

학생들, 교사진, 그리고 제국군.

그들 전원이 일치단결하여 하늘로부터의 공세에 철저하게 저항한 결과, 전황은…… 아직 팽팽한 줄다리기 상태를 유지하고 있었다.

　한편, 《불꽃의 배》의 제어실.

　『큭…… 설마 이 정도까지 저항할 줄은……. 비루한 인간 따위가……!』

　마인은 머리 위에 뜬 스크린으로 지상의 상황을 살피며 이를 악물었다.

　이어서 하늘의 영상에도 시선을 돌렸다.

　그러자 웅장한 황금색 드래곤이 지금 이 순간 골렘 집단을 쓸어버리며 이 배로 접근하는 모습이 눈에 들어왔다.

　요격하고 싶어도 마도포는 영문을 알 수 없는 지상에서의 공격에 의해 전부 침묵한 상태였다.

　『이럴 수가…… 어째서지? 대체 왜?』

　고대의 지혜가 낳은 병기 앞에서 인간에 불과한 자들이 어째서 이렇게까지 저항할 수 있는 것일까.

　물론 지상 제압을 위한 비장의 수는 아직 남아있지만 설마 그걸 쓰게 될 사태가 올 줄은 상상도 못했다. ……고작 인간을 상대로.

　마인은 이를 악물면서 왼손으로 시선을 내렸다. 그곳에는 어떤 광인이 흘린 피의 흔적이 아직도 선명하게 남아 있었다.

　—몇 번이든 말하지. 인간은 멋진 존재야.

　—넌 분명 깨닫게 되겠지. ……인간이 가진 가능성의 위

대함을.

그자가 죽는 순간 기쁜 목소리로 남긴 유언이…… 불현듯 떠올랐다.

『그럴 리 없다. ……인간은 무력하고 왜소한 존재다. 더 강대하고 위대한 힘 앞에서 농락당할 뿐인 보잘 것 없는 존재다. 그래서 나는…… 그때!』

하지만 마인의 고뇌에 찬 목소리를 듣는 자는 아무도 없었다.

"도착했나……. 여기가 《불꽃의 배》로군!"

주갑판 위에 착지한 세리카 드래곤의 등에서 뛰어내려온 글렌이 처음으로 외친 말이었다.

거친 바람이 휘몰아치는 이곳은 배의 갑판 위라는 생각이 들지 않을 정도로 살풍경한 평면 공간이 광활하게 펼쳐져 있었다.

지상이나 하늘 위에서 봤을 때는 깨닫지 못했지만 《불꽃의 배》는 무척 거대했다. 예를 들자면 돛이 달리지 않은 거대한 전열함 같은 모습이었다. 원래 돛이 있어야 할 위치에는 정육면체와 직육면체를 쌓아놓은 듯한 기묘한 구조물이 보였다.

요즘 들어서 개발이 진행 중이라고는 하지만, 아직 증기기관을 쓴 철갑선보다 풍력을 이용한 전열함이 해군의 주축을 이루는 이 세계에서는 난생처음 보는 신기한 외견이었다.

　재질도 짐작조차 가지 않았다. 돌 같으면서도 금속 같기도 한 붉은 물질로 이루어진 선체 표면에는 기하학적인 문양과 문자가 빼곡하게 새겨져 있는 것처럼 보였다.

　"그건 그렇고…… 이거, 대체 어떻게 하늘에 떠 있는 걸까?"

　"지금은 그런 담론을 나눌 때가 아니잖아요, 선생님. …… 저도 흥미는 있지만요."

　그런 글렌의 뒤에 시스티나가 내려왔다.

　이어서 루미아와 리엘도…….

　마침내 일행은 적의 본거지에 도달했다.

　"……고맙다, 세리카. ……힘들 텐데 더 부담을 줘서 미안."

　『…….』

　글렌은 세리카를 돌아보았다. 갑판에 누운 세리카 드래곤의 거체는 수많은 적 한복판을 강행 돌파하느라 상처투성이였다.

　그렇지 않아도 계속되는 전투로 이미 체력과 마력은 한계에 가까웠으리라.

　"넌 여기서 쉬고 있어. ……뭐, 금방 돌아올게. 갈 때도 잘 부탁해."

　『……그래, 다녀 와. ……난 조금 쉬고 있을 테니.』

　세리카 드래곤은 진홍색 눈으로 글렌을 다정하게 바라보았다. 그리고 눈을 감고 몸을 둥글게 말더니 마력의 소모를 억누르고 체력을 회복하기 위해 활동 휴면 상태에 돌입했다.

"좋아! 가자, 애들아!"

"아, 예!"

"응."

글렌이 선두, 리엘이 후위를 맡은 일행은 아득히 멀리 떨어진 기묘한 구조물을 향해 달리기 시작했다.

갑판 위는 한산했다. 방어용 가디언 정도는 있으리라 예상하고 주의했지만 오히려 맥 빠질 정도로 아무것도 없었다.

이윽고 거대한 구조물이 바로 눈앞까지 다가왔다. 정면에는 거대한 문이 있었다.

'저게 선내로 잠입하기 위한 입구겠지.'

글렌이 그렇게 생각한 순간, 문 옆에 있는 사람의 모습이 눈에 들어왔다.

"누구냐!"

힘없이 벽에 기대고 앉아 있는 그 인물은 자세히 보니 온몸이 피투성이인 데다 특히 왼쪽 가슴에 큰 구멍이 뚫려 있었다. 어딜 봐도 즉사였다.

하지만 무엇보다 글렌을 놀라게 한 것은—.

"넌…… 저티스?!"

"거짓말……!"

글렌은 아연실색한 얼굴로 굳어버렸고 시스티나는 벌어진

입을 다물 줄 몰랐다.

잘못 봤을 리가 없었다. 이 시신은…… 틀림없는 저티스 로우판이었다.

"네가…… 왜 이런 곳에?!"

굳어버린 시스티나 앞에서 글렌은 방심하지 않고 오른손으로 권총을 겨눈 채 담담하게 저티스의 시신을 확인했다.

그 결과—.

"본인이야. ……틀림없어. ……만에 하나라도 생체 인형^{플레시 골렘}이나 툴파일 가능성도 없고."

"진, 진짜요?!"

시스티나는 아직도 믿지 못하는 기색이었다.

"왜 이 녀석이 여기 있는 건지…… 이유는 모르겠군. 혼자서 마인을 토벌할 생각이었던 건지, 아니면…… 다른 목적이 있었던 건지. ……하지만 확실하게 말할 수 있는 건 저티스 로우판이 이미 죽었다는 거야."

자신과 저티스의 끊으려야 끊을 수 없었던 질긴 인연.

그것이 이토록 간단히, 싱겁게 막을 내릴 줄은 글렌 본인도 전혀 예상하지 못했으리라.

"글렌. ……멍하니 있을 때가 아닌 것 같아."

"마, 맞아요! 선생님! 아무리 극악인이라고 해도 고인에게 심한 말을 하고 싶진 않지만…… 이걸로 잘된 거예요! 이제 이런 사람이랑 관계될 일도 없을 테니까요!"

리엘의 말에 시스티나가 동의했다.

……확실히 그 말대로였다. 결국 자신의 손으로 세라의 원수를 갚지 못한 것에 미련이 남기는 했지만, 이런 미치광이와 싸우지 않고 끝난 건 오히려 반겨야 할 일이었다.

그런 복잡한 심경이긴 했으나—.

"……알았다. 가자."

마치 미련을 떨쳐내려는 것처럼 말한 글렌은 일행을 데리고 문을 통과해 선내로 진입했다.

"여기군?"

잠시 선내를 나아가던 일행은 별안간 주위의 경치가 변한 것을 눈치챘다.

벽과 천장과 바닥이 어느새 사라져 있었다. 사방에 펼쳐진 것은 은가루 같은 별들이 반짝이는 무한한 우주와 흡사한 공간이었다. 글렌 일행은 그런 아무것도 없는 장소에 서 있었다.

전에 타움의 천문 신전에서 본 《별의 회랑》과 비슷한 분위기였다.

"고, 공간이 명백히 왜곡됐어……. 자칫하면 우린 평생 여기서 못 나갈지도……."

시스티나는 조심스럽게 중얼거렸다.

"루미아. 너…… 정말로 이걸 어떻게 할 수 있겠어?"

글렌이 이름을 불렀지만 루미아는 조용히 앞으로 나섰다.

"예."

그리고 한 호흡 후 짧게 대답했다.

"진짜?! 이 공간은 명백히 우리 시대의 마술로 감당할 수 있는 종류가 아니잖아! 아무리 네 이능력의 보조가 있어도……."

"괜찮아, 시스티."

시스티나가 불안해하자 루미아는 그녀를 안심시키려는 듯 가볍게 웃었다.

"《문에서 태어나고·공에서 온 나·제1의 사슬을 끊겠노라》"

그리고 신비한 음색을 지닌 주문을 영창한 순간—.

"?!"

기도하듯 맞잡은 루미아의 양손이 은색으로 빛나더니 어두운 공간을 달처럼 밝게 비추기 시작했다.

그리고 그 순간, 루미아는 어젯밤의 기억을 떠올렸다.

"……앗?!"

마술학원 북쪽에 있는 미궁의 숲에서 루미아는 깜짝 놀라며 당황할 수밖에 없었다.

—인간을 그만 둘 각오는 됐어?

—자신의 목숨을 모두를 위해 바칠 각오는 됐어?

"예."

자신에게 확인을 구하는 남루스에게 망설임 없이 대답한 순간―.

　앞으로 내민 그녀의 손이 마치 자신의 **뺨**을 때리려는 것처럼 수평으로 휘둘러졌기 때문이다.

　남루스에게는 실체가 없었다. 당연히 그 손은 허공을 스칠 뿐.

　"······남루스······ 씨······?"

　하지만 루미아는 그 예상치 못한 반응에 놀란 표정을 감추지 못했다.

　『······바보.』

　남루스는 눈을 어둡고 조용하게 불태우면서 딱딱하고 차가운 목소리로 말했다.

　『어째서······ **당신은 늘 이런** 식인 거야! 말했지?! 난 당신의 그런 부분이 정말 싫다고!』

　"죄송해요······. 전 당신이 왜 화를 내시는지 이해하지 못하겠어요······."

　『그래, 그렇겠지! 당신은 분명 모를 거야! 큭······ 역시 **그 애**는 이대로 조용히 재워둬야 하나······. 현세의 매개체가 이 모양이니····· 그래도······.』

　남루스는 잠시 망설이는 얼굴로 갈등하다가 입을 열었다.

　『······루미아. 우리에 관해 설명해줄게. 우리는 「인간에게 주는 존재」야.』

"······주는 존재?"

『응, 맞아. 짚이는 데가 있지?』

이능력 감응 증폭. 하지만 일반적인 마력만 증폭하는 게 아니라, 일반적인 마술로는 이뤄낼 수 없는 일을 가능하게 하는 정체불명의 힘.

『깊이 생각할 필요 없어. 새가 하늘을 날고 물고기가 바다를 헤엄치는 것과 마찬가지로 우리도 그런 존재인 거니까.』

"······."

『우리에게 「받은 자」는 일시적으로 인간의 한계를 크게 뛰어넘은 차원이 다른 마술 연산 처리 능력을 얻게 돼. 이 《왕의 ^{아르스} 법》이라고 불리는 힘은 인간이 쓰지 않는 뇌의 영역과 패스를 강제로 확장하고 각성시켜서······ 아, 진짜 설명하기 번거롭네. 즉, 인간을 마도 연산기라고 치면 현행 마도 연산기를 일시적이나마 백 세대 후의 미래식 마도 연산기로 억지로 업그레이드한 거라고 보면 돼. 하지만 그 미래식 연산기는 애당초 인간의 규격을 크게 벗어난 개념이야. 그래서 인간은 그게 무엇인지, 대체 무슨 일이 일어난 건지 이해할 수도 없고 깨달을 수도 없어. 업그레이드에 맞춰서 강제로 확장된 패스가 「마력이 증폭됐다」고 느끼는 것뿐. 당신의 능력을······ 감응 증폭, 이랬던가? ······왠지 발음이 외설스러운걸. 뭐, 됐어. 아무튼 그걸로 오해받는 건 아마 이게 원인일 거야.』

"……당신이 어떻게 그런 사실을……?"

남루스는 루미아의 말을 완전히 무시하고 설명을 계속했다.

『하지만 인간은 당신의 《아르스 마그나》를 써도 《불꽃의 배》에 펼쳐진 왜곡 공간을 돌파할 수 없어. 그건 단순한 공간 조작이 아니거든. 현행 인류의 마술에는 그것에 간섭하는 술식 자체가 존재하지 않아. 자물쇠가 굳게 잠긴 무거운 문을 예로 들자면…… 아무리 문을 열어젖힐 힘이 있어도 막상 중요한 열쇠가 없으면 못 열잖아? 그건 모던도, 고대^{에인션트} 마술도 아닌…… 더 오래된 힘이야.』

"그럼 어떻게 해야……."

『……당신의 진정한 힘을 쓰면 돼. 애당초 《아르스 마그나》는 당신의 그 진정한 힘을 어떤 인간에게 줘서, 다룰 수 있게 하기만을 위한 덤 같은 능력이니까.』

그렇게 말한 남루스는 다시 루미아에게 손을 내밀었다.

실체가 없는 환영의 손이 루미아의 가슴속으로 천천히 들어갔다.

"나, 남루스 씨……?!"

『당신의 진정한 힘…… 그건 「열쇠」야.』

"……열쇠?"

『응. 당신은 그 「열쇠」 자체라고 봐도 돼…….』

그러자 손이 꽂힌 루미아의 가슴이 갑자기 빛나기 시작했다.

백은(白銀). 눈이 부실 정도로 압도적인 하얀 은색이 밤을 가로질렀다.

『한 가지 충고할게. ……당신이, 자기 자신이기도 한 그 「열쇠」를 진심으로 「주고 싶다」는 생각이 드는 남자가…… 언젠가 당신 앞에 나타날지도 몰라. ……잘 들어. 절대로 **그 녀석에게 줘선 안 돼**. 본인의 의사와 각오로 「열쇠」를 써!』

"나, 남루스 씨……?"

그리고 남루스는 루미아의 안에서 서서히…… 서서히…… 뭔가를 끌어내기 시작했다.

『그리고 한 가지 더. ……부디 잊지 마. 그 「열쇠」는 마술보다 더 오래된 힘…… 마술이 인간의 순수한 소망을 이뤄주기만 했을 당시의…… 『원초의 힘』. 마술 같은 이성과 논리로 다룰 수 있는 힘이 아니라…… 소망과 본능으로 다루는 마법(魔法)이야. 그러니…….』

그것은 루미아의 밖으로 나올수록 한층 더 밝은 은색으로 빛났다.

그리고―.

"―《은 열쇠》여! 내 바람과 요구에 응해다오!"

루미아는 일행의 눈앞에서 은색으로 빛나는 「열쇠」를 세워 들었다.

"뭐야 그건?!"

글렌은 경악으로 눈을 부릅떴다.

기분 탓일지도 모르지만 저 열쇠는 남루스가 보여준 《황금 열쇠》와 흡사했다.

루미아는 마치 열쇠 구멍에 꽂는 것처럼 열쇠를 내밀더니…… 빙글 돌렸다.

그러자 마치 유리가 깨지는 것 같은 소리가 들리는 동시에 우주공간에 무수한 균열이 생겼고 다음 순간, 공간이 균열을 따라 무너지기 시작했다.

"?!"

정신을 차리고 보니 자신들은 지극히 평범한 통로 위에서 있었다.

"뭐, 뭐지? 방금 그거…… 마술? 아니, 마술로는 설명할 수 없는 현상이었어……."

시스티나는 꿈을 꾼 듯한 얼굴로 아연실색했다.

"……굉장한 힘. ……난 잘 모르겠지만."

리엘조차 눈을 가늘게 뜨고 굳어있었다.

"《은 열쇠》. 남루스 씨가 딱 하루만, 제가 이 힘을 쓰게 해 주셨어요."

"……."

"남루스 씨의 말로는…… 이 열쇠야말로 제 진정한 힘이자, 저 자신이기도 하다나 봐요. 지금은 그 이상 알 수 없지만……."

루미아는 《은 열쇠》를 소중히 품에 안으면서 말을 계속했다.

"이 열쇠에는 「공간을 지배하고 조작하는 힘」이 있어요. 그 힘을 쓰는 법은…… 신기하네요. 왠지 저절로 알 것 같아요. 마치 오랫동안 이 힘과 함께 있었던 것 같은…… 그런 기분이 들어요."

"……루미아?"

"이 힘이 무엇인지…… 제 정체가 무엇인지는…… 잘 모르겠어요."

루미아는 글렌을 돌아보면서 활짝 웃었다.

"그래도…… 전 이 힘을 써서 싸울 거예요. 이런 절 받아준 선생님들을…… 학교의 모두를 지키기 위해! 이 목숨과 바꿔서라도!"

인지를 초월한 힘.

그것을 각성한 루미아는 한없이 믿음직스럽게 보였다.

하지만…… 어째서일까. 어딘지 모르게…….

"……저기, 글렌."

불쑥 리엘이 글렌에게만 들릴 법한 작은 목소리로 말을 걸었다.

"지금의 루미아는…… 난 잘 모르겠지만…… 왠지 이상해. 나…… 엄청 걱정돼. ……루미아가 왠지…… 사라질 것 같아서……."

평소와 다름없는 졸려 보이는 리엘의 무표정이 지금은 불안과 슬픔에 잠겨 있는 것처럼 보였다.

그녀의 예감에 근거 같은 건 없었다. 하지만 신기하게도 핵심을 찌른 기분이 들었다.

글렌이 말로 형언할 수 없는 불안감에 시달린 순간—.

척, 척, 척……

통로 저편에서 골렘들이 무리를 짓고 밀려오는 모습이 보였다.

내부 전력을 전부 투입한 줄 알았는데…… 아무래도 아직 남은 것들이 있었나 보다.

'젠장……! 여기서 소모하는 건 피하고 싶은데……!'

사투를 예감한 글렌이 초조하게 권총을 겨눈 순간—.

"괜찮아요, 선생님."

루미아가 무방비하게 앞으로 나섰다.

"저에게…… 맡겨 주세요."

글렌과 시스티나는 영문을 알 수 없어서 긴장했다.

"모두를 위해…… 페지테를 위해…… 당신들이 방해하게 둘 수는 없어요."

루미아는 공허한 눈으로 은 열쇠를 앞으로 내밀었다.

글렌은 그 모습에서 뭐라 형언할 수 없는 혐오감과 공포를 느꼈다.

"하지 마."

리엘이 적을 응시하면서 루미아의 손을 움켜잡았다.

"리엘?"

"난 잘 모르겠지만…… 그 힘은 아마도, 왠지 엄청 좋지 않은 것…… 같은 기분이 들어. 루미아, 부탁이야……. 좀 더 자신을 소중히 여겨."

"……."

하지만 루미아는 이상할 정도로 차분했다. 조금도 동요하지 않았다. 어떤 종류의 각오를 다진 성자 같은 얼굴로 그저 그곳에 있을 뿐.

"내가 할게."

"어? 앗, 야, 리엘?!"

적의 수가 너무 많다. 먼저 작전을 세우자.

글렌이 그렇게 말하려고 어깨에 손을 얹으려했지만, 그 어깨는 잔상이었다.

"이이이이이이야아아아아아아아아아아아압!"

리엘은 벌써 적진에 정면으로 파고들어서 대검을 휘두르는 중이었다.

어마어마한 검압이 밀려오는 골렘의 파도를 글자 그대로 좌우로 갈라 버렸다.

"야아아아아아아아앗!"

원래 멧돼지처럼 저돌적인 소녀이긴 했지만 지금의 리엘은 그 이상이었다.

그 귀기 어린 작은 등에서 마치 절대로 루미아가 더는 열쇠를 쓰지 못하게 하겠다는 강한 의지가 느껴지는 것만 같았다.

'……리엘도 지금의 루미아에게서 위화감을 느끼고 나름대로 루미아의 힘이 되어주려고 하는 걸까?'

확신할 수는 없지만…… 저대로 혼자 싸우게 내버려둘 수도 없는 노릇이었다.

"가자, 하얀 고양이. ……리엘을 엄호하러."

그렇게 말한 글렌은 리엘의 뒤를 따라 전투에 참가했다.

제6장 그녀의 싸움

아득히 먼 하늘 위에서도, 그리고 지상의 마술학원에서도 전투는 계속되었다.

태양이 정점에 도달하는 정오에 시작된 전투는 해가 서서히 기울어짐에 따라 격화일로를 달렸다.

"《뇌제의 섬창이여》…… 《산(散)》!"

할리가 주문을 영창하자 【라이트닝 피어스】의 섬광이 하늘을 향해 날아갔다. 그리고 도중에 수많은 뇌격으로 갈라져서 정확하게 적을 꿰뚫었다.

주문 한 방에 단숨에 열 대의 적이 동시에 격추당했다.

할리의 초절 기교 『확산 발동』. 주문의 사거리가 10분의 1로 줄어드는 대신 동일한 위력을 지닌 열 개의 주문으로 분산해서 다수의 적을 동시에 노리는 기술이었다.

하지만 그런 굉장한 기교로 적을 해치우고 있음에도 할리의 얼굴에는 여유가 없었다.

"칫…… 아직이냐, 글렌 레이더스!"

하늘을 올려다보았다. 하늘에서 몰려오는 적의 병력에는

끝이 없었다.

주위에서 필사적으로 화망을 유지하는 학생들의 얼굴에서도 슬슬 피로가 묻어나오고 있었다.

《이미드 로드 · 홍옥결계루비 서클》!"

안뜰에 크리스토프의 목소리가 울려 퍼지고 상공에 불꽃의 결계가 형성되었다. 다음 순간, 나선형의 초고열 불꽃이 소용돌이를 그리며 하늘 위의 골렘들을 차례차례 불태우고 마나로 환원시켰다.

당연히 적은 【루시엘의 성역】을 이루는 중심 기점인 이 안뜰에도 내려오고 있었다.

크리스토프는 대량으로 밀려오는 적들을 물리치기 위해 왼손으로 【루시엘의 성역】을 유지하면서 오른손으로 머리 위에 공격 결계를 전개하고 있었다.

적의 수가 충분히 줄어들었다고 판단한 크리스토프는 일단 결계를 해제했다.

"나이스다! 크리 도령!"

마침 그 타이밍에 버나드가 강철선을 타고 근처에 착지했다.

"괜찮으세요? 버나드 씨."

"캬~! 건방진 애송이일세! 내 걱정은 아직 백 년은 일러!"

버나드는 젊은이들에게 아직 질 수 없다는 듯 주먹을 굳게 쥐며 세워 보였다.

"각 건물의 전황은 매우 안정적이다. 한동안은 문제없겠지. 뭐, 무슨 일이 생기면 통신 마도기로 각 지휘관에게 바로 지시를 내리면 되고."

"최전선에서 마음대로 날뛰면서도 전체적인 전황도 확실히 파악…… 그게 버나드 씨의 굉장한 점이에요."

크리스토프는 신뢰하는 웃는 얼굴로 버나드를 바라보았다.

"그런데 크리 도령. 【루시엘의 성역】은 지금 어떤 상태지?"

하지만 버나드의 질문에는 약간 심각한 표정을 짓고 대답했다.

"유감스럽지만…… 학생들의 부상에 의한 일시 퇴각, 막지 못한 건물의 피해로 인해 결계 유지율은 서서히 떨어지고 있습니다. ……현재는 83퍼센트."

"음…… 서서히 떨어지고 있구만."

"지금은 아직 높은 사기로 유지율의 감소를 억누르고 있지만…… 아마 무너질 때는 한순간일 겁니다."

"그때까지 결판을 내야 한다는 건가……. 음, 역시 학생 전원을 강제로 동원해야 했나?"

"아니요, 버나드 씨의 판단은 정확했습니다."

버나드가 눈살을 찌푸리자 크리스토프는 흔들림 없는 얼굴로 대답했다.

"사기가 낮은 학생들을 전선에 내보내봤자 다른 학생들에게 부정적인 사고만 전염시켜서 결과적으로는 마이너스가 됐을 겁니다. 물론 머릿수가 가장 중요한 국면도 있지만, 이런 국지적인 방어전에서는 사기가 높은 지원자들로만 싸우는 이 방법이 가장 효과적이었어요."

"그런가……. 그래도 역시 애들을 싸우게 하는 건 어른으로서 마음이 아프구만."

"후회와 반성은 나중에 하죠. ……적, 다음 옵니다."

그리고 대화를 나누는 두 사람을 향해 새로운 적들이 하늘에서 밀려왔다.

한편, 마술학원의 지하 구역에 있는 가장 큰 방.

이곳에는 지상의 싸움에서 다친 자들이, 단거리 전이 마술로 유격전을 펼치고 있는 체스트 남작의 원격 전송 마술에 의해 전송되고 있었다.

"여러분! 안심하세요! 안심하셔도 괜찮아요! 제가 여기 있으니까요!"

마술학원의 법의사인 세실리아를 필두로 한 학생들로 편성된 구호 부대는 그런 부상자들을 쉴 새 없이 필사적으로 치료하는 중이었다.

"《자애의 천사여·그자에게 안식을·구원의 손길을》!"

이 비상시에 이르러 완전히 각성한 세실리아의 탁월한 기량이 생사가 걸린 심한 상처를 입은 자들의 목숨을 차례차례 건져냈다.

"으으…… 아파…… 뜨거워……."

"린 양! 거기 그 남학생의 팔을 묶고 먼저 힐러 스펠을 걸어주세요!"

세실리아는 귀기 어린 얼굴로 중상자들을 치료하고 다니면서 구호 부대의 학생들에게도 척척 지시를 내렸다.

"아, 예!"

평소에는 내성적이고 심약한 린도 이때만큼은 가만히 떨고 있을 수 없었다.

"괜찮아요. 걱정하지 마세요. 반드시 구해드릴 테니까요!"

조금이라도 많은 사람을 구하기 위해, 겁쟁이인 자신도 할 수 있는 일을 하기 위해 마나 결핍 증세로 몸을 비틀거리면서도 필사적으로 사람들을 치료했다.

"……폐를 끼쳤군."

그러자 마침 근처에서 어깨를 치료받은 기블이 지팡이를 짚고 일어나는 모습이 눈에 들어왔다.

"기, 기블 군?! 어디로 가려고?!"

린은 황급히 기블에게 달려갔다.

"전열로 돌아갈 거다. ……난 아직 싸울 수 있어."

"그런, 아직 상처가 완전히 낫지 않았는데…… 한동안 쉬어야 해!"

그리고 다시 입을 다물고 옥상으로 가려 하는 기블을 제지했다.

"내가 빠진 만큼 다른 녀석들이 위험해지잖아? ……난 그런 건 사양이야."

하지만 기블은 쌀쌀맞게 그녀의 손을 뿌리치고 달려갔다.

"……으으…… 아무쪼록…… 몸조심해……."

그 뒷모습을 기도하는 눈으로 응시하던 린은 곧 사고를 전환하고 지금 자신이 할 수 있는 일에 전념하기 위해 다시 부상자들에게 돌아갔다.

'……다들…… 선생님…… 아무쪼록…… 제발 무사하기를……!'

밖에서 싸우는 반 친구들과 하늘 위에서 싸우는 글렌 일행.

린은 그들의 무사를 기원하면서 필사적으로 자신의 싸움을 이어나갔다.

부상을 무릅쓰고 치료소에서 나온 기블은 망설임 없이 위로 올라가는 계단을 향해 달려갔다.

그런 그를 복도 구석에서 응시하는 자가 있었다.

"……어째서…… 어째서야?"

……크라이스였다.

"다들, 어째서 그렇게까지 싸울 수 있는 거지? 무섭지도 않은 거야?!"

복도에는 크라이스와 에나를 비롯한 많은 학생이 무릎을 껴안고 주저앉아 떨고 있었다.

전투는 물론이고 결계 유지에도 참가하지 않은 학생들이었다.

전선에 나서서 싸워야 한다는 공포를 이기지 못하고⋯⋯ 무력한 일반시민처럼 안전한 지하로 대피하는 것을 선택한 자들이었다.

"우리가 뭘 할 수 있다는 거야! ⋯⋯이제 다 끝났는데. ⋯⋯싸워봤자, 어차피 다들【메기도의 불】에 죽을 뿐인데⋯⋯ 그런데⋯⋯ 어떻게 싸울 수 있는 거냐고!"

머리를 부둥켜안고 움츠린 크라이스의 절규는⋯⋯ 싸우는 것을 포기한, 이 자리에 모인 모든 이의 마음을 대변했다.

—어째서? 왜 우리가 이런 불합리한 꼴을 당해야 하는 거지?

자신은 나쁘지 않다며 누군가에게 책임을 전가하고 사고를 정지해 버린 패배자였다.

"맞아⋯⋯. 우, 우린 아무것도 잘못한 거 없어. ⋯⋯그러니 우린 아무것도 안 해도 돼. ⋯⋯루미아가 우리를 위해 싸우는 건 당연한 거고, 싸우고 싶어서 안달이 난 놈들만 싸우면 되는 거야! 그래, 그게 당연해!"

그런데 뭐지? 대체 무엇일까. 이 죄악감과 끝없는 자기혐오는⋯⋯.

답이 나오지 않는 갈등에 머리를 부여잡고 있자―.

『하아⋯⋯ 기가 막혀서 진짜. 진심으로 어처구니가 없네.

『……당신들, 바보 아니야?』

갑자기 경멸하는 목소리가 복도에 울려 퍼졌다.

어디서든지 나타나는 신출귀몰한 이형의 소녀 남루스였다.

"누구야, 넌?! 루, 루미아 틴젤…… 아니, 달라? 그리고 뭐야! 그 등에 달린 이상한 날개는!"

『내가 누구건 상관없잖아. 그리고 이건 그냥 패션이야. 신경 쓰지 마.』

그녀는 코웃음을 치며 쌀쌀맞게 대답했다.

『……그보다, 당신들. 정말 이대로도 괜찮겠어?』

"?!"

『쓸데없는 참견일지도 모르겠지만, 당신들. 이대로 여기서 아무것도 하지 않으면 앞으로 평생 후회할 것 같다는 얼굴을 하고 있거든?』

"그, 그럴 리, 없잖아! 우린 아무것도 잘못한 게 없는데!"

『……그럼 왜 여기 모여서 꾸물대는 거야? 학교에서 냉큼 도망치면 되잖아? 그러는 편이 훨씬 더 안전할 텐데.』

"그, 그건…… 그야 지금은 긴급 대기령이……!"

『진짜 어중간하긴. 바보 같아. 이 상황에서 그딴 걸 따져봤자 어쩌겠다고.』

남루스는 그렇게 말하다 갑자기 손을 들었다.

『뭐, 난 아무래도 상관없어. 그보다 계속 여기 틀어박혀 있을 거라면…… 하다못해 당신들은 이 싸움의 행방이라도 지켜보도록 해..』

"……뭐?"

그 손이 빛나며 복도에 스크린을 투사했다.

『그 아이는…… 루미아는 당신들을 위해서 싸우고 있는 것이기도 해. 그러니 그 결말을 지켜보는 건…… 당신들에게 남겨진 최소한의 의무야.』

그리고 스크린에 비친 광경은—.

《불꽃의 배》 내부에서도 격렬한 전투가 한창이었다.

"젠장! 아직도 잔뜩 있잖아!"

글렌 일행은 복도를 질주하고 있었다.

그 뒤를 선내에 배치된 골렘들이 대열을 갖추고 추격했다.

될 수 있는 한 쓸데없는 전투와 소모를 피하고 싶었다.

하지만 그러는 사이에 전방에서도 적이 무리를 짓고 접근했다.

"서, 선생님! 어쩌죠?!"

"그야 싸울 수밖에 없겠지!"

글렌은 달리면서 주먹을, 리엘은 대검을 겨누었다.

"나랑 리엘이 먼저 공격하고 이탈! 하얀 고양이는 추격타! 전방을 속공으로 처리하고 뒤를 대응하자! 알았지?!"

"응!"

"예!《풍신이여·—."

시스티나가 다리를 멈추고 주문 영창^{스펠링}을 개시했다.

"우오오오오오오오오오오오오오오오!"

동시에 글렌과 리엘이 강하게 바닥을 박차며 적진으로 단숨에 뛰어들었다.

"흐읍!"

글렌이 바람을 가르며 날린 주먹이ㅡ.

"이이이이이야아아아아아아아아아압!"

리엘이 소용돌이처럼 휘두르는 대검이ㅡ.

골렘의 전열을 인정사정없이 쓸어버리고 날려버렸다.

《ㅡ날카롭게 검을 휘둘러·하늘을 질주하라》!"

그 순간, 시스티나의 주문이 완성되었다.

동시에 글렌은 천장까지 도약했고 리엘은 한쪽 무릎을 꿇으며 허리를 굽혔다.

그런 두 사람 사이에 생긴 공간을 거대한 바람의 칼날이 질주했다.

흑마 【에어 블레이드】.

일직선으로 날린 진공의 검이 전방의 골렘들을 모조리 두 동강내며 섬멸했다.

"좋아! 다음⋯⋯."

글렌이 착지하는 동시에 몸을 돌리고 리엘도 일어서면서 뒤로 도약하려던 순간ㅡ.

두 사람은 그 자리에서 굳고 말았다.

"......."

놀랍게도 루미아가 혼자 후방의 골렘들을 향해 다가가고 있었기 때문이다.

"야, 잠깐! 루미아! 바보, 물러……!"

글렌이 황급히 경고하려 했지만…… 그 기회는 영원히 사라졌다.

골렘들을 향해 조용히 다가간 루미아는 손에 든《은 열쇠》를 앞으로 내밀고 가볍게 돌렸다.

그 순간, 신비한 현상이 일어났다.

골렘들이 다가오는 풍경 위에 빛으로 그려진 직사각형이 나타난 것이다.

그 직사각형의 평면 풍경이 회전문처럼 옆으로 회전했다.

한순간 그 너머에 무한한 우주가 펼쳐져 있는 것이 보였다.

이윽고 풍경이 완전히 회전을 마치자 골렘들만 깔끔하게 사라져 있었다.

"뭐, 뭐지? 이건……."

글렌도, 시스티나도, 리엘조차 입을 떡 벌리고 놀랄 수밖에 없었다.

명백히 인간의 범주를 크게 뛰어넘은「비상식적인 힘」이었기에…….

"……그들을 이차원 공간으로 추방했어요. 저런 무생물은 강한 힘을 지녔지만 존재가 작으니 세계와의 인연도 약해서 보내기 쉽거든요."

"루미아…… 너……?"

"조금씩…… 떠오르기 시작해요. 아니…… **제 안의 누군가가 가르쳐주고 있어요.** ……이 「열쇠」를 쓰는 방법을."

루미아는 《은 열쇠》를 사랑스러운 손길로 쓰다듬었다.

"……전 기뻐요. 지금까지는 선생님과 시스티와 리엘에게…… 보호받기만 했어요. 하지만 저에겐 이런 힘이 있었던 거예요. ……이 힘으로 선생님과 모두를 지키기 위해 싸울 수 있다는 것 자체가…… 무척 기뻐요."

일행은 그런 루미아의 모습에 형언할 수 없는 위태로움을 느꼈다.

"가요, 선생님. ……저도 싸울 게요. 그리고 모두를 지키겠어요. 이 목숨과 바꿔서라도…… 그게 제 사명이에요."

글렌은 망설였다. 《은 열쇠》의 어마어마한 힘 자체는 딱히 두렵지 않았다.

그 힘의 주체가 루미아이기에. 그녀가 잘못된 방향으로 쓸 리 없을 테니까.

문제는…… 루미아 자신이었다.

글렌도 전부터 어렴풋이 느끼고 있었다. 루미아의 비틀린 사고방식을. 타인을 위해 자신의 우선순위를 극단적으로 낮출 수 있는 측면이 지금 이 순간, 나쁜 의미로 부각된 것이리라.

본디 인간이란 자신을 위해 살아야 하는 존재다. 그것이 생물의 본능이자, 지극히 자연스러운 모습이다.

먼저 자신이 어느 정도 충족된 후에야 비로소 남에게 뭔가를 베풀 수 있는 여유가 생기는 법이다. 처음으로 타인에게 상냥해질 수 있다. 대가 없이 헌신하는 빈곤한 성자와 미치광이는 종이 한 장 차이일 뿐이다.

그것은 인간으로서, 생물로서 지극히 부자연스러운 모습이었다.

누가 봐도 치명적인 대가를 치러야 할 듯한 《은 열쇠》의 힘.

섣불리 『힘』을 손에 넣은 탓에…… 궁지에 몰려 있었던 루미아의 안에서 어떤 위험한 빗장이 풀린 것 같은 이미지.

쓰게 해서는 안 된다. 그 힘을 쓰기에 루미아는 아직 정신적으로 미숙했다.

"루미아…… 《은 열쇠》는 이제 쓰지 마."

"예?"

루미아는 어리둥절한 얼굴로 고개를 살짝 갸웃했다.

"아까 리엘이 말한 대로야. 여긴 우리가 어떻게든 해결할게. 좀 더 우리를 의지해. 신뢰해줘. ……너 혼자만 그런 인외의 힘을 짊어질 필요는 없어."

"그럴 수는 없어요."

하지만 루미아는 평소처럼 고분고분하지 않았다.

"……제가…… 모두를 구해야만 해요. 그러기 위해서라면 저는……"

"너……."

말이 통하지 않았다. 지금의 그녀는 지나치게 완고했다.

무리도 아니리라. 또래보다 약간 어른스럽긴 해도 그녀는 아직 열여섯 살의 소녀에 불과했다.

페지테에 닥친 이 미증유의 위기에 정신적으로 막다른 곳에 몰린 나머지, 필요 이상으로 책임감을 느끼는 루미아에게 글렌의 말은 닿지 않았다.

아마 어떤 계기만 있으면 그녀는 《은 열쇠》를 제한 없이 쓰기 시작하리라.

"서, 선생님…… 시간이……."

시스티나도 루미아에게 뭔가 말하고 싶은 눈치였지만 씁쓸한 표정으로 길을 재촉할 수밖에 없었다.

"알고 있어. 가자……."

지금은 대화를 나눌 여유가 없었다. 글렌 일행은 어쩔 수 없이 길을 서둘렀다.

굳이 말로 표현하지는 않았지만 지금 이 순간 글렌과 시스티나와 리엘은 저마다 같은 생각을 하고 있었다.

─자신들이 분발하는 수밖에 없다. ……루미아를 위해. 《은 열쇠》를 쓰지 못하게 하기 위해…….

그런 일행의 결심을 눈치채지 못한 루미아는 흔들림 없는 고결한 결의에 찬 온화한 표정을 짓고 있었다.

길을 서두르는 글렌 일행.

그 후는 마치 거짓말처럼 적의 공세가 멈췄다.

더는 잡병을 보내봤자 소용없다고 판단했기 때문일까, 아니면 다른 이유에서인지 그들로서는 알 방법이 없었다.

선내에는 몇 개의 문과 방이 있었지만 기본적으로는 거의 외길이었다.

덕분에 일행은 탐색 마술로 선내의 구조를 파악하면서 간단히 최심부를 향해 나아갈 수 있었다.

"……불길하군. 아무리 그래도 너무 순조로워."

선두에서 달리던 글렌이 갑자기 그런 말을 꺼냈다.

"……마술학원 방어 팀의 분투 덕분에 양동 작전이 성공한 거라고 생각하고 싶지만……."

"그래도 너무 지나치다……. 마인이 뭔가를 꾸미고 있을 거라는 뜻인가요?"

"그래, 그거야."

시스티나의 질문에 글렌은 진지하게 고개를 끄덕였다.

확실히 뭔가 이상하다는 생각이 들었는지 시스티나도 빈틈없이 주위를 경계하면서 동화 【멜갈리우스의 마법사】의 줄거리를 머릿속에 떠올려 봤다.

'《철기강장》 아세로 이엘로가 작중에 등장하는 건 크게 두 번……. 처음은 라스의 나라에 《불꽃의 배》를 타고…….

두 번째는 최종장인 마도 멜갈리우스의 결전에서……'

전에 언급한 황당한 전개가 일어나는 건 두 번째 싸움에서였다.

아세로 이엘로는 뜬금없이 등장한 「정의의 마법사의 제자」가 들고 있던 작은 봉에 찔려서 싱겁게 쓰러지고 만다. 아마 지나치게 강하게 설정한 탓에 저자인 롤랑도 어떻게 다뤄야 할지 난감했던 것이리라.

'아니, 그보다 어느새 아무렇지 않게 동화 내용을 마장성을 공략하기 위한 열쇠로 여기고 있잖아.'

하지만 지금은 지푸라기에라도 매달리고 싶은 심정이었다.

'그건 그렇고…… 처음은 분명 라스를 구하기 위해 정의의 마법사 일행이 어떤 드래곤을 타고 《불꽃의 배》를 파괴하러 쳐들어가는 내용이었던가?'

이 정도까지 비슷하면 이젠 쓴웃음밖에 나오지 않았다.

'그리고…… 《불꽃의 배》 안에 진입한 정의의 마법사 일행은……'

거기까지 떠올린 시스티나는 화들짝 놀랐다.

"서, 선생님! 조심하세요!"

갑자기 경고를 들은 글렌과 리엘이 고개를 돌렸다.

"뭐가?!"

"죄송해요! 방금 생각났어요! 《철기강장》 아세로 이엘로는 《불꽃의 배》 내부의 공간을 자유자재로 조종할 수 있었어요!"

"뭐라고?"

"정의의 마법사와의 싸움에서는 그 능력을 이용해 선내에 침입한 정의의 마법사와 그의 동료들을 각자 다른 공간에 분산시켰어요! 어쩌면 저희에게도 같은 짓을 할지 몰라요! 그러니 좀 더 뭉쳐서 행동을……!"

그 순간, 일행은 마침 **그것**을 눈치채고 발을 멈추었다.

"루미아 녀석…… 어디로 간 거지?"

그렇다. 어느 사이에, 정말로 어느 사이에……. 조금 전까지 바로 곁에서 발소리와 숨소리를 들었건만―.

루미아의 모습이…… 어디에도 없었다.

'이런, 당했어……!'

시스티나는 분한 나머지 이를 악물었다.

당장 근처에 【멜갈리우스】의 마법사가 없었고, 있어도 다시 읽을 여유가 없었다고는 해도, 왜 좀 더 빨리 그 기억을 떠올리지 못한 것일까.

"루미아…… 루미아! 어디야?! 대답 좀 해!"

"……진정해."

글렌도 숨길 수 없는 조바심을 얼굴에 드러내면서 시스티나를 달랬다.

"지금은 이성을 잃을 때가 아니야. 서둘러서 루미아를 따라잡을 수밖에 없어."

"그, 그건, 그렇지만…… 그래도! 그래도……!"

시스티나는 당황하다 못해 당장에라도 울음을 터트리려 했다.

그녀가 갑자기 이런 반응을 보이는 이유로는 짚이는 곳이 있었다. 먼 옛날 자신도 푹 빠져서 읽었던 『멜갈리우스의 마법사』. 지금은 대부분의 내용을 잊어 버렸지만…….

글렌도 마침 떠올리고 말았으니까.

정의의 마법사와 떨어진 동료들은 그 후에 나타난 아세로 이엘로의 손에 모두 무참히 살해당하고 만다. 정의의 마법사는 **제시간에 맞추지 못했다.**

"괜찮아……! 괜찮을 거야!"

글렌은 울먹이는 시스티나와 자신을 타이르면서 루미아를 따라잡기 위해 다시 달리기 시작했다.

──.

─딱히 두려움이나 동요는 없었다.

오히려 안도와 기쁨에 가까운 기분.

그것이 자신의 정직한 감상이었다.

"……."

루미아는 이상할 정도로 차분한 상태로 홀로 긴 복도를 걷고 있었다.

《은 열쇠》를 각성한 지금은 이 갑작스러운 현상이 적의 공간 조작 능력에 의한 것, 그리고 일행과 자신을 떼어놓기 위해서라는 것을 직감적으로 깨달을 수 있었다.

그리고 적의 표적이 자신^{루미아}이라는 것도…….

차라리 잘됐다. 마인의 표적이 자신이라면 그건 그것대로 나쁘지 않았다.

글렌, 시스티나, 리엘…… 루미아의 소중한 사람들.

그들이 위험한 꼴을 당하지 않아도 될 테니.

인간을 초월한 괴물을 상대로 인간이 이길 방법은 없다. 그것은 지극히 당연하고도 단순한 이치였다.

괴물을 해치우는 건 언제나 인간이었다고?

그건 인간 지상주의자의 근거 없는 소망…… 아니, 망상에 불과하다.

이 세계에는 인간이 결코 범접할 수 없는 절대적이며 절망적인 벽이 엄연히 존재했다.

지금의 루미아는 그것을 육체가 아니라 영혼으로 이해할 수 있었다.

예를 들자면…… 자신 안에 조용히 잠들어 있는 또 다른 자신의 존재.

괴물은 같은 규격의 괴물밖에 상대할 수 없다. 그것은 지극히 당연하고도 단순한 이치였다.

아세로 이엘로, 마장성은 인간을 그만둔 진정한 괴물이다.

그렇다면 똑같은 괴물인 자신이 싸워야 할 터. 그러니—

'바라던 바야…….'

루미아는 속으로 혼잣말을 하며 앞으로 나아갔다.

이윽고 커다란 문을 발견했지만 망설임 없이 통과했다.

문 너머는 넓은 반원형 공간이었다.

그 반원형 벽을 따라 검고 거대한 모노리스가 빼곡하게 늘어서 있었다. 바닥에는 불길한 분위기를 풍기는 기하학적인 무늬가 몇 중으로 새겨져 있었다.

그리고 그 한산한 공간 너머에 있는 옥좌에는—.

『……잘왔다. 루미아 틴젤.』

마인이 느긋한 자세로 앉아 있었다.

『놀랍군. 설마…… 그대가 《은 열쇠》를 각성했을 줄이야…….』

루미아는 말없이 마인을 향해 다가갔다.

『그렇군. ……현상 유지파 놈들이 지금 이대로도 완성이라고, 충분하다고 난리를 피울 만 해. ……설마 그대가 그 영역까지 완성됐을 줄이야…….』

마인은 어깨를 들썩이면서 웃었다.

『하지만 내가 보기에는 아직 불충분하군. 위대한 대도사님을 위해…… 그리고 나의 주를 위해…… 나에게는 좀 더 완전한 그대가 필요하다.』

"죄송해요. 당신들의 사정은…… 알 바 아니에요."

루미아는 마인을 똑바로 응시했다.

"전 당신을 쓰러트리겠어요. 페지테를 위해…… 모두를 위해. ……이 목숨을 바쳐서라도."

그러자 마인은 잠시 후드 안의 어둠밖에 보이지 않는 얼굴로 그녀를 물끄러미 응시했다.

『……그렇군. 역시 그대는 그 분과 똑같아. …… 이건 내가 아니라 아세로 이엘로의 기억이긴 하다만.』

"……?"

『애당초 그 분의 그릇으로 태어났으니 그것도 당연한가…….』

그리고 마인은 천천히 일어나더니…… 루미아의 앞에 섰다.

『몇 가지 묻지. 싸우는 법은 아나? ……그 힘을 쓰는 법은?』

"……알고 있어요."

루미아는 공포도, 허세도 없는 당연한 얼굴로 대답했다.

"당신이야말로 명심하세요. 지금의 전 아마…… 시스티보다, 리엘보다…… 선생님보다…… 강할 테니까요."

『그런가. 그럼 좋다.』

마인은 그 말을 끝으로 싸울 준비를 했다.

『루미아 틴젤. 내 비원을 위해…… 그 목숨, 받아가겠다!』

"아세로 이엘로. 제가 사랑하는 사람들을 위해…… 제가 당신을 해치우겠어요! 이 목숨을 바쳐서라도!"

그렇게 말을 나눈 후.

마인은 어둠의 오라를 두르며 손날을 세웠고, 루미아는 눈부시게 빛나는 《은 열쇠》를 겨누었다.

인지를 초월한 싸움이…… 지금 이 자리에서 시작되려 하고 있었다.

제7장 사투 끝에

그것은, 그야말로 인지를 초월한 싸움이었다.

인간의 상식이 전혀 통하지 않는 마경의 싸움이었다.

"흡!"

루미아는 《은 열쇠》를 들고 손목을 돌렸다.

그러자 머리 위의 공간이 마치 문처럼 철컥 열리더니, 그 안에서…… 동위상고차영역(同位相高次領域)에서 무한한 에너지가 마인을 향해 분출되었다.

【메기도의 불】에 필적하는 국지적인 힘이 마인을 집어 삼켰다.

『흐하하하하하하하하하하하!』

하지만 마인은 양손으로 간단히 갈라 버리고 맹렬히 돌진했다.

"큭!"

루미아는 몸을 돌리면서 《은 열쇠》를 대각선으로 휘둘렀다.

그 은색 궤적을 따라 루미아가 본 풍경이, 공간이 대각선으로 갈라졌다.

아는 사람은 알아보겠지만 이건 모든 존재를 공간과 함께 베어버리는 공간 단절 공격이었다.

『……아무리 나라도 그 공격은 위험한가!』

마인은 갈라진 틈 사이로 무한한 허무가 내비치는 그 공간을 옆으로 재빨리 도약해서 피했다.

『《■■■■》!』

그리고 생소한 주문을 영창했다. 에인션트였다.

그 순간, 마인의 머리 위에서 어둠으로 형태를 이룬 열몇 자루의 검이 마치 칠흑의 유성군처럼 루미아를 향해 쇄도했다.

"……아직이에요."

루미아는 다시 《은 열쇠》를 들고 손목을 비틀었다.

머리 위의 공간에서 열린 「틈새」가 그 칠흑의 유성군을 모조리 빨아들였다.

마치 검은 소용돌이처럼…….

『호오, 제법이군!』

그 틈에 루미아의 뒤에서 나타난 마인이 그녀의 목을 치려고 손날을 수평으로 휘두른 순간―.

철컥.

자물쇠가 열리는 소리와 동시에 마인과 루미아의 위치가 뒤바뀌었다.

마인이 있던 공간과 루미아가 있던 공간을 눈 깜짝할 사이에 바꿔치기한 듯한 광경.

이제 유리한 것은 루미아였다.

마치 이걸로 끝이라는 것처럼 《은 열쇠》를 휘둘렀다.

다시 공간 단절 공격, 눈부신 은색 선을 따라 글자 그대로 공간을 갈랐다.

하지만 마인은 이미 그 자리에서 이탈한 후였다.

"큭! ……그렇다면 당신을 이차원으로 추방하겠어요!"

허리를 굽힌 루미아는 《은 열쇠》를 바닥에 꽂고 비틀었다.

철컥. 마치 풍경화를 그린 유리에 무수한 균열이 생긴 것처럼 공간 전체가 무너지기 시작했다.

무한한 허무의 늪으로 추락하는 공간의 파편.

"떨어져!"

그대로 발을 디딜 장소를 잃은 마인은 허무의 밑바닥으로 한없이…… 추락하지 않았다.

"?!"

루미아처럼 아무것도 없는 공간 위에 의연하게 서 있었다.

이윽고 마치 그 모든 것이 꿈이었던 것처럼 주위의 풍경이 원래의 제어실로 돌아왔다.

"큭…… 존재가 너무 거대해서 보낼 수가 없어……."

사실 《은 열쇠》의 공간 추방은 물리적으로 대상을 추방하는 것이 아니었다. 이 세계로부터 육체와 영혼과 정신의 인연을 끊고 다른 차원으로 강제 송환하는 기술이었다.

따라서 의지와 힘으로 저항하면 당연히 실패할 수도 있었다.

'지금…… 전력으로 《은 열쇠》의 힘을 썼는데도…….'

예상을 초월한 마인의 강대함에 루미아는 조바심을 느끼기 시작했다.

'아직, 멀었어. ……부족해. 《은 열쇠》에서 힘을 더 끌어내야 해!'

루미아가 다시 결의를 다지고 《은 열쇠》를 강하게 쥔 순간─.

『……훗. ……그대는 그걸로 괜찮겠나?』

마인이 마치 그녀를 시험하는 것처럼 비웃었다.

『눈치채지 못한 건가. 봐라, 그 보기에도 역겨운 이형의 모습을…….』

"?!"

이때…… 루미아는 더 이상 루미아가 아니었을지도 몰랐다.

눈은 공허. 평소의 다정한 눈빛은 무한한 허무의 색으로 물들어 있었다.

그리고 어느새 등에는 나비와 흡사한 이형의 날개 ─ 남루스와 완전히 똑같은 ─ 가 달려 있었다.

『알고 있는 건가? 자신이 《은 열쇠》를 쓸 때마다 인간에서 멀어진다는 것을. 그대라는 존재가 사라진다는 것을. 한 번 자신의 영혼과 마주 보고 오도록.』

마인이 그렇게 말하자─.

"!"

어느새 루미아는 아무것도 없는, 끝없이 푸른 하늘만 존재하는 세계에 홀로 서 있었다.

이곳에는 시간도, 방향 개념도 없었다.

그저 저 멀리 한없이 무한한 푸른 하늘만으로 완결된 세계.

루미아는 직감적으로 이것이 자신의 정신세계 — 꿈과 현실의 틈새, 의식과 무의식의 경계에서 형성된 자신만의 영역 — 라는 것을 이해했다.

그리고 자신의 눈앞, 이 세계에서 유일하게 존재하는 것은 또 다른 자신.

남루스처럼 몹시 얇은 옷을 걸치고 이형의 날개가 달린 또 다른 루미아였다.

마치 직소 퍼즐처럼 몸 여기저기에 작은 구멍이 있는 불완전한 모습이었지만…… 그래도 자신의 모습이라는 것을 알아 볼만큼 완성되어 있었다.

『…….』

또 다른 루미아는 힘없이 양팔을 벌린 자세로 수많은 사슬에 날개가, 팔다리가, 온몸이 꽁꽁 묶여 있는 상태였다.

아무것도 없는 하늘(空)의 세계에 홀로 사슬에 묶인 채 매달린 소녀의 모습은 마치 십자가에 매달린 성녀 같았다.

그 순간, 갑자기 루미아의 《은 열쇠》가 하얗게 빛나기 시작했다.

그러자 또 다른 루미아를 묶고 있던 사슬 중 하나가 끊어졌고.

『……드디어 만났네, 또 다른 나.』

불현듯 눈을 뜬 또 다른 루미아가 햇살처럼 따스하게 웃었다.

『하지만 네 역할은 이제 끝. 나머지는…… 나에게 맡겨. ……응?』

—그곳은 정신세계. 외부의 시간과 격리된 세계.

그러므로 그 만남은 지극히 짧은 아라야(阿羅耶)에서 벌어진 일이었을 뿐.

하지만 루미아는…… 틀림없이 불길한 그녀와 만나고 말았다.

"……."

『이해했나?』

마인은 입을 다문 루미아에게 마치 사형선고처럼 선언했다.

『그 열쇠는 그대라는 존재를 죽이는 것. 아니, 그대를 원래의 존재로 다시 태어나게 하는 것이라 해야 하나……. 아무튼 이대로 계속 그 열쇠를 쓰면 그대라는 존재는 사라질 것이다.』

루미아의 어깨가 한순간 가늘게 떨렸다.

『그대도 이해했겠지? 설령 이 싸움에서 날 무찌른다 해도…… 그 순간부터 그대라는 존재는 이 세계에서 사라지리라는 것을. 그대의 자아는 아라야의 바다로 가라앉고, 누군가가 그 자리를 차지하리라는 것을.』

"……!"

『그래도 괜찮겠나? 자신을 희생해서 타인의 행복을 이루어주는 것에…… 대체 무슨 의미가 있지? 그대는 정말 그걸로 충분한가? 만족하는 건가?』

그런 시험하는 듯한 마인의 질문에―.

"……괜찮아요."

루미아는 망설임 없이 단언했다.

"원래 전 이 세계에 있어선 안 되는 존재였어요. 어머니도…… 선생님도…… 시스티도…… 리엘도…… 그리고 모두도…… 저 때문에 상처 입고 말았으니까요."

『…….』

"그러니, 이젠 괜찮아요. 저라는 존재와 바꿔서 모두를 구할 수 있다면…… 전 이 몸을 바치겠어요. ……그것이야말로…… 제가 진정으로 바라는 일이에요."

『……어리석군. 역시 네놈도 그 미친 《정의》와 다를 바 없는가.』

하지만 루미아의 진지한 말을 마인은 가볍게 웃어 넘겼다.

『……아니, 자신의 모든 것을 사랑하는 자에게 주는…… **그대는 처음부터 그런 존재였지.** 그릇이 바뀌어도 본질은 쉽게 바뀌지 않는 법인가. ……그렇다면 더는 말을 나눌 필요도 없겠군.』

그리고 루미아를 향해 두 손을 겨누었다.

어둠의 오라가 격렬하게 피어오르며 존재감이 한없이 팽창했다.

『와라. 불완전한 『공의 무녀』의 그릇이여. 그 무류(無謬)의 사랑에 몸을 바치고, 죽어라.』

"아니야⋯⋯. 난 모두를 지킬 거야! 난 내가 사랑하는 모든 이를 지키겠어!"

루미아도 다시 《은 열쇠》를 겨누었다.

그걸로 됐어⋯⋯. 누군가가 루미아의 귓가에 그렇게 속삭였다.

그리고 《은 열쇠》에서 한층 더 신성한 백은의 빛이 흘러넘쳤다.

그 순간, 자신의 안에 있는 또 다른 자신을 묶은 사슬이⋯⋯ 하나, 또 하나 끊어지는 감각과 자신의 존재가 희박해지는 상실감을 맛보았다.

그럼에도 루미아는—.

"이야아아아아아앗!"

《은 열쇠》를 쓰는 것을 그만두지 않았다.

"헉⋯⋯ 헉⋯⋯ 제기랄! 끝이 없구만!"

"이이이이이이이야아아아아아아아아아아아압!"

글렌의 주먹이, 리엘의 대검이 파도처럼 밀려오는 골렘들을 막고, 밀치고, 쓸어 버렸다.

《모여라 폭풍·철퇴가 되어서·때려눕혀라》!"

시스티나의 온 힘을 담은 【블래스트 블로】가 골렘 무리를 통로 끝까지 날려 버렸다.

하지만 그 후에는 또 다른 골렘들이 일행을 향해 밀려올 뿐.

"빌어먹을! 대체 언제까지 싸워야 하는 거야! 어디까지 가야 하는 거냐고!"

글렌이 먼 곳을 바라보자 단조로운 직선 통로가 앞뒤로 끝없이 뻗어 있었다.

소실점 너머까지 이어진 이 길은 아무리 뛰어도 목적지까지 도달할 수 없을 것만 같았다.

그리고 통로 끝에서 무진장 밀려오는 적, 적, 적.

"질렸어."

"틀림없이 공간이 왜곡된 거예요. ……저희는 아마 더는 이곳을 벗어날 수 없을 거예요."

리엘은 짜증스러운 목소리로 중얼거렸고 시스티나는 분한 목소리로 한탄했다.

"이대로는 루미아가…… 루미아가……!"

"젠장!"

글렌은 이를 악물면서 자포자기로 주먹을 날렸고, 리엘도 억누를 수 없는 분노를 해소하려는 것처럼 대검을 휘둘러서 골렘들을 한꺼번에 날려 버렸다.

'어쩌지……? 이런 상황에서 뭘……? 대체 어쩌면 좋은 거냐고……!'

골렘은 글렌과 시스티나와 리엘의 적이 되지 못했다. 하지만 상대가 아무리 송사리라도 이런 페이스로 싸우다 보면 오래 버티지는 못하리라.

시시각각 다가오는 궁지 앞에서 글렌은 필사적으로 머리를 굴렸지만 좋은 방법은 무엇 하나 떠오르지 않았다.

"흐으으읍!"

한편, 마술학원에서는 릭이 그 둔한 외견에서는 상상도 할 수 없는 재빠른 움직임으로 골렘을 베어 넘기고 있었다.

『하…….』

그리고 릭의 계약 정령인 셀피가 수많은 물거품을 주위에 띄웠다.

그러자 옥상에 넓게 퍼진 물거품 결계가 골렘들의 열선으로부터 학생들을 지켰다.

"큭…… 그건 그렇고 힘들군. 역시 젊었을 때처럼은 무리인가…….".

릭 학원장은 동관의 지휘자로서 주위의 학생들을 지키며 분전했지만 역시 나이는 속일 수 없는지 누적된 부상과 피로에 어깨를 들썩이고 있었다.

『여, 여보…… 저건……!』

그 순간, 셀피가 놀란 얼굴로 하늘을 가리켰다.

"세, 세상에…… 이런!"

릭이 고개를 들자 한층 더 많은 수의 골렘이 이 동관을 향해 내려오고 있었다.

"이, 이건 전부 못 막겠군! 셀피! 어서 학생들을 지켜!"

『어?! 그럼 당신이……!』

"난 신경 쓰지 않아도 돼!"

『하, 하지만……!』

셀피가 죽음을 각오하고 하늘을 올려다보는 릭에게 비통하게 외친 순간—

세상이 우렁찬 천둥소리를 동반하며 격렬하게 명멸했다.

곧이어 하늘을 종횡무진 질주하는 번개 폭풍이, 밀려오는 적들을 유린하고 섬멸했다.

"학원장. ……여긴 내가 막겠다."

세찬 바람을 두르고 릭의 눈앞에 착지한 것은…… 알베르트였다.

"……당신은 학생들을 지켜."

그렇게 말한 그는 흑마 【플라스마 필드】를 펼쳤다.

하늘로 거슬러 올라가는 수많은 벼락이 대번에 적의 전선을 후퇴시켰다.

그 존재감은 그야말로 압도적.

"알았네! 고마우이, 알베르트 군!"

『남편을 구해줘서 고마워요!』

믿음직한 원군의 도착에 릭과 셀피를 비롯한 학생들은 전의를 불태웠다.

하지만 알베르트의 속은 편치 못했다.

자신이 마술 저격수 역할을 포기하고 이렇게 전선으로 나설 수밖에 없다는 것은, 그만큼 전황이 긴박하다는 뜻이었기에……

"글렌……"

알베르트는 한순간 날카로운 눈으로 하늘 저 너머에 있는 《불꽃의 배》를 흘겨보았다.

그리고 다시 눈앞의 적들을 응시하면서 주문을 영창하기 시작했다.

그 후로 상태는 아무런 진전을 보이지 못했다.

전황은 고착 상태를 유지한 채 서서히 시간만 흘러갔다.

해가 점점 기울었다.

많은 사람이 아무리 다치고 지쳐도 희망을 포기하지 않고 싸웠다.

하지만 결국…… 마지막까지 전황은 타개되지 않았다.

패배.

그 두 글자가 모든 이의 어깨를 무겁게 짓누르기 시작했다.

그리고 해가 지평선으로 넘어가는 황혼 무렵.

『흐하하하하하하하하하!』

마인은 두 손을 엑스자로 휘둘렀다.

어둠의 오라가 거대한 칼날로 변하며 루미아를 향해 짓쳐들었다.

"큭?!"

루미아는 반사적으로 《은 열쇠》를 돌렸다.

개방된 허무의 공간이 어둠의 칼날을 빨아들였지만, 전부는 무리였다.

"으윽?!"

끝까지 처리하지 못한 어둠의 칼날이 루미아의 몸을 난도질했고, 피가 어지러이 튀었다.

『왜 그러지?! 겨우 그 정도냐?! 거짓된 공의 무녀여!』

"큭…… 아직……!"

철컥, 철컥, 철컥. 루미아는 열쇠를 돌리고, 돌리고, 또 돌렸다.

마인을 내포한 공간을 구 형태로 잘라내서 일차원의 점^{도트}으로 압축을 시도했지만…… 이번에도 실패였다.

"앗?!"

마인은 어둠의 오라가 흘러넘치는 팔다리로 버티고 서 있었다.

『……역시 고작 이 정도인가.』

그리고 가볍게 손날을 휘둘러서 루미아의 공간 압축 공격을 파훼했다.

"아……!"

루미아의 몸은 압축된 공간이 원래대로 돌아갈 때 발생한 차원진의 충격파에 휘말려 날아가고 말았다.

"커헉?! 이, 이걸로……!"

벽에 등을 부딪친 루미아는 괴로운 얼굴로 《은 열쇠》를 세 번 휘둘렀다.

모든 물질을 공간과 함께 절단하는 공간 단참이었다.

공간을 가르는 세 줄기 은색 참격이 빛의 속도로 마인을—.

『어설퍼..』

이번에도 베지 못했다. 어둠을 두른 양손이 모조리 튕겨냈다.

"하아……! 하아……! 콜록! 그런…….."

인외의 힘을 계속 쓴 루미아는 괴롭고 분한 얼굴로 신음을 흘렸다.

『눈치챘나? 루미아 틴젤. 네놈의 《은 열쇠》가…… 힘을 쓸 때마다, 시간이 지날 때마다 점점 약해지고 있다는 것을.』

"……어째서…… 왜……?"

그 말대로 눈치채고 있었다. 《은 열쇠》에 깃든 빛은 싸움이 경과할수록 점점 약해지고 있었다. 전능감이 넘쳤던 절대적인 힘은 이미 어디론가 사라진 후였다.

지금 루미아의 《은 열쇠》에 깃든 힘은…… 어째선지 한없이 미약하게만 느껴졌다.

　"부탁이야! 힘을 더 빌려줘, 《은 열쇠》! 이대로는 모두를 지킬 수 없어! 난 모두를 지키고 싶어! 원하는 대로 뭐든지 줄 테니까…… 그러니까, 제발……!"

　하지만 루미아가 아무리 비통한 목소리로 애원해도 《은 열쇠》는 아무런 반응도 보이지 않았다.

　『흥. 역시 불완전한 네놈은 가짜에 불과했나 보군…….』

　마인은 그런 그녀에게 연민이 담긴 목소리로 말했다.

　『네놈이 열쇠의 진정한 주인이었다면 나 따윈 그 《은 열쇠》 앞에서 서 있지도 못 했을 터. 역시 네놈은 불완전한 「공의 무녀」…… 나에게는 필요 없는 존재였다.』

　"아, 아…… 그런……."

　루미아는 비통한 표정, 떨리는 손으로 《은 열쇠》를 머리 위로 들고…….

　"으아아아아아아아아아아아아아아아아앗!"

　그대로 휘둘렀다.

　이걸로 끝이기를. 부디, 저 마인을…… 해치울 수 있기를.

　마지막 힘, 마지막 소망을 쥐어짜 내며 《은 열쇠》의 힘을 해방했다.

　"……?!"

　그러나 마침내 《은 열쇠》는 아무런 힘도 발휘하지 못했다.

루미아의 《은 열쇠》는 찬란했던 빛을 완전히 잃고 말았다.

"어, 어째서……?"

『흐읍!』

마인은 넋을 잃은 그녀를 향해 어둠의 검을 난사했다.

"꺄아아아아아아아아악!"

검은 유성군은 루미아의 팔다리와 이형의 날개를 찌르고 날아가더니 그대로 그녀의 몸과 함께 벽에 꽂혔다.

『끝이다.』

"으윽…… 그런, 어째서……? 왜 이런……!"

자신의 모든 것을 걸고 금기의 힘을 쓰면서까지 사랑하는 사람들을 위해, 모두를 위해 분발했건만—.

"어째서…… 나는…….."

아무도 지키지 못하는 것일까.

태어나선 안 되는 존재였던 자신에게는 그런 소망을 품는 것조차 허락되지 않은 것일까.

루미아는 자신의 무력함을 깨닫고 비탄에 잠겼다.

『흠…… 지상도 슬슬 마무리를 지어야겠군. ……뭐, 예정대로다.』

그러자 마인은 마침 생각났다는 것처럼 머리 위의 스크린을 올려다보았다.

"?!"

그곳에서는—.

"으, 으아아아아아아앗! 더는 무리야아아아아아아아아아!"

"도, 도망쳐! 도망쳐어어어어어어어어어어어어어어어!"

옥상의 학생들이 전열을 무너트리며 앞 다퉈 달아나기 시작했다.

"……그, 그런……?"

"칫…… 이제 와서 저딴 게 나오다니……!"

리제와 자일도 이마에 비지땀을 흘리며 아연실색한 얼굴로 머리 위를 올려다보았다.

그때까지 학생들의 사기는 시종일관 높았다. 피로와 부상이 누적되고 패배의 기척이 느껴지기 시작했어도…… 절망하는 자는 단 한 명도 없다고 말할 수 있었다.

이대로 버티면 이길 수 있다, 지킬 수 있다고 믿었다.

하지만 그 모든 것을 무너트리는 악몽은 갑작스럽게 모습을 드러냈다.

하늘을 뒤덮는 것처럼 내려와 대지를 뒤흔든 그것의 정체는 학교 본관을 아득히 뛰어넘는 크기의 거인형 골렘이었다.

벽돌 같은 블록을 억지로 쌓아서 인간의 형태로 만든 것 같은 골렘은 거대한 팔을 휘둘러 가까운 건물부터 차례대로 파괴하기 시작했다.

이 자리의 전원에게 패배를 연상케 하는 압도적인 폭력이 체현한 것이다.

"치잇……! 좀 누우라고, 이 덩치 자식!

버나드는 거인의 몸을 재빨리 박차고 올라가 전력을 다한 마투술(魔鬪術)로 머리를 가격했다.

"흐으으으으으읍! 자네, 멈추게!"

체스트가 스틱에서 강렬한 염동파를 방출하여 거인의 움직임을 멈추려 했다.

하지만 거인은 꿈쩍도 하지 않았다.

"에잇, 이런 황당무계한 자식을 대체 어쩌라는 거야!"

이미 전열은 무너졌다. 완전히 붕괴할 수밖에 없었다.

옥상에서 앞 다퉈 대피하는 학생들, 건물 안의 결계 유지팀도 잇따라 철수하기 시작했다.

"히, 히이이익?!"

남관 옥상에 있던 웬디도 포기하고 달아나려 했다.

하지만 그 순간, 발을 헛디뎌 넘어지고 말았다.

"앗……?!"

마침 그때 거인이 건물을 파괴하려고 팔을 크게 들어올렸다.

그 주먹이 향하는 곳에는 다리에 힘이 풀려서 일어나지 못하는 웬디가 있었다.

"웬디!"

뛰어서 돌아온 테레사가 그런 웬디의 몸을 감쌌다.

"테레사?! 어째서……! 어, 어서 도망……!"

"……마지막까지 함께예요, 웬디……."

그리고 거인이 인정사정없이 주먹을 내리찍었다.

짓쳐 드는 압도적인 질량과 중량.

거대한 주먹이 두 사람을 건물과 함께 무자비하게 짓뭉개려는 순간—.

어마어마한 폭염이 피어올랐다.

그리고 성대한 핏물.

"어?"

웬디와 테레사가 조심스럽게 고개를 들자—.

"커헉!"

바로 눈앞에는 붉은 머리 여성의 등…… 이브가 서 있었다.

거인의 주먹은 이브가 아슬아슬한 거리에서 날린 폭염의 위력으로 약간 빗겨갔고, 골렘의 옆구리에도 거대한 구멍이 뚫려 있었다.

하지만 완전히 빗겨내지는 못했는지 이브의 반신은 완전히 피투성이였다.

"이, 이브 씨……? 저희를 감싸고……?"

"……가."

이브는 거인이 천천히 주먹을 거두는 것을 응시하면서 말했다.

"예?"

"어서…… 가라고! 몇 번이나 막는 건 무리야! 어서!"

이브가 입가에서 피를 흘리며 귀기 어린 목소리로 외친

일갈에 제정신이 돌아온 테레사는 황급히 웬디를 부축하고
옥상에서 대피했다.

"……뭐야. 나, 바보 같아……."

다시 주먹을 들어 올리는 거인을 멍한 눈으로 응시하면서
이브는 그렇게 중얼거렸다.

"……결계 유지율 51퍼센트 ……43퍼센트 ……큭! ……39
퍼센트 ……원통하네요."

결계를 유지 중인 크리스토프는 자신들의 패배를 직감했다.

결국 결계 유지율이 【메기도의 불】을 막을 수 있는 한계선
인 40퍼센트 밑으로 떨어지고 말았다.

갑작스럽게 나타난 거인 때문에 전열과 사기가 완전히 붕
괴했기 때문이다.

'……그런 거였군. 「어떻게든 막을 수 있을 것 같다」인
가……. 처음에는 일부러 공세를 늦춰서 희망을 가지게 하
다가…… 이쪽이 한계에 가까울 때 전력을 투입……. 적이지
만 참 악랄한 수법이군.'

완전히 당했다.

한 번 무너진 이상, 복구는 불가능했다.

"끝났네요. ……그럼 남은 건……."

아마 이제 곧 떨어질 【메기도의 불】이라는 재앙으로부터
생존율을 올리기 위해 한 사람이라도 더 많이 지하 구역으

로 대피시키는 것뿐. ……그래 봤자 과연 몇 명이나 더 살아 남을 수 있을지는 짐작도 가지 않지만 말이다.

크리스토프는 이젠 유지할 필요가 없는 【루시엘의 성역】 을 디스펠하기 시작했다.

"아, 아아…… 그……런……."

루미아는 벽에 고정된 채로 눈물을 뚝뚝 흘리면서 그저 스크린 너머의 참상을 올려다보는 것밖에 할 수 없었다.

『흐하하하하하하하하하하하! 어떠냐! 이제야 알겠나! 인간의 무력함을! 위대한 힘 앞에서 인간 같은 보잘 것 없는 존재 는 그저 농락당할 뿐! 그래서…… 나는 그때 절망하고 인간 이기를 포기한 거다!』

같이 그 광경을 지켜보던 마인이 양팔을 크게 펼치고 웃 음을 터트렸다.

『자, 그럼…… 막을 내려야겠군.』

그리고 움직일 수 없는 루미아를 내버려두고 옥좌에 다가 가 모노리스를 조작하기 시작했다.

"서, 설마……?!"

『그래. 저 지긋지긋한 【루시엘의 성역】은 이미 힘을 잃었 다. 더는 【메기도의 불】을 막을 수 없겠지. 그러니 【메기도의 불】로 페지테를 잿더미로 만들 것이다.』

"그마아아아아아아아아아안!"

마인은 루미아의 비통한 절규를 무시하고 담담하게 작업을 계속했다.

이 《불꽃의 배》에 치명적인 뭔가가 점점 모이고 있는 것을 피부로 느낄 수 있었다.

"부탁이에요! 제발 그만둬요!"

『흥…… 가짜 천사여. 그대는 거기서 자신의 무력함을 곱씹도록. 그리고 기도해라. 다음에 태어날 때는…… 지금 같은 불완전한 몸이 아닌 완전한 존재로 태어나기를.

"아, 안 돼애애애애애애애애애애애애애애애애!"

루미아의 애원은 아무런 효과도 없었다.

마인은 매몰차게 모노리스에 문자를 그리며…… 마지막 조작을 종료했다.

《불꽃의 배》가…… 빛났다. 붉게, 붉게 빛났다.

멸망을 초래하는 치명적인 빛이 마술학원을, 페지테를 환하게 비추었다.

이윽고 배 밑에 생성되고, 팽창한 태양 같은 진홍색 구체가…… 다시 빛의 속도로 페지테에 떨어졌다.

페지테 전토가 무한한 허무의 색으로 물들어갔다.

"아아아아아아아아아아아아아아아아아아아악!"

거의 정신이 붕괴되기 직전까지 내몰린 루미아의 비통한

절규가 제어실 안에 메아리쳤다.

『보아라! 저 덧없고 무력한 보잘 것 없는 존재들을! 저것이 바로 인간이다!』

루미아의 비명과 마인의 광기에 물든 웃음소리가 앙상블을 이루었다.

"아아…… 아……아……."

『자, 그럼…….』

마인은 새하얗게 물든 스크린에서 등을 돌리고 루미아를 향해 걸어왔다.

하염없이 눈물을 흘리며 영상에서 눈을 떼지 못하는 그녀는 이미 정신이 무너진 것처럼 보였다.

『흥…… 불완전한 무녀라고는 하지만…… 그녀의 이런 모습을 보는 건 견딜 수 없군. ……적어도 내 손으로 편하게 해주마. ……그것이 마지막 자비다.』

마인은 손날을 세웠다.

하지만 루미아는 아무런 반응도 보이지 않고 그저 머리 위의 스크린만 응시하고 있었다.

『죽어라.』

마인이 팔을 들고 루미아의 머리를 내려치려는 순간—.

"……앗?!"

갑자기 그녀의 눈에 빛이 돌아왔다.

『……음? 대체 뭘…… 본 거지?』

루미아의 반응에서 의아함을 느낀 마인은 무심코 뒤를 돌아 스크린을 흘겨보았다.

그곳에는…… 도저히 믿을 수 없는 광경이 펼쳐져 있었다.

잿더미가 됐어야 할 페지테가…….

지도상에서 사라졌어야 할 페지테가…… 아직도 건재, 무사했다.

당당하게 자신의 존재를 주장하고 있었다.

『마, 말도 안 돼애애애애애애애애애애!』

소스라치게 놀란 마인은 무심코 절규했다.

『이럴 수가! 어째서냐! 그 지긋지긋한 【루시엘의 성역】은 유지 한계인 40퍼센트 이하로 떨어졌을 터! 더는 【메기도의 불】을 막을 수단이 없었을 터! 그런데, 왜…… 네놈들은 소멸하지 않은 거지?! 대체 어떻게 무사한 거냐아아아아아아아아아!』

『……인간을 너무 얕봤어, 당신.』

그 의문에 대답한 것은 누군가의 화가 난 목소리였다.

『네, 네놈은……?!』

어느새 루미아의 옆에 서 있는 남루스였다.

『원래는 인간이었던 주제에, 인간을 초월한 힘을 얻고, 인간의 강함을 잊은 거구나? 그 오만함과 어리석음이…… 당신이 패배하는 원인이 되겠지.』

"나, 남루스 씨……?!"

『귀를 기울여 봐, 루미아. 지금의 당신이라면 틀림없이 들릴 거야. ……그들의 목소리가.』

"예……?"

"너, 너희들은?!"

그 순간, 로드와 카이는 눈을 부릅떴다.

결계를 유지하던 그들은 거인이라는 위협에서 달아나기 위해 밑으로 내려갈 수밖에 없었다.

하지만 그런 흐름과 반대로 갑작스럽게 밑에서 올라오는 학생들이 있었다. 그들은 마침 근처에서 보인 마술 법진에 손을 대고 결계를 유지하기 위한 마력을 보내기 시작했다.

"크라이스와…… 에나?"

"싸우는 걸 포기했던 너희들이 왜 이제 와서……?!"

지금까지 지하에 틀어박혀 있었던 크라이스를 비롯한 학생들이 위로 올라와서 필사적으로 결계를 유지하려는 모습을 본 기존 결계 유지 팀이 퇴각을 중단하고 그 자리에 멈춰 섰다.

"겁에 질려서 아무것도 못 하는 자신에게 진절머리가 난 것도 있지만……!"

"그 애를…… 더는 내버려둘 수가 없단 말야!"

복잡한 표정의 그들은 쥐어짜듯이 외쳤다.

"……뭐?!"

"루미아는…… 이런 한심한 우리를 위해 목숨을 바칠 각오로 싸워줬어……!"

"우린 걔한테 아무것도 해준 게 없는데…… 이런 우리까지 구하기 위해 필사적으로……!"

"그래, 더구나 그런 **슬픈 얼굴**로!"

그렇다. 모두를 위해…… 자신의 목숨을 바쳐서라도…… 그런 숭고한 이상을 입에 담은 루미아의 감출 수 없는 진실이, 마침내 겁쟁이인 그들의 마음을 움직인 것이다.

"그 애는 진심으로 자신의 모든 것을 바칠 수 있는 성자가 아니야! 평범했어! 루미아는 미치광이도 성자도 아닌! 그냥 평범한 애였어! 그저 남들과 다른 힘을 가졌을 뿐인…… 평범한 애였다구!"

"그런 평범한 애한테 모든 짐을 떠넘긴 주제에…… 못 본 척하고 우리만 살아남겠다니…… 그런 한심한 짓은 죽어도 못 해!"

"이젠 늦었을지도 모르지만…… 죽을지도 모르지만…… 그래도 우리도 싸울 거야!"

지금까지는 겁에 질려서 아무것도 하지 못했던 그들.

그런 그들의 결의와 각오를 본 로드와 카이를 비롯한 결계 유지 팀 멤버들은―.

"좋아……. 해보자!"

조용히 사기를 올리며 고개를 끄덕였다.

"그래…… 이렇게 된 이상 저 거인에게 밟혀 죽든, 【메기도의 불】에 죽든 매한가지잖아!"

"우리도 끝까지 싸워주겠어……!"

그리고 다 같이 고개를 끄덕인 후, 결사의 각오로 결계 유지 작업에 복귀했다.

"결계 유지율 40퍼센트…… 41퍼센트…… 막바지에 아슬아슬한 선까지 회복됐습니다!"

"그래?! 거 참, 이번에는 진짜 죽는 줄 알았건만!"

크리스토프의 보고를 들은 버나드는 환희에 물든 표정으로 주먹을 굳게 쥐었다.

"그럼 우리는 무슨 수를 써서든 저 거인을 막아야겠구만! 다들, 잘 들어! 이게 마지막 싸움이다! 전군, 전력을 다해 싸워라!"

"""""예!"""""

그리고 각자 마지막 싸움을 시작하려던 학생들은 갑자기 하늘을 바라보며 이렇게 외치기 시작했다.

"루미아아아아아아아아아! 힘내애애애애애애애애애!"

"지지 마아아아아아아아아아아아아아아아아!"

"우리도 힘낼 테니까아아아아아아아아아아!"

"네 정체가 뭐든 상관없어! 이능력자? 그딴 건 엿이나 먹으라지!"

"또 다 같이 학교에 다니자구요!"

딱히 사전에 이렇게 하자고 이야기를 나눈 건 아니었다. 지금 루미아가 어떤 상황에 처했는지 알 리도 없었다.

그저 이 순간, 마음이…… 영혼이 그렇게 해야만 한다고 느꼈다.

원래는 들릴 리 없는, 닿을 리 없는 그 외침은…… 공간을 초월해서 아득히 먼 하늘 저편에 있는 루미아의 마음까지 닿았다.

이것을 마술 이론으로 해석하자면, 모든 인간은 심층의식에서 세계와 하나로 연결되어 있기 때문에 일어난 현상이라고 설명할 수 있겠지만…… 굳이 언급할 필요는 없으리라.

인간의 마음이 일으킨 기적. 그저 그것만으로 충분했다.

"아, 아아…… 모두들……."

자신의 영혼에 직접 울려 퍼지는 목소리에 루미아는 눈물을 뚝뚝 흘렸다.

"그래도 될까……? 난…… 정말 거기 있어도…… 괜찮은 걸까?"

『이제 그만 솔직해지렴, 루미아…….』

남루스는 여느 때와 달리 자애로운 목소리로 말했다.

『당신은 말했었지. 자신의 모든 것을 바쳐서라도, 자신이 사라지더라도 모두를 지키겠다고…… 그것이야말로 자신의 소망이라고. 그게…… 정말로 당신이 바라던 일이야?』

"그, 그건……."

아아, 더는 자신을 속일 수가 없었다.

가슴이 터질 것 같은 강렬한 충동이 목구멍으로 치밀어 올랐다.

"싫어! 그런 건 싫어! 사라지고 싶지 않아! 모두와 헤어지는 건 싫어! 돌아가고 싶어……. 돌아가고 싶단 말야! 선생님과, 시스티와, 리엘과…… 그리고 모두와! 내가 좋아하는 그 학교에서 늘 함께 있고 싶어!"

자신이 늘 품고 있었던 뒤틀림.

루미아

자신은…… 태어나서는 안 되는 아이였다.

많은 행복을 포기해야만 했다. 포기하는 게 당연했다.

그래서 타인을 우선하고 자신을 희생하는…… 그런 뒤틀림.

자신은 성녀가 되어야만 했다. 그게 당연하다고 생각했다.

하지만…… 자신은 정말로 멸사봉공의 성녀였을까?

아니다. 노력은 했지만, 결국 그렇게 될 수 없었다.

많은 것을 짊어지고, 남들 같은 평범한 행복을 포기해야 한다는 것을 알면서도 결국 마지막까지 포기하지 못했다.

그런 경향은 지금까지의 생활에서도 드문드문 드러났다.

결단을 내리는 것을 계속 뒤로 미루며 결국 떠나지 못했던 학교.

글렌을 시스티에게 양보하자고 결심했지만 틈만 나면 그에게 응석을 부렸던 자신.

어디까지나 자신의 행복을 포기할 수 없었던…… 추한 자신.

이런 자신의 대체 어디가 성녀라는 것일까.

그러니 하다못해, 만에 하나의 순간에는 자신을 희생하고 모두를 구하는 성녀가 되자고 맹세했었는데…… 결국 그조차 되지 못했다.

이제 인정하자. 자신은 성녀도, 착한 아이도, 강한 아이도 아니었다.

그저 평범한 소녀였다.

자신은 추한 모습에서 눈을 돌리고 도망치기만 한…… 추하고, 연약한 소녀일 뿐이었다.

마주 보자, 싸우자. 자신의 약함과, 추함과.

그리고 찾는 거다.

태어나서는 안 되는 존재였던 자신도 이 세계에서 행복해질 수 있는 방법을.

고민하고, 도망치지 않고 맞서 싸우며…… 쟁취하는 거다.

『정말이지, 번거롭게 하기는…… 그래. 그걸로 됐어. 당신은 **그 애와** 달라. 당신은 인간…… **그 애와** 달라. 보잘 것 없는 인간이니까…… 그걸로 된 거야.』

남루스는 뭔가를 눈치챈 것처럼 다정한 목소리로 말했다.

『자, 말해봐. 루미아. ……당신의 진정한 소망을.』

"예?"

『잊지 말라고 그때 말했지? 그 「열쇠」는 마술보다 더 오래된 힘…… 마술이 인간의 수수한 소망을 이뤄주기만 했을 무렵의…… 「원초의 힘」. 마술처럼 이성과 논리로 다루는 게 아니야. ……소망과 본능으로 다루는 것이 「마법」.』

"마법……."

『지금까지는 당신의 거짓된 소망이 열쇠의 빛을 흐리게 하고 있었어. 하지만 지금의 당신이라면…… 자, 진심으로 말해 봐. 당신의 진정한 소망을. 그것이 당신의 힘이 될 테니까.』

남루스의 재촉에 루미아는 숨을 한 번 내쉬고…… 《은 열쇠》를 품에 끌어안고…… 조용히 눈을 감고 입을 열었다.

"모두와 함께 살아가고 싶어……. 내가 사랑하는 다정한 이 세계에서」……."

화악!

그 순간 《은 열쇠》가 지금까지와는 비교조차 할 수 없는 신성한 백은의 빛을 현란하게 흩뿌렸다.

『으음……!』

너무나도 눈이 부시다 못 해 모든 것이 하얗게 물드는 순백의 세계에서—.

—아아, 유감이네.
—결국 너는…… 내가 될 수 없었구나.

─바이바이, 또 다른 나. ……언젠가 다시.

루미아의 귓가에 갑자기 그런 속삭임이 들린 것 같았다.

키이이이이잉!

한층 더 맑은 소리가 세계에 울려 퍼졌다.

그러자 루미아가 손에 들고 있던 《은 열쇠》가 산산이 부서졌고, 마찬가지로 이형의 날개도 빛의 입자로 변해서 소멸했다.

─정적.

무언. 침묵.

『크크크크…….』

그리고 마인의 낮은 웃음소리가 조용히 울려 퍼지기 시작했다.

『……사라졌다만? 《은 열쇠》가.』

마인은 승리를 자신하며 루미아와 남루스를 향해 입을 열었다.

『《은 열쇠》에 뭘 빈 건지는 모르겠다만…… 실책이었군. 《은 열쇠》 없이 나와 대체 어떻게 싸울 거지?』

『바보, 이젠 없어도 돼..』

그러자 남루스가 당연하다는 듯이 대답했다.

『……그야 필요 없으니까.』

『뭐라고?』

그러자 루미아의 머리 위에 있는 공간이 갑자기 소리를 내며 일그러지기 시작했다.

허공에 격렬한 방전과 균열이 일어나고 거대한 『문』이 열렸다.

이쪽과 저 너머를 연결하는 빛의 외길.

공간에 흘러넘치는 눈부신 빛이 어둠을 물리치고 루미아의 팔다리에 박힌 어둠의 검을 소멸시켰다.

그리고—.

"우오오오오오오오오오오오오오오오오오!"

빛의 길을 통해 『문』 너머에서 뛰쳐나온 것은—.

"루미아아아아아아아아아아아아아!"

글렌. 몰래 마음속으로 애타게 그려왔던 그의 모습에 루미아의 눈시울이 뜨거워졌다.

"늦어서 미안!"

"응! 나머지는 우리한테 맡겨!"

그리고 당연히 시스티나와 리엘도 이어서 등장했다.

아득히 먼 공간을 뛰어넘어서, 빛의 길을 따라서 마침내 여기까지 달려온 세 사람이 루미아를 지키기 위해 마인과 대치했다.

"훗! 이봐, 라자르! 바보 같은 소동은 이만 끝내자고?"

『이, 이럴 수가…….』

글렌이 의기양양하게 웃으며 도발하자 마인은 경악하면서 뒷걸음질 쳤다.

『어떻게······? 네놈들은 차원의 틈새에 추방했을 터······. 그런데 어떻게 돌아온 거지?! 그런 불완전한 그릇, 불완전한 《은 열쇠》의 힘으로는 불가능할 터······! 큭, 루미아 틴젤! 네놈, 대체 무슨 짓을 한 거냐아아아아아아아아아아!』

『몇 번이나 말했잖아? ······당신은 인간을 너무 얕본 거야.』

남루스가 퉁명스러운 말투로 끼어들었다.

"루미아, 넌 쉬고 있어! 시스티나! 리엘! 가자!"

"예!"

"응!"

글렌을 선두로 시스티나와 리엘도 용맹하게 전투태세를 취했다.

"기다려 주세요! 저도 같이 싸울게요!"

루미아도 세 사람과 나란히 섰다.

"제 힘을······ 받아주세요!"

그녀의 양손에서 흘러넘치기 시작한 황금색 빛이 공간을 부드럽게 채우며 글렌과 시스티나와 리엘의 몸에 깃들었다.

"이건······?!"

"《아르스 마그나》! 지금의 저라면 접촉하지 않아도 공간을 뛰어넘어서 부여할 수 있어요!"

"홋······ 뭔지 잘 모르겠다만, 힘이 흘러넘치는군! 덕분에 싸워볼 만 하겠어!"

글렌은 활성화된 마력과 힘을 느끼면서 씨익 웃었다.

『뭐, 뭐, 뭐라고……?! 어떻게……? 어떻게 인간인 채로 그 영역에 도달한 거지?! 그 힘은 마치…… 마치 그 분의……?!』

『그러니까 몇 번이나…… 이하 생략.』

"우오오오오오오오오오오오오오!"

글렌은 마인을 바보 취급하는 남루스의 중얼거림을 무시하고 강대한 마력이 깃든 주먹을 세차게 휘둘렀다.

"이이이이이야아아아아아아아아아아압!"

리엘도 대검을 연성해서 마인을 향해 돌진했다.

『어리석다! 내 몸이 신철로 된 것을 잊은 거냐! 반대로 부숴주마!』

먼저 나선 글렌의 주먹과 마인의 주먹이 정면에서 부딪쳤다.

너무나도 강대한 위력에 한순간 공간이 글자 그대로 짓뭉개졌다.

하지만 마인의 몸은 신철.

글렌의 주먹이 산산이 부서져서 튕겨나가는 게 정상이었으리라.

『이럴…… 수가……!』

"……훗!"

놀랍게도 막상막하, 글렌의 주먹은 부서지지 않았다.

밀어내지는 못했지만, 밀리지도 않았다.

"하아아아아아아아아아아아아아아아아앗!"

그 틈에 마인의 품으로 뛰어든 리엘이 온 힘을 담아 대검을 위로 휘둘렀다.

다시 공간을 파괴하는 충격음과 충격파가 발생했다.

『우오오오오오오오오오오오?!』

마인의 몸이 검압을 이기지 못하고 공처럼 날아갔다.

하지만 리엘의 검은 부러지지 않았다.

『큭…… 이런 바보 같은! 뭐냐, 그 검은! 대체 뭐가 어떻게
된……!』

"《모여라 폭풍·철퇴가 되어서·때려눕혀라》! 《츠바이》! 《드
라이》!"

이어서 시스티나가 날린 맹렬한 바람의 파성추가 마인을
3연속으로 후려쳤다.

평소와는 비교도 되지 않는 위력으로 주위의 모노리스들
까지 한꺼번에 분쇄했다. 풍압에 휘말린 마인은 그저 우스
꽝스러운 인형처럼 춤만 출 수밖에 없었다.

"시끄러! 이제 좀 닥쳐!"

"이이이이야아아아아아아아아아아아아압!"

그런 마인에게 글렌과 리엘이 추격타를 가했다.

글렌의 주먹이, 리엘의 대검이, 시스티나의 주문이 사방팔
방에서 당황한 마인을 구타하고 때려눕히고 농락하면서 일
방적으로 제압했다.

""""우오오오오오오오오오오오오오오!""""

한편, 지상에서는 마지막 반격이 시작되었다.

"《부트·블레이즈 버스트》!"

"《부트·라이트닝 피어스》!"

"《부트·아이스 블리자드》!"

아직 움직일 수 있는 교사진과 학생들이 거인을 포위하고 마지막 남은 마력을 아낌없이 방출한 어설트 스펠로 집중포화를 퍼부었다.

"《이미드 로드·수정봉계^{쿼츠 서클}》!"

크리스토프가 건물에 남은 학생들의 마력을 이용해 거인의 발밑에 새로운 결계를 전개하자, 바닥에서 솟구친 수많은 수정 기둥이 거인의 몸에 파고들어 움직임을 봉쇄했다.

"《악랄한 귀녀(鬼女)여·그 저주받은 팔로·그자를 포옹하라》!"

체스트 남작도 수정 결계를 매개체 삼은 염동 포박장을 펼쳐서 크리스토프를 보조했다.

하지만 이렇게까지 해도 거인은 억지로 팔을 들어서 건물을 파괴하려 했다.

그 순간—.

"어딜! 《울부짖어라, 불꽃 사자여》…… 《짐》!"

하늘을 향해 손가락을 겨눈 할리의 집속 발동 주문이—.

"호와아아아아아아아아아아아아아아앗!"

와이어 액션으로 공중을 나는 버나드의 블랙 아츠가—.

"……간단하군."

《블루 라이트닝》을 한손으로 겨누고 몸을 날리는 알베르트의 마술 저격이 거인의 팔을 두들겨서 위력을 상쇄하고 뒤로 튕겨나게 했다.

현재 이 자리에 모인 이들의 총공격은 거인의 움직임을 완전히 제압하고 있었다.

『네 이놈드으으으으으으으으으으으으으으으으으으으을!』

마인은 끈질기게 공격하는 글렌 일행을 검은 참격으로 떨쳐냈다.

『인간 놈들! 어떻게 네놈들 따위가 이 정도까지 물고 늘어질 수 있는 거지?! 난 인간을 초월한 존재다! 네놈들 따위는 범접할 수조차 없는 지고의 존재이거늘! 그런데 어떻게……!』

"훗…… 그딴 건 내 알 바 아니거든?"

『나는 네놈들 같은 보잘 것 없는 존재를 상대할 여유 따윈 없단 말이다! 나에게는 금기교전(禁忌敎典)을 대도사님께 바쳐야 하는 사명이 있다! 아카식 레코드야말로 전지전능…… 다시 말해, 신! 이 세계가 진정으로 원하는 「주」인 것이다! 이 숭고한 사명을 방해하지 마라!』

"네가 말하는 아카식 레코드가 뭔지 전혀 모르겠고, 관심도 없다만……."

글렌은 미쳐 날뛰는 마인을 향해 당당하게 선언했다.

"한 번 더 말해주지. ……바보 같은 소동은 이걸로 끝이다."

그리고 양손으로 쥔 권총을 머리 위로 세워들고 어떤 주문을 영창하면서 엄지로 격철을 젖혔다.

"《세트》……."

그러자 총에 정체를 알 수 없는 불온한 마력이 태동했다.

『……뭐지, 그건? ……그것이 네놈이 가진 비장의 수인가?』

"그래. 널 쓰러트릴 마법의 탄환이지."

『크크크크…… 날 쓰러트린다고?』

그 주제넘은 발언에 마인은 급속도로 이성을 되찾고 비웃음을 흘렸다.

『흥…… 뭔가 마술을 부여한 탄환을 총으로 발사하려는 모양이다만…… 그런 인간의 잔재주가 통할 것 같나? 이 마장성에게. 신철로 이루어진 몸에.』

"……흥. 그런 건 해봐야 알잖아?"

하지만 마인은 글렌의 말을 허세로 받아들인 모양이었다.

『뭐, 일단 네놈들 인간의 분투는…… 칭찬해주마. 다소 허를 찔렸다고는 해도 마장성인 나를 상대로 용케도 여기까지 버텼군.』

"……."

『허나…… 여기까지다. 흠, 확실히 지상에 있는 자들과 네놈들은 인간치고는 잘 싸웠다. 하지만 어차피 네놈들에게는 이 신철의 몸에 해를 입힐 수단이 없다.』

"……."

『이제 와서 돌이켜 보면 골렘이나 거인 같은 장난감을 투입한 것부터가 실수였다. ……처음부터 내가 직접 처리하면 좋았을 것을. 먼저 이 자리에서 네놈들을 전부 죽여주지. 그 후에 다시 지상으로 내려가서 저 지긋지긋한 학교의 인간들을 몰살시켜버리겠다. 그리고…… 다시 한 번 【메기도의 불】로 페지테를 불살라주마!』

그렇게 말한 마인은 전투태세를 취하며 한층 더 강대한 어둠의 힘을 끌어냈다.

이제 와서 존재감이, 중압감이 절망적일 정도로 한없이 증가했다.

그러나—.

"저기 말이다? 넌 아마 자기가 세운 계획이 전부 엇나가서 화가 난 모양인데…… 웃기지 마. 지금 화를 내야 하는 건 내 쪽이거든?"

『……?!』

글렌이 내뿜은 정체불명의 위압감에 마인은 한순간 위축되고 말았다.

"이제 너랑 입 아프게 떠들 말은 없어. 내가 해줄 말은 이것뿐이다."

그리고 글렌은 마인에게 총구를 겨누면서…… 선언했다.

"내 학생에게…… 손대지 마!"

그 순간, 마인은 잠시 말문이 막혔다.

『홋…….』

하지만 곧 글렌을 깔보는 말투로 말을 건넸다.

『좋다. 어디 시도해봐라. ……네놈의 그 알량한 잔재주가 실패로 끝났을 때가, 네놈들의 마지막 순간이 되리라!』

마인은 자세를 숙이며 한층 더 힘을 끌어냈다.

글렌은 그런 마인에게 정확히 조준을 맞춘 채 대기했다.

극한까지 긴장된 대기가 고압 전류처럼 살갗을 쓰다듬었다.

글렌과 마인은 잠시 그렇게 서로를 노려보았다.

그리고 한없이 고조된 긴장감이 정점에 도달한 순간—.

『죽어라! 인가아아아아아아아아아안!』

마인이 바닥을 박차며 글렌을 향해 돌진을 시작했다.

《아르스 마그나》의 보조가 없었다면 무슨 일이 일어난 건지 인식조차 못 한 채 산산 조각이 났으리라.

하지만 루미아의 힘이 그 신속의 영역에서 싸울 수 있도록 도와주었다.

순간적으로 시간의 섭리가 무너지고, 극한까지 고조된 집중력과 긴장감으로 시간의 흐름이 느려졌다.

안개처럼 사라진 마인의 모습이…… 보였다.

"바보 같은 녀석…… 방심했군, 괴물!"

글렌은 아무런 잔재주도 없이 정면으로 달려오는 마인을 향해 조준을 맞춘 채 방아쇠를 당겼다.

격철이 서서히 떨어졌다. 실린더의 뇌관을 치자, 불꽃이 내부에 채워 넣은 마술 화약 『이브 카이즐의 옥약』을 점화했다.

작렬. 순간적으로 발생한 압도적인 추력이 탄환을 총구에서 배출.

그 탄환이 천천히…… 일직선으로…… 마인을 향해 날아가…… 가슴에…… 명중한 순간—.

캉!

신철의 몸에 맥없이 튕겨나갔다.

마탄은 마인에게 통하지 않았다.

"큭?!"

『바보 같은 녀석…… 자만했구나, 인간!』

마인은 날카롭게 손날을 세우며, 눈을 부릅뜬 채로 굳은 글렌을 향해 더욱더 거리를 좁혔다.

『내 신철은 불멸! 무적! 최강이니라!』

하지만 그 때—.

"이이이이이이이야아아아아아아아아아아아압!"

대검을 세워든 리엘이 마인을 향해 뛰어들었고—.

"《뇌제의 섬창이여》!"

마인에게 손가락을 겨눈 시스티나가 【라이트닝 피어스】를 날렸다.

『소용없다! 소용없어! 소용없다고오오오오오!』

하지만 마인은 오른손으로 리엘의 대검을, 왼손으로는 시스티나의 전격을 튕겨냈다.

그대로 두 소녀를 무시하고 글렌과 거리를 좁히며 팔을 내지른 마인은 목격했다.

글렌이 웃고 있는 것을…….

"걸렸군. ……《세트》!"

『?!』

글렌은 리엘과 시스티나가 아주 짧은 순간이나마 시간을 벌어준 틈에 다시 권총의 격철을 당긴 후 그대로 총구를 앞으로 내밀었다.

마인의 손과 글렌의 총구가 스치고―.

정말로…… 아주 미세한 차이였다.

권총 한 자루의 길이가 낳은 차이.

그 차이만큼 글렌의 총구가 먼저 마인의 가슴에 닿았다.

『아니?!』

"끝이다. 오리지널 【광대의―."

―그 순간.

'아……!'

그 광경을 본 시스티나는 깨달았다. 깨닫고야 말았다.

머릿속에 동화 『멜갈리우스의 마법사』의 한 장면이 스쳐 지나갔다.

　─아아, 그 누구도 저 신철의 마인을 막을 수 없으리라.
　─모두가 절망한 순간, 그자의 앞을 가로막은 것은 정의의 마법사의 제자였습니다.
　─그는 **작은 봉**으로 마인의 가슴을 찔렀습니다.
　─그러자 놀랍게도…… 마인은 갑자기 쓰러져서 죽고 말았습니다.

　작은 봉으로 마인의 가슴을 찔렀다. 작은 봉으로. ……작은 봉?
　그녀의 눈앞에 펼쳐진 것은 글렌이 권총으로─ **작은 봉으로 마인의 가슴을 찌르는 광경.**
　그 모습은 마치─.

　"─일격】어어어어어어어어어!"
　날카로운 기합과 동시에 마침내 당겨진 방아쇠.
　다시 포효하는 총구. 죽음의 가시가 불을 내뿜으면서 배출되자, 놀라운 일이 벌어졌다.
　글렌이 쏜 탄환이─.
　절대 불멸을 자랑하는 신철로 이루어진 마인의 몸을─.

종 장 모든 것이 끝나는 때

　마침 그 순간, 학교 전체가 술렁였다.

　모두가 힘을 합쳐서, 모든 수단을 동원해서 막고 있었던 거인이 갑자기 힘을 잃고 활동을 정지하더니 서서히 빛의 입자로 변하며 마나로 환원되었다.

　"이……이겼어……? 어……? 끝난 거야……?"

　이 자리의 모두가 대체 무슨 일이 일어난 건지 몰라 점점 사라지는 거인의 몸을 그저 멍하니 올려다보고만 있었다.

　그런 가운데, 알베르트는 마장을 내리고 하늘을 힐끔 올려다보았다.

　"흥…… 오래도 걸렸군."

　그의 퉁명스러운 혼잣말을 들은 사람은 아무도 없었다.

　극한 상태에서 느려졌던 시간의 흐름이 원래대로 돌아왔다.

　글렌.

　그리고 마인.

　총구와 손날을 교차한 채 지근거리에서 서로를 노려보는 둘을 모두가 마른 침을 삼키며 지켜보는 가운데―

"……후우."

먼저 침묵을 깬 것은 글렌의 한숨소리였다.

『이럴 수가…….』

마인은 글렌에게 닿지 못한 손을 천천히 내렸다.

그리고 그대로 한 걸음, 또 한 걸음 뒤로 물러났다.

『……이럴 수가…… 이런 일이…….』

마인은 떨리는 목소리로 혼잣말을 중얼거렸다.

글렌은 그런 마인을 향해 빈틈없이 총구를 겨눈 채 똑바로 응시했다.

『네놈의 공격은 **나에게 아무런 상처도 입히지 않았거늘……!**』

마인은 가슴을 손으로 누르면서 계속 뒤로 물러났다.

그 말대로 글렌의 총격을 받은 곳에는 구멍은커녕 흠집조차 없었다.

그렇다. 글렌의 탄환은 마치 유령처럼 마인의 몸을 통과했을 뿐이었다.

『신철은 불멸의 금속…… 세계최고의 금속…… 이 세상의 그 누구도 간섭할 수 없는 신의 금속이다! 그런데…… 어째서……!』

마인은 자신의 두 손을 내려다보았다.

그 손이 조금씩, 조금씩 검은 빛의 입자로 변해 무너지고 있었다.

『어째서 내가 소멸하고 있는 거지?! 도대체 왜! 글렌 레이더스…… 네놈, 대체 무슨 짓을 한 거냐아아아아아!』

마인은 믿을 수 없다는 목소리로 울부짖었다.

"……글쎄? 딱히 대수로울 것도 없는데."

하지만 글렌은 권총의 실린더를 돌리면서 별것 아니라는 투로 설명했다.

"『이브 카이즐의 옥약』. 그걸 매개체로 삼아 발동하는 오리지널 【페네트레이터】는…… 내 마술 특성인 【변화의 정체·정지】를 탄환에 실어서 날리는 마술이야."

『뭐, 뭐라고……?』

"이 마술 화약으로 발사된 탄환은 「모든 물리 에너지가 정지」하는 동시에 「모든 영적 요소에 파멸의 정체」를 초래해."

『서, 설마……?!』

"그래. 이 탄환은 에너지가 변화하지 않으니까 질량을 지닌 모든 물질을 아무런 물리적 간섭도 받지 않고 통과할 수 있어. ……단, 영체는 갈기갈기 찢어버리면서."

『?!』

"네 신철의 몸이 불멸이든, 무적이든 상관없어. ……내 탄환은 네 무방비한 영체, 영혼 그 자체를 꿰뚫은 거다."

육체와 영체는 복합적으로 얽혀있는 개념이다.

따라서 육체를 상처 입히지 않으면 영혼도 상처 입힐 수 없다. 불멸의 신철을 상대로 영혼만 노리는 건 일반적으로 불가능한 일이었다.

하지만 글렌의 【페네트레이터】는 그것이 가능했다.

"다만, 이 탄환은 한 번 발사해서 외부에 노출된 순간 급격히 효과를 잃어. 그러니 원거리에서 노리고 쏘는 건 당치도 않은 짓이지. ……이제 좀 알겠냐? 근접전에서 **영거리 사격으로 쏠 수밖에 없는** 거라고, 이 탄은."

그 말을 들은 순간, 마인은 자신이 글렌에게 완전히 당했다는 것을 깨달았다.

만약 처음부터 영거리 사격을 노렸다면 경계했으리라. 틀림없이 피했으리라.

하지만 글렌은 일부러 무의미한 원거리 사격을 시도해서 마지막 수단인 마탄조차 마인의 신철에는 전혀 통하지 않는다고 착각하도록 유도한 것이다.

그렇게 해서 마인의 접근을 유도한 것이…… 이 결말이었다.

『바보 같은…… 이런…… 일은…… 있을 수 없어!』

『몇 번이든 말하겠지만.』

남루스는 그런 마인에게 차갑게 말했다.

『당신, 인간을 너무 얕봤어.』

그리고—

『바보 같은…… 이 몸이…… 아세로 이엘로가 소멸하다니…… 그, 그래. ……글렌 레이더스…… 기억나는군. …… 네놈은…… 그때 그……! 그때…… **나를 쓰러트린**…… 으, 우오오오오오오오오오오오오오오오오!』

단말마를 지른 마인은 칠흑의 빛에 휩싸이더니…… 그대로 싱겁게 소멸했다.

…….

……정적.

시스티나도, 루미아도, 리엘도.

아직도 끝났다는 것이 믿어지지 않는지 긴장한 얼굴로 입을 다물고 있었다.

"이 【페네트레이터】는 누군가를 암살할 때 총에 미리 걸어 두고 【광대의 세계】로 적의 마술을 봉쇄한 후…… 상대가 먼저 아무리 튼튼한 마술 방어를 펼치고 있어도 관계없이 쏴 죽이려는 목적으로 만든 마술이었어. ……내 악의와 살의의 결정체였지."

글렌은 등을 돌린 채 불쑥 그런 말을 꺼냈다.

"서, 선생님……."

돌이켜보면 참 얄궂은 이름이었다.

어리석은 자[#1]가 아무 생각 없이 휘두른 나이프는 때로는 온갖 지혜에 정통한 현자도 막을 수 없는 법.

마술사를 죽이기 위한 마술.

당시의 글렌이 대체 무슨 생각으로 이런 이름을 붙였는지는…… 상상조차 할 수 없었다.

세 사람이 그런 그에게 대체 어떻게 말을 걸어야 할지 우

#1 어리석은 자 타로 카드 『The Fool』의 일역인 『愚者』는 어리석은 자, 바보라는 뜻이다.

왕좌왕하자ー.

"……그래도~!"

글렌이 갑자기 크게 기지개를 켜고 등을 돌렸다.

"루미아, 널 지킬 수 있었어! 이젠 그걸로 충분하잖아?!"

완전히 미련을 떨쳐냈는지 참으로 시원스러운 미소를 보였다.

그리고 권총을 허리 뒤춤에 꽂고 다가오더니 루미아의 이마를 쿡 찔렀다.

"앗……."

"나 원 참…… 무모한 짓만 하기는."

글렌은 기막혀 하면서도 따스한 목소리로 탄식했다.

"그때…… 네 소망을 들었어. ……네가 남몰래 마음속에 숨겨둔 생각도."

"아…… 으으……."

"이거 참, 완전히 교사 실격이네. 난 별것 아닌 일로 고민하느라 네 갈등을 전혀 눈치채지 못했지 뭐냐."

"그…… 그렇지는…… 그치만!"

"……미안. 넌…… 돌이켜 보면 늘 다부진 모습만 보였지만…… 실은 혼자서 많은 걸 끌어안고…… 포기하고…… 고민하면서 괴로워했었던 거구나."

"……서, 선생님……."

"그렇게 무리해서 발돋움을 하거나…… 참으면서까지 착

한 아이가 되려고…… 괜찮아. 이젠 괜찮아, 루미아. 무리할 필요 없어. 혼자서 뭔가를 짊어지고 포기할 필요도 없어. 말 잘 듣는 착한 아이가 되지 않아도 돼. 좀 더 제멋대로 굴어도 돼."

"으……으으으……으으……."

글렌은 루미아의 머리를 다정하게 쓰다듬어주었다.

"……돌아가자. 우리의 학교로. 그리고 함께 생각해보자. 네가 이 세계에서 행복해질 수 있는 방법을……. 우리끼리…… 아니, 모두 다 같이. 피로 물든 더러운 암살자였던 나를 받아준 세계가…… 받아준 사람들이 있었잖아? …… 그런 과거를 떨쳐내고 극복했기에 지금의 내가 있는 거야. 그런데 이런 널 받아주는 세계가 없을 리 있겠어? 나도 해냈는데 네가 극복하지 못할 리 없잖아? ……안 그래? 그러니까……."

그리고 숨을 한 번 내쉰 후, 다정한 눈으로 루미아를 정면에서 바라보았다.

"자, 돌아가자. 함께."

"서, 선생님……. 흑…… 히끅, 흐윽…… 으아아아아아앙!"

루미아는 글렌에게 안겨 어린애처럼 흐느껴 울었다. 바로 이 순간, 어릴 때부터 마음을 옭아맸던 족쇄에서 해방된 것이다.

"루미아……."

"······응. 뭐가 뭔지 잘 모르겠지만······ 다행이다."

시스티나와 리엘도 눈물을 글썽이면서 그런 두 사람의 모습을 바라보았다.

그러는 사이에 《불꽃의 배》가 세차게 흔들리기 시작했다.

여기저기가 빛의 입자로 변하면서 붕괴됐다.

마력 공급원이었던 마인이 소멸했기에 존재를 유지할 수 없게 된 것이다.

"칫······ 마지막에 와서 이런 약속된 전개라니······."

글렌은 짜증스럽게 쓴웃음을 지었다.

"정말이지! 지금 그런 소리나 할 때예요? 얼른 도망치자구요!"

"응. 글렌, 늦어."

"응? 아니, 잠까아아아안! 날 두고 가지 말라고, 이 박정한 녀석들아아아!"

시스티나와 리엘은 벌써 출구를 향해 달려가는 중이었다.

글렌도 눈물을 훔치는 루미아의 손을 잡고 황급히 달아나려 했다.

"야, 남루스! 너도 같이······. 남루스?"

마지막으로 남루스를 부르려고 고개를 돌렸지만, 그녀는 이미 홀연히 모습을 감춘 후였다.

"칫······ 여전하군. ······뭐, 괜찮겠지."

또 다시 만날 날이 있으리라.

지금은…… 돌아가자.

그 무엇과도 바꿀 수 없는 우리의 보금자리로—.

…….

알자노 제국 마술학원 북쪽에 있는 아우스토라스 연봉
(連峰)을 이루는 산 중 하나.

『허억……! 허억……! 허억……!』

만년설이 쌓이고 바위가 드러난 살풍경한 그 산꼭대기 근
처에 마인— 라자르가 엎드려 있었다.

그는 아직도 소멸하지 않고 살아 있었다.

『위험했어……!』

글렌의 탄환은 마인의 영혼을 갈기갈기 찢은 것으로 그치
지 않고 연쇄적인 붕괴까지 초래했다.

인간보다 영적인 존재에 가까운 마인에게는 그야말로 치
명적인 맹독에 가까웠다.

명중한 이상 소멸은 불가피했을 터였다.

『허나…… 늦지 않았다!』

그때, 마인은 자신의 몸을 다시 영체화해서 마탄의 독에
침식된 대량의 영혼을 포기했다. 그리고 《불꽃의 배》에서
회수한 마나로 영혼을 보충해 간신히 존재를 유지할 수 있
었다.

'정말 위험했다. 불꽃의 배가 없었다면…… 글렌 레이더스

가 변덕으로 그 탄을 두 번 쐈다면…… 지금쯤 완전히 소멸했을 터……!'

마인은 비틀거리며 일어났다.

다시 물질화한 몸은 매우 상태가 좋지 않았다.

하지만 간신히 존재는 유지할 수 있었다. 움직일 수 있었다.

『아직이다……. 난 아직 끝날 수 없어! 나는 이 세계에서 확고한 「신」의 존재를 찾아내야만 해!』

라자르와 마장성 《철기강장》 아세로 이엘로가 융합하기는 했지만, 기본적으로 마장성과의 융합은 현세의 인간에 가까운 존재로 정착되는 게 보통이었다.

그래서 마인, 라자르는 자신이 인간이었던 시절의 옛 기억을 떠올렸다.

2백 년 전, 6영웅들과 함께 외우주의 사신과 싸웠던 마도대전을…….

『그래……. 난 그 싸움에서 섬겨야 할 주를…… 신을 잃고 말았다…….』

원래 라자르는 성 엘리사레스 교회의 경건한 신도였다.

주의 존재를 믿고, 구원을 믿고, 주에게 정의가 있으리라 믿고 성당 기사로서 가장 높은 지위에 올랐다.

신의 은총과 덕을 위해 인생을 바치고…… 그 신앙을 지키기 위해, 같은 신을 믿는 힘없는 신도를 지키기 위해 싸우는 것이 그의 신념이자 존재 방식이었다.

하지만 라자르는 2백 년 전의 싸움에서, 마도대전에서 진실을 알게 되었다.

이 세계에 존재하는 신이 어떤 존재였는지를…….

확실히 이 세계에는 위대한 존재…… 신이 있었다.

하지만 그것은 라자르가 믿었던, 모든 신도에게 은총과 복음과 구제를 베풀어주는 숭고한 존재가 아니었다. 바닥이 보이지 않는 악의와 인지를 초월한 악의 구현— 그야말로 인간의 적 그 자체였다.

……끔찍한 싸움이었다.

라자르처럼 구원의 신을 믿은 자는 결코 적지 않았다.

하지만 그 모두가 현실에 존재하는 사악한 신들에게 한낱 벌레처럼 무참하게 살해당했다. 라자르가 사랑한 아내와 아이조차도…… 그녀들 또한 경건한 신의 사도였음에도—.

마지막까지 고결하게 신앙에 몸을 바치고, 아무리 신의 이름을 외쳐도—.

사악한 신들은 마치 비웃는 것처럼 그들을 짓밟았고……
자신들이 기도를 바쳤던 신은 아무런 대답도 해주지 않았다.

이 세계에…… 신은 없었다.

아니, 신은 있었으나 자신들이 믿었던 선량한 신은 아니었다.

신이란 그저 사악함과 악의로 가득한, 인간이 이해할 수 없는 존재였다.

『2백 년 전의 싸움에서 모든 것을 잃고 빈사의 중태에 빠졌던 나는…… 신앙을 잃었다. 철이 들었을 때부터 믿어온 나의 주를…… 증오했다. ……저주했다.』

하지만 마침내 목숨이 다하려던 순간—.

그분, 대도사님이 라자르의 앞에 나타나 길을 제시해주었다.

『……아카식 레코드…… 나는 그 힘의 일부에 닿아…… 진리를 들여다보았다…….』

성 엘리사레스 교회의 교의에 따르면 주는 하나이자 전부, 전부이자 하나…… 즉, 전지전능한 존재라고 한다.

그런 전지전능함이 신의 증명이라면…….

전지전능의 진리인 아카식 레코드야말로 신이 아니겠는가.

선도 악도 없는 무색 무구의 존재.

그야말로 완벽한 존재. 그야말로 신.

자신이 섬겨야 하는 신은, 믿어야 하는 신은 아카식 레코드였던 것이다.

모든 것을 이해한 라자르는 그날 대도사에게서 『열쇠』를 받아 제3단 《천위(天位)》…… 마장성이 되었다.

『그래……. 그러니 나는 대도사님께 아카식 레코드를 바쳐야 해……! 전지전능의 완전한 주를 섬기는 무녀는 마찬가지로 완전해야만 해……! 따라서 나는 불완전한 루미아 틴젤을 죽여야만 해……!』

신을, 신앙을 되찾았을 때 비로소 자신은 그날 무참하게 죽어간 자들에게…… 사랑하는 자들에게 진심으로 명복을 빌어줄 수 있으리라.

라자르가 결의에 찬 목소리로 그렇게 선언하려는 순간―.

"……하지만 그런 건 「가짜」야."

그 남자는 돌연히 나타났다.

"라자르. 넌 근본적인 부분이 잘못됐어. 신의 존재는 밖에서 찾는 게 아니야. ……자신의 내면에서 찾아야 하는 거지."

『뭐……라고……?!』

라자르는 눈을 부릅떴다.

자신의 눈앞에 살아있을 리 없는, 살아있어서는 안 되는 남자가 서 있었기에…….

"「그대가 길을 잃었을 때 자신의 양심에 귀를 기울여라. 그것이 주님의 말씀이니라.」……「주님은 늘 그대의 양심을 통해 그대에게 말씀하시고 있나니.」……엘리사레스 성서, 제3장 사도복음서 47절, 48절……."

『말도 안 돼……. 어떻게……?』

"라자르, 네 죄는…… 자신의 내면에 있는 신을 믿지 못한 것. 외부에 있는 거짓된 신을 원한 것. 넌…… 약한 자야."

『저티스 로우판?! 네놈, 어떻게 살아있는 거지?!』

그곳에는 라자르가 자신의 손으로 죽인, 분명히 죽였을 터인 저티스가 살아서 두 다리로 멀쩡히 서 있었다.

"……난 연금술사거든? 내 육체의 복제를 만드는 것쯤은 식은 죽 먹기지."

『허튼 소리! 육체는 그렇다 쳐도 정신과 영혼은 어떻게 한 거지?! 대체 무슨 수로 가져온 거냐! 설마『Project∶Revive Life』?!』

"너야말로 웃기는 소리하지 마. 그걸로 만들어지는 건 본질적으로는 타인⋯⋯ 그런 조악한 것과 똑같이 취급하지 말라고. 난 진짜 저티스 로우판 본인이니까⋯⋯."

저티스는 어깨를 으쓱이며 너스레를 떨었다.

"응⋯⋯. 내 존재의 본질인 영혼을 두 개로 나눠서 두 개의 육체에 담았을 뿐이야. 뭐, 널 죽이기 위해서는 꼭 필요한 일이었으니 어쩔 수 없지."

라자르는 한순간 경악했다.

『뭐라고?! 이 미치광이가⋯⋯! 자신의 존재를 두 개로 나눴다고?! 네놈의 자아는 대체 어떻게 되먹은 거냐! 이 세계에서 유일무이한 존재인 자신을 스스로 두 개로 나누다니⋯⋯ 만약 그 말이 사실이라면 그 둘은 동등한 네놈 자신⋯⋯! 그런데 어떻게 그 한쪽이 다른 한쪽에게 뒷일을 맡기고 나에게 살해당할 수 있는 거지?! 불가능해! 그런 건 있을 수 없어! 그런데 어떻게⋯⋯!』

"그것이『정의』였기 때문이야."

저티스는 조금도 흔들리지 않고 조소를 머금었다.

"그래, 확실히 난 죽었어. ⋯⋯하지만 난 이렇게 살아서『정의』를 실현하겠지! 확고한 내 의지가, 스스로의 의지로 악을 멸할 수 있어! 거기에 대체 무슨 문제가 있다는 거야?!"

『그런 생명의 이치를 모독하는 외법(外法)에 아무런 대가도 없을 것 같으냐!』

"물론 잘 알고 있지. 이 외법은 영혼에 큰 손상을 줘. 내 수명은 앞으로 5, 6년 정도일까…… 분명 앞으로도 더 줄어들겠지만…… 그걸로 충분해."

저티스는 오히려 당황한 라자르를 비웃으면서 말했다.

"그 정도 시간이 있으면 네놈들, 진정한 사악에게 『정의』를 집행할 수 있고…… 아카식 레코드를 손에 넣고 이 세상의 모든 악을 섬멸할 수 있겠지. ……그걸로 충분해. ……크크큭."

라자르는 눈앞의 남자에게서 마치 2백 년 전에 대치한 사신과 동등한 불쾌감과 혐오감, 그리고 공포를 느꼈다.

"자, 이단자 라자르. 종교 재판을 하자. 판결은 사형. 그 불신죄를 죽음으로 갚아라."

저티스는 마치 법정의 재판관처럼 낭랑하게 선언하며 라자르에게 왼손을 내밀었다.

『……날 얕보지 마라, 인간 따위가!』

라자르는 어마어마한 속도로 저티스에게 돌진했다. 신철의 손날이 진공을 가르며 자신과 교차한 저티스의 왼팔을 팔꿈치부터 절단했다.

"흐응?"

피를 흩뿌리면서 느긋하게 뒤로 도약한 저티스는 서늘하게 웃었다.

『설마 이길 수 있을 줄 알았느냐! 아무리 글렌 레이더스의 마탄에 상했다고 해도 이 신철의 몸은 건재하다! 네놈 따위에게…….』

"……아직도 모르는 거야? 넌 이제 내 적수가 아니야."

저티스가 의기양양하게 말한 순간, 라자르의 왼팔 — 전에 저티스의 피로 더럽혀진 손 — 이 불길한 붉은색으로 빛나기 시작했다.

『뭐, 뭐지……?! 대체 무슨 일이 일어난 거냐!』

그러자 라자르의 신철로 이루어진 왼팔이 제멋대로 분해돼서 입자로 변하더니…… 바람을 타고 저티스에게 모였다.

그리고 잘린 왼팔 대신 신철의 왼팔을 형성했다.

"오? 이게 고대 문명의 신비…… 신철인가. 크크크, 이거 참 편리하겠는걸."

『네놈, 대체, 무슨 짓을 한 거냐아아아아아아아아아아!』

라자르는 절규할 수밖에 없었다.

"시끄럽네 진짜. 모처럼 좋은 장난감을 손에 넣은 참인데. ……그냥 네 왼팔의 지배권을 뺏은 것뿐이야. ……내 목숨을 대가로, 네 왼손에 건 저주로 말이지."

『뭐…….』

"신철이라고 해봤자 기껏해야 금속…… 연금술사인 내가

지배할 수 있는 게 당연하잖아? 사실 내 계산에 따르면 목
숨을 걸어도 성공률은 10퍼센트 미만이었지만, 그래도
뭐……. 이 정도도 성공시키지 못하면 영원히 글렌에게 닿
지 못하겠지? 10퍼센트라면 글렌에게는 거의 100퍼센트나
다를 바 없으니까."

뭐지?

도대체 뭐지? 이 남자는…….

일할 미만의 도박에 자신의 영혼 절반을 아무런 망설임도
없이 걸었다고?

이상하다. 아무리 생각해도 이건…… 인간이 아니었다.

저자는 이미 저티스라는 이름의 「현상」에 가까웠다.

"자, 그럼…… 준비해, 라자르. 형을 집행할 시간이야."

저티스는 신철로 구축된 손을 자유자재로 변형시켰다.

손등에서 검은 검이 생성되었다.

"만약 자신이 완벽한 상태였다면…… 같은 우는 소리는
하지 말고."

『으, 으…… 아……아아……?! 오, 오지 마!』

저티스는 흑검을 겨누고 아무런 망설임도 없이 마인에게
천천히 다가갔다.

"나의 여신…… 《유스티아의 천칭》이 계산한 결과가 나왔군.
……설령 네 힘이 완벽한 상태였어도…… **이 시점에서 내 승
률은 100퍼센트야.**"

『우오오오오오오오오오오오오오오오오!』

라자르는 남은 오른팔을 들고 저티스에게 돌진했다.

저티스는 가볍게 도약하며 신철의 흑검을 휘둘렀다.

파공성. 라자르와 저티스의 몸이 교차한 후—.

『……바보, 같은…….』

허리부터 두 동강이 난 라자르의 몸이 그대로 검은 연기로 변하며 허공으로 사라졌다.

"……정의, 집행 완료."

저티스의 서늘한 목소리가 주위로 울려 퍼졌다.

"그건 그렇고…… 역시 글렌…… 넌 대단해."

저티스는 흑검을 다시 팔로 바꾸고 등을 돌리며 불현듯 그런 말을 입에 담았다.

"간신히 따라잡았나 싶어도 넌 금세 앞으로 가버리는구나……. 솔직히 난 분해. ……어떻게 해야 널 따라잡을 수 있을까? 크크큭……."

저티스는 살풍경한 산을 가벼운 걸음으로 내려오면서 웃었다.

자신의 오리지널로 글렌이 어떻게든 루미아를 살린다는 것은…… **읽고 있었다.**

하지만 페지테가 무사한 건 **읽지 못했다.**

현재 저티스가 글렌에게 느끼는 감정은 아낌없는 찬사와 강렬한 선망이었다.

"뭐…… 난 이제부터겠지."

금세 기분을 전환한 저티스는 앞으로 자신이 해야 할 일을 떠올렸다.

"자, 그럼…… 이번 일로 루미아를 노리는 하늘의 지혜 연구회의 급진파는 거의 괴멸했으니…… 한동안 마술학원에는 평온이 찾아오겠지. ……잠시 평화로운 시간을 즐기도록 해, 글렌. 훗…… 또 만나자. 또 언젠가…… 가까운 미래에."

그 말을 마지막으로 저티스는 어딘가로 떠나갔다.

……그 목적지는 아무도 알 수 없었다.

글렌 일행은 세리카 드래곤을 타고 이차원으로 소멸하는 《불꽃의 배》를 뒤로했다.

하늘을 비상하고, 구름을 찢고, 바람을 가르며 지상으로…….

눈앞에 펼쳐진 것은 붉은 저녁노을에 빛나는 아름다운 페지테의 거리.

처음에는 미니추어처럼 보였던 그 광경이 점점 현실감을 갖추기 시작했다.

"……응?"

이윽고 학교 건물이 선명하게 보이기 시작하자, 어디선가 사람의 목소리가 들렸다.

"글렌 선생니이이이이이임!"

"루미아아아아아아아!"

"시스티나아아아아아아!"

"리에에에에에에엘!"

"다들, 어서 와~!"

학교의 학생들이 큰 환호성을 보내고 있었다. 저마다 안뜰과 옥상과 창문에서 몸을 내밀고 자신들의 귀환을 쌍수를 들고 환영했다.

귀를 찌르는 열광과 환성은 그칠 줄 몰랐다.

글렌 일행이 지상에 가까워질수록 한없이 커지기만 했다.

이윽고 세리카 드래곤이 날개를 펄럭이면서 안뜰에 천천히 착지했다.

그리고 네 사람이 그녀의 등에서 뛰어내려온 순간—.

"""""와아아아아아아아아아아아아아아아아아!"""""

글렌의 학생들이 우르르 모여들기 시작했다.

"선생님! 결국 해내셨네요!"

"루미아, 고마워!"

"시스티나, 리엘! 잘 싸웠어!"

"여러분 덕분에 우리는……."

"바보야, 그게 아니잖아? 이건 우리 모두의 승리잖아?!"

"맞아, 우리의 승리야! 우린 다 같이 이긴 거야!"

"""""만세에에에에에에에에에에에에에에!"""""

카슈도, 세실도, 웬디도, 테레사도, 린도, 카이도, 로드도—.

알프, 빅스, 시사도, 루젤도. 아네트도, 벨라도, 캐시도—.

……이때만큼은 기블조차도.

눈을 휘둥그레 뜨는 글렌 일행을 둘러싸고 솔직하게 기뻐했다.

"하하…… 걱정할 필요도 없었네."

"예……."

글렌의 말에 루미아가 온화하게 웃었다.

"그건 그렇고 정말 잘했다, 글렌. 칭찬해주마."

갑자기 누군가가 뒤에서 글렌의 어깨를 살짝 두드렸다. 세리카의 목소리였다.

"뭐야, 세리카. 너, 벌써 원래 모습으로…… 어."

"이야~ 난 믿고 있었거든? 넌 하면 잘하는……."

"옷 입어어어어어어어어어어어어어어어어어어어!"

"……응? 아, 깜빡했군."

변신을 풀고 미의 여신처럼 초연한 데다 요염하기까지 한 나신을 아낌없이 드러낸 채 등장한 세리카 때문에 소란이 한층 더 커지고 말았다.

안뜰에 모여 승리의 기쁨에 취한 학생들 사이에서 리제는 안도의 한숨을 내쉬었다.

"일단, 해결……이네요."

"흥……."

하지만 자일은 코웃음을 치며 등을 돌렸다.

"……어라? 벌써 가시려구요? 자일 씨."

"빚은 갚았으니까. 그리고…… 칫. ……이런 공기는 거북해."

"……후훗, 서툰 분이시네요."

리제는 남몰래 조용히 떠나는 자일의 등을 미소로 배웅했다.

"후우~ 삭신이 다 쑤시는구만……."

"오늘은 고생이 참 많으셨소, 여러분."

"제길…… 내일부터 해야 할 사후처리를 생각하니 벌써 머리가 지끈거리는군……."

"후하하하하하하! 하지만 좋은 데이터가 손에 들어왔군!"

체스트 남작, 릭 학원장, 할리, 오웰을 비롯한 학교의 교사진도 사건이 무사히 수습되자 안도의 한숨을 내쉬고 어깨를 두드리며 승리의 기쁨을 나눴다.

"아니, 그보다 앞으로 어쩔 거지?! 대체 어쩌면 좋냐고! 특히 루미아 틴젤은……!"

"어쩌고 자시고 할 게 뭐 있나."

할리가 귀중한 모근에 대미지를 주고 있자 체스트 남작이 진지한 얼굴로 말을 걸었다.

"……저걸 보게."

그곳에는 많은 학생들에게 둘러싸인 루미아가 진심으로 웃고 있었다.

"그녀가 당연한 것처럼 이 학교에 다니게 하고, 평소와 다름없는 일상을 제공하고, 저 미소를 지켜주는 것…… 어렵게 생각하지 말게. 그것이야말로 우리 어른의 의무가 아니겠는가."

체스트 남작은 온화하고 진지한 미소로 그 숭고한 광경을 응시했다.

"……본심은?"

"루미아 양 같은 미소녀를 지켜주지 않겠다고? 그런 건 전국의 미소녀와 미유녀(美幼女)를 사랑하는 모임의 명예 회장인 이 몸이 용서 못 해애애애애애애!"

"학원장님?! 얼른 이 인간 좀 해고해주시면 안 됩니까?!"

"……슬슬 진지하게 검토해봐야 할 것 같군."

마침 그 순간—.

"여러분!"

세실리아가 손을 흔들면서 종종걸음으로 다가왔다.

"오오, 세실리아 선생. ……그게…… 어떻게 됐지?"

"……예, 걱정하지 마세요."

릭 학원장이 조심스럽게 묻자 세실리아는 방긋 웃으면서 대답했다.

"중상이라 한동안 휴양이 필요한 분도 있지만…… 사망자는 단 한 명도 나오지 않았답니다."

그 순간, 이 자리의 모두가 안도의 한숨을 내쉬었다.

"기, 기적이다……. 그런 격전 속에서……."

"……이게 다 특무분실의 작전 덕분이군……."

"그리고 세실리아 선생이 애써준 결과겠지요."

"아뇨, 그럴 리가요."

세실리아는 해바라기처럼 활짝 웃었다.

"여러 선생님들, 학생들…… 오늘 이 자리에 모인 모두의 힘…… 커헉?!"

그리고 다음 순간, 웃는 얼굴로 성대하게 피를 토하면서 쓰러졌다.

"세, 세실리아 선생!"

"초 허약체질인 세실리아 선생의 몸에 한계가 온 건가?!"

"하아, 하아, 하아…… 앗, 할머니…… 오랜만이에요……."

"이런! 이대로면 이번 소동의 첫 번째 희생자가 나올지도 몰라!"

결국 교사진도 북새통에 말려들고 말았다.

"카앗~! 이번에는 진짜로 고생했구만!"

버나드는 안뜰 한구석에 앉아 떠들썩한 학교 관계자들을 먼눈으로 바라보았다.

"예, 정말…… 그래도 무사히 끝나서 다행이에요."

크리스토프는 살짝 웃음을 흘렸다.

"……조금 전에 페지테의 단절 결계가 풀린 덕분에 제국군

의 부대 하나가 이 사태를 수습하기 위해 오는 중이라고 하
네요."

"……우리 일은 이제부터라는 뜻이다."

"으에에에에엑?! 제발 쉽게 좀 해달라고!"

"……."

그런 대화를 나누는 크리스토프, 알베르트, 버나드와 약
간 떨어진 곳에는 벽에 등을 기대고 팔짱을 낀 이브가 멍하
니 서 있었다.

'아마 이번 일로…… 난 상층부의 엄중한 추궁을 피할 수
없겠지…….'

이브의 아버지는 당연히 도마뱀 꼬리처럼 자신을 잘라 내
리라.

이 모든 건 공적에 조바심을 낸 이브의 독단과 폭주였다
는 형태로…….

'……여러모로…… 각오를 해두는 편이 좋겠어…….'

하지만 어쩐지 아무래도 상관없는 기분이었다. 무척 피곤
했다.

'맞아……. 어차피 나 같은 무능한 여자는 실장의 그릇이
아니었어. ……왼손의 마술 능력은 여전히 회복되지 않았
고…… 아하하. 이젠 그냥 될 대로 되라지.'

이브가 그렇게 자포자기한 순간—.

"저기……."

두 여학생이 조용히 그녀 앞에 다가왔다.

이브가 지휘를 맡은 부대에 있었던 웬디와 테레사였다.

"무슨 용건이지? 이제 와서 나한테 불평이라도 하고 싶은 거야? 쓸모없는 무능한 지휘관이라고……."

"감사했습니다!"

이브가 얼굴을 쳐다보지도 않고 짜증스럽게 말을 내뱉은 순간, 두 소녀가 갑자기 고개를 꾸벅 숙였다.

"어……?"

"그때 저희를 구해주셔서 정말 감사해요."

"믿음직스럽지 못하다고 뒤에서 험담이나 해서 정말 죄송했습니다. 당신은 군인의 귀감이에요. 앞으로도 열심히 일해 주셨으면 좋겠어요."

"……."

욱씬.

그런 소녀들의 무구한 신뢰에 먼 옛날에 잊어버린, 잊도록 강요받은 뭔가가 잠시 되살아난 기분이 들었다.

"흐, 흥……. 뭐, 그렇게 대단한 일을 한 건 아닌데……."

하지만 이브는 이번에도 퉁명스럽게 말하며 고개를 돌려버렸다.

그 뺨은…… 아주 살짝 붉게 물들어 있었다.

그리고 아직도 식지 않는 환희와 열광의 도가니 속에서—.

"뭐, 이 글렌 레이더스 초선생님에게 걸리면! 페지테를 구하는 것쯤이야 뭐, 식은 죽 먹기라고나 할까? 꺄하하하하하하하하하하! 너희들, 앞으로는 이 구세주님을 성심성의껏 받들어 모시도록!"

학생들에게 둘러싸인 글렌은 시종일관 신이 나다 못 해 어딘가 나사가 빠진 상태였다.

"'"짜증 나⋯⋯.'""

학생들은 겉으로는 기뻐하면서도 속으로는 그렇게 일치단결하기 시작했다.

"맞아! 얘들아, 이번 싸움의 가장 큰 공로자인 글렌 레이더스 초선생님께 우리가 헹가래를 해드리는 건 어떨까?! 응?!"

카슈가 갑자기 악당 같은 표정을 짓고 그런 제안을 하자, 저마다 똑같은 표정으로 고개를 끄덕였다.

"호오? 제법 고분고분한 마음가짐인걸, 짜식들. 훗, 좋다. 너희들에게 나를 헹가래 칠 권리를 주지. 공손히 이 몸을⋯⋯."

글렌이 거만한 태도로 몸을 맡기자, 학생들은 일제히 작은 목소리로 주문을 영창하기 시작했다.

"어, 어라⋯⋯? 너희들⋯⋯ 지금 왜 갑자기 신체 능력 강화 주문을⋯⋯ 어? 저기, 잠깐 기다⋯⋯."

"'"""하낫~ 둘! 영차아아아아아아아아아아!'"""

"뜨아아아아아아아아아아아아아아아아아아아아~!"

학생들의 전력을 다한 헹가래를 받은 글렌은 울상이 된

얼굴로 하늘 높이, 수직으로 솟구쳤다.

"……끝났네."

"응."

시스티나, 루미아, 리엘은 조금 떨어진 곳에서 그런 떠들썩한 광경을 바라보고 있었다.

"글렌, 즐거워 보여. ……나도 저거 해달라고 할래."

리엘은 흥미가 생겼는지 반 친구들에게 종종걸음으로 다가갔다.

"저기, 시스티…… 고마워."

그렇게 둘만 남자 루미아가 감사의 말을 입에 담았다.

"바보. 그런 말은 안 해도 돼. ……우린 가족이잖니."

하지만 시스티나는 웃는 얼굴로 그렇게 대답할 뿐이었다.

"하지만…… 딱 한 가지…… 사과하고 싶은 게 있어."

그러자 루미아는 온화한 미소를 지으며 화제를 전환했다.

"응? 뭔데?"

"난…… 좀 더 내 감정에 솔직해지기로 했어. 그러니까……
역시 선생님을…… 포기하고 싶지 않아."

"뭐?"

마른하늘에 날벼락 같은 고백에 시스티나의 머릿속이 한순간 새하얗게 물들었다.

루미아는 그대로 구김살 없이 웃으며 뒷말을 이었다.

"후훗…… 라이벌이네, 우리."

"그, 그, 그……그게, 대체, 무슨……!"

시스티나가 쩔쩔맸지만 루미아는 그저 웃기만 할 뿐이었다.

"……걱정하지 마. 새치기 같은 건 안 할 테니까. 시스티의 마음이 정리될 때까지…… 나, 기다릴게."

그리고 떠들썩한 글렌과 반 친구들을 향해 가벼운 발소리를 내며 달려가다가 갑자기 등을 돌리고 시스티나를 돌아보았다.

"그러니까 그때는…… 정정당당하게 승부하자. ……응?"

그렇게 말하는 루미아의 장난스러운 얼굴은 마치 한여름의 해바라기처럼 눈부시고 즐거워 보였다.

"나, 난 네가 무슨 소리를 하는 건지 전혀 모르겠거든?!"

시스티나는 짐짓 태연한 척을 하며 어깨를 으쓱이고 루미아의 뒤를 따라갔다.

어째선지 뺨에서 불이 날 것처럼 얼굴이 뜨거웠고 가슴이 터질 것처럼 세차게 뛰었다.

■작가 후기

안녕하세요, 히츠지 타로입니다.

『변변찮은 마술강사와 금기교전』 10권이 발매되었습니다.

편집부 및 출판 관계자 여러분, 그리고 이 『변변찮은』을 지지해주신 독자 여러분께 무한한 감사를. 이번 권으로 마침내 두 자릿수 권에 돌입한 것은 지금까지 이 이야기를 지탱해주신 많은 분들 덕분입니다. 정말 감사합니다!

자, 그럼 이 10권 말입니다만…… 개인적으로는 거 참, 마침내 여기까지 왔구나 싶네요. 돌이켜 보면 제가 옛날에 쓴 흑역사 노트에서 모든 것이 시작된 이 이야기……. 이러니저러니 해도 이 정도까지 오면 훌륭하네요. 중2병도 어느 경지에 도달하면 어엿한 하나의 『형태』로 남는다는 것을 깨닫고 왠지 감회가 남달랐습니다.

예, 중2병은 부끄러운 게 아닙니다. 오히려 자랑스러운 거죠! 확실히 최근에는 중2병을 보기 딱하다느니 안쓰럽다느니 하면서 바보 취급하는 풍조가 만연해 있습니다만, 전 그런 풍조에 전력을 다해 이의를 제기하겠습니다! 모든 정신적인 창작 활동은 중2병에서 시작되는 거라고요! 확실히 그때는 유치했을지도 모르지만 그건 그저 실력이 미숙했기 때문입니다. 그건 머지않아 커다란 꽃을 피울지도 모르는 위대한 가능성이라고요! 중2병이야말로 알파이자 오메가인 겁니다!

그래, 히츠지…… 넌 이제 그만 자신을 용서해야 해. …… 그 안쓰러운 흑역사 노트 덕분에 지금의 네가 있는 거잖아? ……넌 이제 가슴을 펴도 된다고!

"이젠 아무것도 두렵지 않아!"

그런 고로 이 10권을 계기로 오랜만에 제 원점을 돌아보기 위해, 자랑스러운 기분으로 그 흑역사 노트를 펼쳐 봤습니다.

그러나─.

"이상하네……? 분명 자랑스러워야 할 텐데 어째서 현기증과 떨림이 멎지 않는 거지……? 이게 바로 그 이불킥을 날리고 싶다는 충동……?!"

……역시 보지 말 걸 그랬네요.

그건 그렇다 치고, 이 10권으로 마침내 이 시리즈도 후반전에 진입했습니다.

아직 갈 길이 멉니다만, 앞으로도 독자 여러분이 만족하실 수 있도록 작가로서 전력을 다해 노력하겠습니다. 이 변변찮은 마술강사와 금기교전이라는 작품을 부디 잘 부탁드립니다.

히츠지 타로

■역자 후기

안녕하세요, 역자 최승원입니다.

페지테 최악의 사흘간, 재미있게 읽어주셨을까요?

작가님께서 지금까지 숨겨 오신 핵심적인 설정들이 간접적으로나마 대량으로 드러난 에피소드라 개인적으로 굉장히 즐겁게 작업했던 것 같습니다. 사실 저도 역자이기 이전에 일개 독자로서 그 동안 답답함을 느낄 때도 많았습니다만, 덕분에 지금은 굉장히 후련한 기분으로 앞으로의 전개에 관해 좀 더 구체적인 상상의 나래를 펼치며 다음 권들을 기다릴 수 있을 것 같네요.

또한 전개상으로는 지금까지는 미래가 보이지 않는 암울함에 휘둘리면서 소극적인 모습을 보일 수밖에 없었던 루미아의 변화가 참 긍정적이었던 것 같습니다. 앞으로는 시스티나와 어깨를 나란히 하는 양대 타이틀 히로인으로서 여태까지의 보호받기만 하는 공주님의 역할을 탈피해 전투면에서든, 연애면에서든 능동적인 활약을 보여줄 수 있기를 기대해 봅니다. Go! 루미아 Go!

　그리고 아마 벌써 알고 계시는 분들도 있을지 모르겠습니다만, 다음 에피소드부터는 요즘 작가님의 비뚤어진 애정을 한 몸에 받고 있는 그 캐릭터가 지금까지와는 다른 입장으로 등장해 이야기의 전면에 나설 예정이오니 아무쪼록 즐겁게 기대해주시길 바랍니다.

변변찮은 마술강사와 금기교전 10

초판 1쇄 발행 2018년 4월 10일

지은이_ Taro Hitsuji
일러스트_ Kurone Mishima
옮긴이_ 최승원

발행인_ 신현호
편집국장_ 김은주
편집진행_ 최은진 · 김기준 · 김승신 · 원현선 · 김솔함 · 권세라
편집디자인_ 양우연
국제업무_ 정아라 · 고금비
관리 · 영업_ 김민원 · 이주형 · 조인희

펴낸곳_ (주)디앤씨미디어
등록_ 2002년 4월 25일 제20-260호
주소_ 서울시 구로구 디지털로 26길 111 JnK디지털타워 503호
전화_ 02-333-2513(대표)
팩시밀리_ 02-333-2514
이메일_ lnovelpiya@naver.com
L노벨 공식 카페_ http://cafe.naver.com/lnovel11

AKASHIC RECORDS OF BASTARD MAGIC INSTRUCTOR Vol.10
ⓒTaro Hitsuji, Kurone Mishima 2017
First published in Japan in 2017 by KADOKAWA CORPORATION, Tokyo.
Korean translation rights arranged with KADOKAWA CORPORATION, Tokyo.

ISBN 979-11-278-4469-1 04830
ISBN 979-11-86906-46-0 (세트)

값 7,000원

©Kotobuki Yasukiyo 2016
Illustration JohnDee
KADOKAWA CORPORATION

아라포 현자의 이세계 생활 일기 1권

코토부키 야스키요 지음 | JohnDee 일러스트 | 김장준 옮김

정리해고 당한 후, 매일 밭을 돌보며 『제로스 멀린』으로서
게임에 빠져 살던 백수 아저씨, 오사코 사토시(40세).
오리지널 마법을 만들어 명실상부 톱 플레이어가 된 그는
최종 보스를 무난하게 공략하지만
로그인 중 발생한 어떤 사고로 생을 마감한다.
그는 홀로 죽었다고 생각했지만,
정신을 차리고 보니 거대한 산림 지대의 한가운데에 서 있었다.
이세계 여신의 말에 따르면 그는 게임 속 능력을 이어받아 전생했다고 한다.
대산림 지대에서 서바이벌을 거치고 전(前) 공작 노인과 만난 제로스는
현자로서 능력을 인정받아 마법을 쓰지 못하는 소녀의
가정교사 일을 의뢰받는데―?!
"나는 평온한 일상이 인생의 모토인데…….."

마흔 살 현자의 이세계 생활 일기 개시!

라이트노벨의 새로운 빛! L노벨의 신간은 매월 10일에 발매됩니다. http://cafe.naver.com/lnovel11

©Sui Tomoto, Syungo Sumaki 2015
KADOKAWA CORPORATION

금색의 문자술사 외전 1권

토모토 스이 지음 | 스마키 슌고 일러스트 | 김장준 옮김

4인의 용사 소환에 휘말려 이세계 【이데아】로 오게 된 오카무라 히이로.
훗날 영웅으로 추대받는 그도 여행 틈틈이 동료들과
자유로운 이세계 라이프를 만끽하고 있었다.
"그냥 못 넘어갈 말이군. 맛있는 음식은 진리라고."
도시 축제에서, 위험한 바다에서, 진미를 추구하는 요리 레이스 발발!
"내 이름은 2대째 와일드 캣! 대괴도다!"
희귀본이 숨겨진 탑에서 대치한 것은 소문 자자한 대괴도?!
그리고 일행의 여행과는 별개로 암약하는 그 인물과 뜻밖에 재회하게 되는데—.

히이로 파티의 일상과 모험을 가득 담은 단편집 등장!

라이트노벨의 새로운 빛! L노벨의 신간은 매월 10일에 발매됩니다. http://cafe.naver.com/lnovel11

공주기사는 오크에게 잡혔습니다. 1~2권

키리야마 욘 지음 | 시모츠키 에이토 일러스트 | 이승원 옮김

"나는 사회의 톱니바퀴가 되고 싶어…… 정사원이 되고 싶단 말이야!"
한창 불경기인 모리타니아 왕국에서 취직활동에 실패해
파견 오크로서 일하는 사토나카 오크 야타로.
창고 습격 업무 중이던 그는 여유 교육의 화신인 마법사 사사키,
엘프인 하루카와 함께 특별 보너스를 받기 위해 공주기사 안쥬를 잡지만…….
「큭…… 죽여라!」, 「관심 없으니까, 입 좀 다물어 줄래요?」
초식계 남자인 야타로가 공주기사다운 대접을 해주지 않자,
안쥬의 불만은 쌓이기만 했다.
게다가 야타로는 혼기를 놓치는 걸 두려워하는 안쥬가
멋진 연애를 할 수 있도록, 그녀가 여자력을 갈고닦는 걸 돕게 되는데?!

평범해지고 싶은 오크와 공주기사의
마일드 사회파 코미디!

라이트노벨의 새로운 빛! 노벨의 신간은 매월 10일에 발매됩니다. http://cafe.naver.com/lnovel11

데이트 어 라이브 1~17권, 앙코르 1~7권, 머테리얼

타치바나 코우시 지음 | 츠나코 일러스트 | 이승원 옮김

4월 10일, 새 학기 첫 등교일.
이츠카 시도는 평소와 다름없는 일상을 보내고 있었다.
갑작스러운 충격파로 파괴된 마을 한가운데에서 소녀와 만나기 전까지는―

세계를 부수는 재앙, 정령을 막을 방법은 단 두가지.
섬멸, 혹은 대화

정령과 만나게 된 시도는,
세계의 멸망을 막기 위해 데이트로 정령을 꼬셔야하는 운명에 처하게 되는데!?

세계의 멸망을 막기 위한 데이트가 시작된다ー!!

✖ANIPLUS TV 애니메이션 방영 화제작!!